JN198316

昭和史幻燈

Suzuki Shohei

鈴木召平

古小鳥舎

虫にくわれた孤独

その2

——フルサトノウタ——

（俺の死に捧ぐ）

アカツチノシロイホネ
アカツチノシロイホネ
ツクツクホウシ
ツクツクホウシ
アカツチノシロイチャワン
アカツチノシロイチャワン
ツクツクホウシ
ツクツクホウシ
アア
カゼガヒカルヤマ
ヒカルヤマオレノフルサト
ウミノカナタ
ツクツクホウシ
ツクツクホウシ

昭和史幻燈◉目次

第一部

詩篇

Ⅰ　昭和史幻燈

Ⅱ　草梁洞大成座

Ⅲ　終戦譜

Ⅳ　輪廻半月

野史篇

小説篇

第二部

装幀——毛利一枝

〔カバー表、大扉・画〕鈴木召平
〔カバー裏・写真〕著者が制作した新羅凧
〔表紙・カット〕オチ・オサム（「記録と芸術18」〔一九七五年〕の表紙より）
〔巻頭写真〕空を見上げ凧の姿を追う著者

＊本書に掲載の写真や図版の内、特に撮影者や提供者の記載がないものはすべて著者のご遺族より提供。

昭和史幻燈

画 鈴木召平

第一部

詩篇

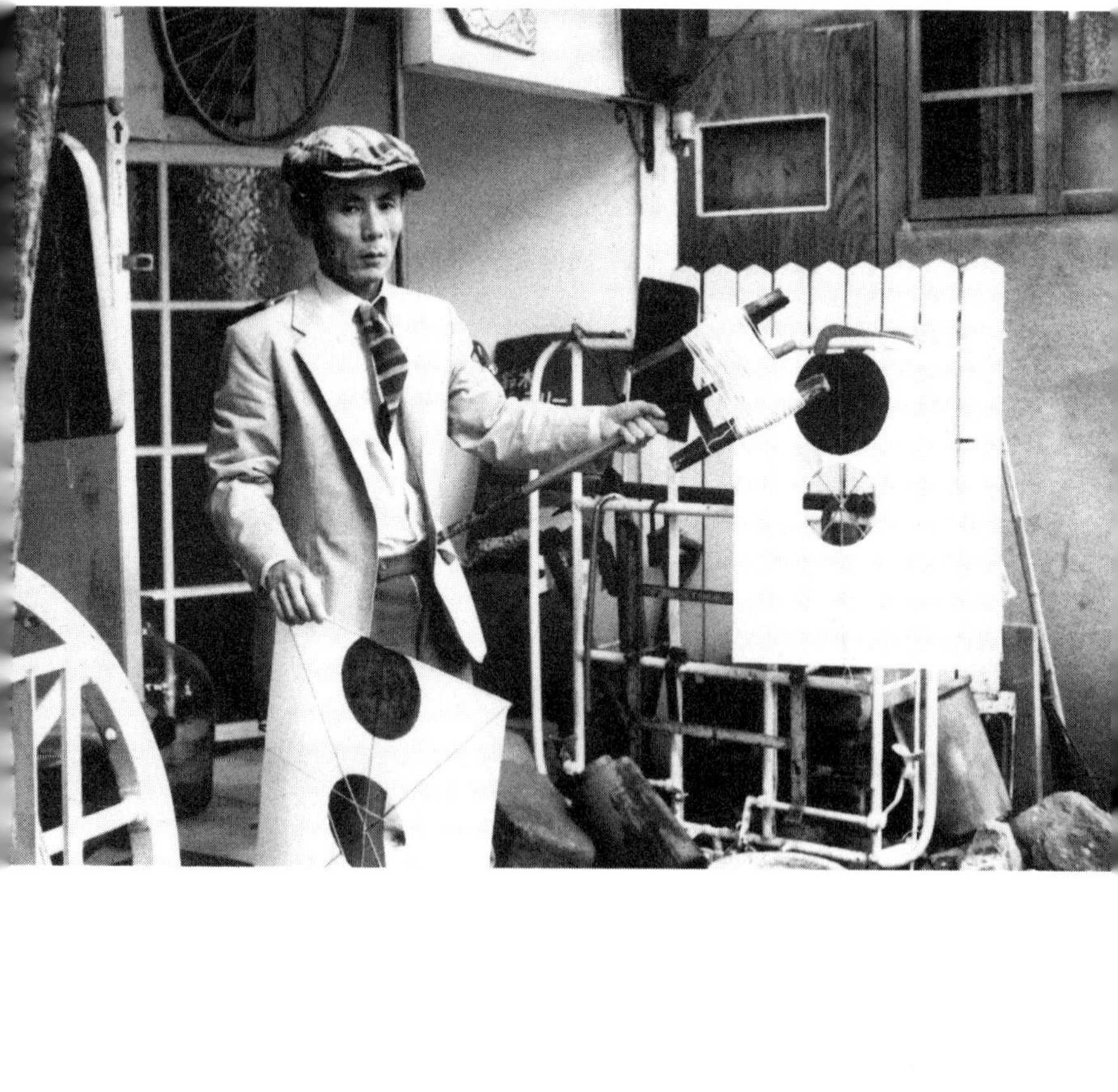

I　昭和史幻燈

金剛丸　（昭和史幻燈①）

昭和十一年一月十五日
日本はロンドン軍縮会議脱退
同年二月（2・26事件）
陸軍のクーデター
東京のラジオは同じ声で
同じことばかり繰り返した
「兵に告ぐ今からでもおそくない」

その頃長崎造船所では

姉妹船興安丸《こうあんまる》の後に続き
デートリッヒの足のように流線型の
「金剛丸《こんごうまる》」が進水した　モデルはイタリア
主機タービン2軸7105総トン
速力23ノット
銀座界隈では駄じゃれもはやった
「今からでもおそくない」

同年師走　海は快晴の白昼《まひる》
私は金剛丸の甲板《デッキ》に立っていた
金剛と並んで走っているのは
日本海軍巡洋艦であった
島影一つ見えぬ波濤に

兄にもらった万年筆を落した
船尾のホールからきこえているのは
シュトラウスであった
文明開化は
海へ亡命したか

満州に帰るロシヤのダンサーが
私に日本語で声をかけた
「ぼうやどこまで行くの」
思想も地図もない少年は
黙って航跡を見ていた

復学の秋　（昭和史幻燈②）

残暑炎天昭和二十年八月三十日
連合軍司令官はコーンパイプを
直角にくわえて厚木の地面に降りた
九月二日〈戦艦ミズーリ〉で降服調印
この日のツクツクホーシおぼえているか
「学徒勤労動員残留輸送班」
へそまで痩せた少年五名は
四屯ガタガタ[*1]の背に荷物を積載すると
ロープを掛けて蜘蛛のように張りついた

浮羽郡陸軍兵器工場を離れる
最終最後の中学生であった
空襲もない銀色の雲筑後川の両岸に
なぜかひそひそと彼岸花
「出発」とハンドルを握る兵隊が叫んだ
憶えばあの兵隊も生きていたのだ
ぐらりとゆれて走り出した
誰が言ったか「だごじる輸送班」
毎日だごじるを食わされていたからだ
ふざけやがって汗と油の学帽は
行方不明の戦争の彼方に消えて無い

ガタガタは九州北岸へ

死にもの狂いに暴走した
傾いた御笠川の泥橋を渡ると
たちまち異臭が鼻を突いた
不思議に僕の胸は熱くなった
なんと大空襲の雨に焼かれた灰の上を
路面電車が走っていたからだ
それは街が生きている証しであった
海岸の校庭に突入した
第二の感動が心ぞうを貫通した
それはあまりにも静かな海の輝きと
校舎の窓の日常の反射であった
校庭に直立していたのは
胸を病む配属将校であった

この若い少尉には伝説がある
油山で腹を切ったとか
博多埠頭へストライプスターズ揚がる
米軍精鋭部隊続々と上陸

＊1　陸軍のトラックをわれわれ学徒はガタガタと言った。

中学の下校の道　（昭和史幻燈③）

終戦直後、博多湾西公園の漁港に、錆びた
鉄のかたまりが浮かんでいた。

岩崎は大分県の少年であった。旧制中学4
年3組の同級生である。
いうまでもなくわれわれ中学生は、勤労動
員から復学したばかりであった。岩崎だけは
海軍予科練から復学した。

彼はただ一人海軍予備士官であった。白線が二本はいった略帽をハスにかむり、これもまっ白な二種軍装を着ていた。襟章はもぎ取ってあったが、ひときわスマートであった。私は彼が好きであった。単なる軍国少年のあこがれではない。いうなれば人間的畏敬であったが、その意味を確知していなかった。

岩崎は誰よりも日にやけてたくましかった。が、何故か不思議に静かであった。復学動員学徒の毎日の馬鹿さわぎを、あたかもモナリザの微笑で見ているのであった。のみならず教師の前で堂々と煙草を一服するのであった。

教師はその姿をじろりと見て、たじろぎどもることもあったが、すぐに知らぬ顔をして黒板に字を書いた。

　想えば、終戦の初頭の、中学の下校の道であった。西公園の裏漁港は、いまだエンジンの音も過疎であった。西陽に照る海面にそれは在った。

「あれは俺のフネじゃワ」と彼は大分なまりで言ったのだ。クジラのような鉄のかたまりであった。

「特攻艇海龍[*1]じゃワあいつは俺のフネじゃワ」

彼はじっと見ていた。例によってかすかに微笑していた。私は彼がすべり落ちたはるかかなたのデカダンの海を、今にして想い知るのだ。

＊1　本土決戦用特攻兵器。

北岸の秋　（昭和史幻燈④）

皮肉にも博多行きの機関車（ＳＬ）の汽笛が虹の松原駅からひびき遠ざかる。博多に俺の帰るべき由縁があることは解っていたが、なぜか帰りがたく迷っていた。大学を止めて初めて働いた戦後の序幕が九州最北岸占領軍基地の突貫工事であった。

黒い髪の女医は海岸をジープで走って現場のテントにやって来た。海風は何時しかつめたくなっていたが、陽ざしはまだじりじりと砂を灼く午後五時、俺はかたまってはめくれる豆だらけのてのひらを女医の前にさし出す。彼女は「アイゴアイゴ」と笑いながら手早くスプレーを吹きつけた。帽子の階級章は中尉であった。

夜はどこからかジャズがきこえて来て、博多の海岸の灯が遠く点滅し、俺は潮からい涙をなめた。秋分過ぎて「アイゴアイゴ」の中尉は飢えと労働の桃源に俺を残し、俺が二度ともどれぬ誕生地釜山へと去った。

想うに、昭和一桁生は入口から出口までの生《しょう》がいであるから、平成のこの身があの北岸の序幕に等しいホームレスであろうと不思議ではない。〈明治のてかけ〉である〈大正の息子〉であるし、西郷か、東行《とうぎょう》か、はたまた龍馬が履きつぶした下駄のようなものだ。かくて—俺が生まれた植民地、これは何だ。だから本籍博多を逃《のが》れて幻想の北岸に降りたのだ。

平成十年八月二十二日。残暑遠雷の日。何と博多のS旧制中学最終卒業四十八年目の同窓会であった。昭和一桁の再会であるからマゴの話も出るには出たが、明日の幽谷は誰も語らず、オカミにおっぱい出せという教授。

東京からかけつけた級長は今も級長であった。「話が山のようにあるのだ」としんけんにいって沈黙しよく食った。午後四時解散。

俺はてのひらをひろげて二十才の未来志向《アウフヘーベン》を

探したが、平成の大都市にはあとかたもなく、
これは何か仮借もない望郷。

銀河系展望車 （昭和史幻燈⑤）

、、、、、、、
満目百里雪白く
氷点下３０度の興安嶺吹雪に
東京の夜もつつまれていたか
明治百年飛車先の歩の若さよ
今日が２２６
憶えば小学校の靴箱のま新しいズックに
名前を入れてくれた兄ちゃんの
骨灰まじりの黄砂が今日も降る
二十二発の銃声に舞いあがる号外

「今日死刑執行さる！　陸軍省」

俺はズックを革靴に履きかえて
万朶の桜の中学へ
修学旅行は特急「あじあ」で
敵地にしては寂寞の迷宮鉄路
枯れ木に宿る鳥もなく
、、、、、、、、
どくろ山脈を走る展望車で
ロシア娘のカゴの中の
撫順の石炭よりも黒くかたい
原始のチョコレートを噛む

しかすがに

あの隕石は奥歯より心臓へ唯芳しく
俺は極光《オーロラ》の国境を越えてしまった
昭和最期のわがエルザ
「岡田嘉子」の棺を積んで

駅もなし
終点もなし

興安丸　（昭和史幻燈⑥）

記憶の中の少年は
何時もあの港に佇っている
「戦争」は常に水平線から現れて釜山の
岸壁に接岸した

昭和十三年早春
玄海の女王と呼ばれた
「興安丸」が姿を見せた
私はその日も朝霧が晴れてゆく

港の風景を見ていた
バージンロードを渡って来た七千屯の
新型の昭和の船は
船首から船尾まで黄土色の軍隊と
白い衣で巻かれた三八銃で埋っていた
興安丸は何故かシュトラウスを
高らかに鳴らしてゆっくりと接岸した
上陸はずたずたに裂けている
連隊旗が先頭であった

マストの上を舞っていたのは
カモメたちであり
更にその上空をよすがもなく

ゆっくりと時計の針のように
浮流しているのは鳶であった
新しい連絡船はその下で
シュトラウスをひびかせていたのであった
私はうつせみの日廻りを
無視して通過する昭和の歴史を
落日まで佇ちつくして見ていたのだ

昭和二十年
興安丸のバージンロードは
昭和船舶史の墓場と化した
明治百年アジア航路の終幕である
ただ一せき生き残った往年の女王は

あたかも老いた看護婦《ナース》のように
赤い十字のマークを船腹につけて
体一つの引揚者を母国へと運び続けた

博多メモランダム（昭和史幻燈⑦）

母の骨箱を首からさげて渡った。一九四〇年秋「玄界なだ」。

日没、連絡船は港に着いた。「下ノ関」。七千屯の船腹から出て来る人々の足音が、何時までも続く桟橋の上を、父に手を引かれて歩きようやく陸の町に立った。

あきらかに私の知らない父の国であった。

そこから又小さな船に乗った。関門海峡は船団の窓が輝くパラダイスであった。私はどこへ行くのか。


かにかくに博多行きの機関車はたびたび吠えた。長く苦しい昭和史の暗轉に向かって。戦争に突入する巨大な溶鉱炉の火花が少年の眼をうばい、幾つもの駅を過ぎて「博多」に着いた。

駅前には人力車が並んでいた。

私は父のトランクにつかまって、駅のべんとう会社の玄関をはいった。大正時代に祖父が創立した会社であった。

走り出て来たのはゆかたを着て昭和髪の女

であった。母の骨箱に手を合わせ「お姉さん」と言って泣いた。

父はゆくりなくタンベ〈敷島〉に火をつけた。一つの旅が終わったのであろう。私にとっては生まれてはじめての旅であった。


昭和の緞帳が降りた。

戦後はあまりにも長かった。


平成某日、新しい博多駅に行った。

人力車もべんとう会社も後片もない。駅ビルの柱にもたれていたのは山笠の鬼ではない。白髪にクモの巣をつけたホームレスである。

彼女は厚化粧の鼻から煙を吹き出して私に
ウインクした。フランソワーズ・ロゼーの言
葉は全て死語であった。
「人力車を呼んでね帝国ホテルよ」

幼少期の著者（右から二人目）。右端は母ミ子《ネ》

Ⅱ 草梁洞大成座

幼児の記憶

海底の様な冬の夜であった
枕元に白いエプロンの女性が
すわっていた

私は口を空気に向けて
裂けるばかりに開く
空気の入口に向かって
下からよじ登ろうとする

誰かのやわらかく冷涼なてのひらが
灼熱の焼けるばかりの絶叫を
押さえていた
死はすでに幼児の意識に現れていて
それは私ただ独りの
闇とのたたかいであった

あの永いジフテリアの夜の底で
今この時までの命をつなぐ
一筋の空気を
どうやって小さな肺はとりもどし
さかさまに胸の上のてのひらは
私をおいてきぼりにしたまま

何時しか何処へ消えたやら

残された肺一つ
戦争をさえくぐり抜けた
僻遠の未来に続く
白いエプロンの記憶である

草梁洞大成座

故地は草梁洞《ちょらんどん》。仁丹広告とかち烏。錆びた戦車《タンク》の大墳墓。大成座《たいせいざ》は河に傾《かぶ》いてかび臭い。阪妻《ばんつま》の写真《フィルム》は寒風に晒され、かた眼をひんむいて九州北岸のガーデンブリッジをにらんでいる。海の彼方より五十年。

「丹下左膳」の巾は電柱にしばられて足掻いている。半畳ほどのガラスの中で、かた手かた眼のサムライが乱舞している。その片々が少年の心臓の壁をたたく。

少年はひび割れの痛みをなめながら、股火鉢の男の居眠りを窺っているが、どてら浮き寝の音楽《ちゃんばら》はたけなわで、新羅直系の夕陽は高遠見山の玄《くら》い頭にひっかかり、寒風は峰々千年の彼方から草梁《ちょらん》河《がん》の氷上に吹き降りる。

玄界なだから釜山港に揚がった兵隊を、蜜蜂のように呑みこんで、黒龍に似た特急列車が私の背骨すれすれに通過する。轟々と。

《時は兵たちの指が凍傷で落ちる零下四十度の熱河転戦。東京ではちょうちん行列。皇太子誕生　　（平成天皇）》

遂に山の家々に灯がともり、ちゃんばらがはたと止む。まだら化粧の女郎衆が紫色のくちびるで「おう寒むさむ」と出て来る。二重まわしの懐から銀のケースを出して火をつける玉ころがしは何時ものコザックハットである。又しても通過する鉄の機関《ピストン》車。厳冬の夕闇を切り裂いて遠ざかる汽笛《ホイッスル》。あれであったぞ！　一瀉千里の昭和の決潰。

私は山の灯へ一目散に走り出す。

大成座も山の灯も一秒の流離とてないうつつであるが、沈没した連絡船のトランクで燃えている少年の骨燐。記憶の死亡通知を書くこともなく、二度と走り出すこともなく。

極東の窓

母は昭和の開幕にあの山の地底に逝った
秋の午後三時私を捨てて
植民地官僚の城の奥は
風も通らぬオンドル部屋で
父の沈黙を西陽の剣が切り裂いていた
紫色の煙草の煙がガラスを這いあがり

何時しかに支離滅裂の兄弟姉妹の
二階の窓に春夏秋冬立っていた

少年のアイボールは
なぜか常に午後三時
長男は満州にゆきもう幾年か
砂にまみれたハガキが一枚
—張家口はいま春—

二人の姉は山のむこうの女学校から
陽が落ちるまでもどらない
姉妹はなぜかはなればなれに
だんだんばたけの坂を帰ってくる
一階の炊事場で
同じ歌ばかりうたっているのは
宝塚歌劇学校中退の従姉であった

「あのゆめもこのゆめもみんなちりぢり」

午後三時の海は金色になったり
銀色になったり
水平線まで
昭和史の死線につらなる
さび鉄色の輸送船団
じっと見ていた
少年のアイボールは
やがて渡るべき流謫の海を

まだうたっているか
音信不通

父の荒野

主ヨノムベキ我ガ杯・讃美歌

まだコートやマフラーがいる三月、十七になった花子は突然喀血した。井戸端で水をくみながら。「アイゴアイゴ」と歌うように泣き出した。私を産んで死んだという、私の母の病気と同じであることは後で知った。父は花子を鉄道病院に入れると言っていたが、娘は翌日突然荷物をまとめていなくなった。

うちで働く娘は誰でも花子であった。

馬がはなれてしまったホロ馬車のようなバスが、私と父を乗せて走っていた。空の果てに斜陽に濡れた村落が現れて、道路と平行に大きな黄色い河が波もたてずに流れていた。これが洛東江である。

少年はニコチンの匂いが鼻をつく父のマントに包まれて、どれほどの時間をバスで運ばれたか。

果実の市場に囲まれた朽ちかけた桟橋から小さな汽船に乗り移り、海のように広い河の表を渡る時、陽はクルクルと回りながら黄砂の中に落ちて行った。

麦畑の岡の上に傾いているわら屋根の家であった。父は満天の星空を指さしてやっと口を開いた。「あれが北斗七星だ」。

ひげの老人と花子の母が走り出て来た。

眼を白く開いたまま花子は死んでいた。父の手の指が何度も何度もその眼の上をおさえ続けた。牧師の手の指でもその眼は閉じなかった。私はよすがとてない花子の母のひざで、ゆれて

いるのみであった。聖職者は讃美歌をうたった。主ヨノムベキ

我ガ杯──

父は戸をあけて又しても星空を仰いだ。
陽がのぼってから花子は洛東江の河岸へと荷車で運ばれた。
野火は音たてて燃えあがり、父は愛用の讃美歌を投げこんだ。

裏窓の風鈴

昭和十七年、釜山港。
ただならぬ軍用船団の煙の林立。

腐魚と石油の匂いに満ちた炎天下、海面にひっそりとイカリをおろしている連絡船。デッキで、帽子に汗をにじませた中学生は、まるで百年離れた母の、色あせた帯のように横たわる陸を、クレーンマストにもたれて眺めていた。目前に龍宮城の裏窓が手に取るように見えていた。頭上を回流する低空とんびの日の長さよ。

それにしても異国にして故郷の岸の、緑色の屋根瓦の、あまりにも静謐な午後の風雅は何者の儚む隔離か。南浜緑町。

其処だけは水を打たれた坂の町。端正にして艶。開け放たれた窓々からきこえているのは虫のように幽かな風鈴の音。ふと秋めく白雲を掠めて過ぎる太陽が、軒下の色模様を乾かしていた。その時素顔の女が現れて、長い黒髪を編みだした。

女は私を見つめていた。ポンポン蒸気が通過すると、右手を白々とあげて振った。

帰省の記憶はかにかくに一駒の陰画であり光に透かしてまぶしく浮き上がり、見つめながら昭和が終る。

よすがとてなく誰の喪旗か。私は鏤骨の日廻りを裏へ越えて、少年の日の遠《はる》かな逆修《ぎゃくしゅ》。

昨日今日、何故か水平線まで伸びている晩夏瞬日の私自身の航跡。その果てに、売られて行った日本の女の、一日を生きる白い手、のみが、かしゃくもなく白眉の永訣。

千人針忘れ雪

あしたから花月
忘れ雪
今日は〈燃えないゴミ出し〉とやら
一見して寂啾古玩のトランクを拾った
あの玄界灘にふさわしい――
開けて見てがくぜんと笑った
ここにも捨てられていた戦地の虚空
義足が「千人針」で巻いてあった

千人針？
千人の女の手で一針ずつ縫った
軍人の戦闘はらまき
女の恨みか　男の妄想か

釜山府草梁南部の河岸に
瓦屋根の平屋が一軒あって
水絵画家黒木和枝が独りで住んでいた
少年は土よう日の午後
この妖艶な師に絵を習った
私は女一人の静寂に
ただならぬものを感じていた
床の間に水仙の絵と鉄兜

路傍のポプラが金色に光りだすと
彼女は絵筆をおいて
千人針を縫いはじめた
ゆくりなく陸軍中尉が訪れた

無辜の画家は私生児を生んだ
女の子であった

昭和二十一年花月
娘は私が住む博多に引揚げて来た
母の骨を首から下げて
さて――
この義足は誰の足か

山ありき

空は氷点下の夕あかね
アカシヤの古樹につながれた
牛の胴《はら》の乳ぶさが
僕のてのひらから
凍てついた血液を温めてくれる
ああその時冬の陽が
僕が生まれた最後の一頁の
いただきを越えたのであった
まだ銀色が残る海に

引揚船の姿が現れた
「明日はいよいよさようならだ」
と僕は巨大な生物につぶやいた

あのホルスタインは群れをはなれて
なぜか毎日樹につながれていた
僕のてのひらも問いも無視して
常に黙々と枯れ草を噛んでいたのだ
寒風の山の中で
あたたかいものといえば
この白と黒の模様につつまれて何も語らぬ
生物の乳房だけであった

僕は
日本の中学に転校した
二度と帰らぬ海を渡って

III 終戦譜

終戦譜

コブナツリシオガワヨ
ヤシロノモリヨ

一日にして降りた緞帳の前後も知らず
故郷喪失の大地に芽をふいた
私の終戦譜
それは誰ののどの奥の声であったか
「憶えていますか」
あなたのハミングに始まった

女子学徒挺身隊全員の合唱を
祖国百年の地平線が
じゅうたん爆撃で燃えあがったが
蜻蛉島《あきつしま》の少年の眼には常世《とこよ》の花火
防人の恋いもまだ知らず
突きささる亡国の苦痛《いたみ》も知らず
餓死寸前陸軍工廠動員学徒

ゆくりなく
と言うべきか
五十年――
今日祖父の故園の地底に突きささる
ビル建設のパイルの連打

さて始まりか終りか
終りか始まりか
またしても何者の
じゅうたん爆撃ぞ
これも倭路《やまとじ》の果てかも知れぬ

「憶えていますか」
故郷《くに》はすでに焼土とも知らぬ筑後路の
夏草の上——
ひたすらな生命の再生の
血を馳せめぐり翔び去った
ただ一度のうたごえを

昭和二十年八月十五日に別れた〈福岡女子挺身隊〉と
同期動員学徒の詩友〈故・境忠一〉に捧ぐ

八月六日

（幸なるかな柔和なるもの
その人は地を継がむ）？

立ちつくしている慰霊碑と
慰霊碑の心を石のように護り続けた
被爆者達の上に、八時過ぎから
雨が降り出した。

望遠レンズをかまえたライフ誌の
カメラマンは何をとらえたか。

イントロの上に眼をすえて、
テレビカメラは何をとらえたか。

赤い旗、青い旗、旗、旗、旗の
津波が去るのを静かに待って、
木立の下で濡れている松葉杖の父。
濡れてしまった線香に
火をつけるすべもない
ケロイドの母。
わが子のために束ねた花がしぼむ前には、
慰霊碑にもたどり着けぬ孤老達。

鐘の音はこなごなにち切れて、

何千羽の鳩となり大空に散り、
散って行った後から次第に暗く
太陽《ひかり》をつつむ
泣きただれた眼球の雲層。

どこまでも、何時までも
愛はやたらに碑《いし》となる。
碑よ火を吹け、地上の土台から
火を吹きあげよ。

被爆地を離れて汽車に乗ると、
眼に痛い程晴れた田園。

八月十五日のG線上のアリア

晩夏である
彼が爆音をあげて古屋敷を訪れるのは
一匹の巨大な雀蜂である

彼はなぜ常に一匹なのか
それは知らない
私はかならず家を出て
頭上の音を見あげる

爆音は私に急降下することがある
しかし彼の剣は
一度も私を襲ったことがない
それはあたかも
あの八月の故郷を巣立つ
特攻隊機のようでもあり
博多湾の雲上に見えかくれしながら
空中戦の練舞をくりかえしていた
〇式戦斗機のようでもある

彼は例年確実に来訪する

私が生きている姿を確認しては
頭上を回遊しそのまま去る
この亡霊は
いったいいずこへ帰るのか

巨大で恐しく
やがてやさしく〈ただ一匹の〉
G線上のアリアである

夏は還らず

——赤とんぼ〈初心者用複葉練習機〉

「オレハ〈ゼロ戦〉センモンノ整備兵ジャケン　ドクターゼロ戦ト言ワレタ　戦争ノコトハ知ラン　腹ガタッテ眠レンカラ電話シタトジャ　司令部ニ」

昨日の朝、博多湾新宮《シングウ》の病院から電話があった。残暑炎天。海岸通り。彼はすでに霊安室にはいっていた。棺の上に兵学校の短剣と、愛用のマドロスパイプ。奥さまがえんぜんと笑いながら言った。「この人、海に捨てろって、骨をですよ」悔いも見せぬ老女のまだつややかな唇のシンコペーション。近くの古賀町に火葬場はあった。

旧海軍特攻機整備隊長〈山田正雄中尉〉について私は何も知らない。昭和十九年に沈んだ世界最大の空母〈信濃〉の生還者であると聞いていたが、彼がもう何十年私の部屋で珈琲をのみ、パイプをふかしていたかかぞえてもいない。想えば最後の告白であったか。老兵のトギレトギレのロックンロールである。

「オ前ハ夏ボケデ夢ヲ見タノカトヌカシタ　司令部ノ電話ノ声ガ　オレハ三日飲ミ続ケタ酒ガ一ペンニサメテ　モウ止メタト決心シタコノ戦争ハ　ゼロ戦ハ一機モモドランシ　飛行場ハ滑走路ニモヨモギガ生エテヨ　暑イバッカノ七月ノ終リジャッタ　夢デモマボロシデモナイ　アノ音ハ忘レモセンタイ　キレ張リノ赤トンボガ8機ヘタクソナタップダンスデ着陸シタ　オレハビックリタマゲタゼ　子供タチガ降リテ来テ

〈燃料補給オネガイシマス〉トヌカスデショウガ　オレハスグニリョウカイシタ　子供タチガ背中ニモ腹ニモバク弾巻イトリマシタケンデ」

パイプの煙がからくさ模様に舞っていた。

「○○《マルマル》特攻出発シマスオセワニナリマシタチュウテデスネ海ニ出テイッタデスヨ　キレイニ横ニ並ンデ」

私は窓を開けた。紅《べに》色のホリゾント。子供は横に並ぶのだ、手をつなぐために。〈海軍飛行予科練習生〉私と同じ中学の子供たちである。パイプの煙消える間もない昨日、老兵の骨は海にまいた。

焼け跡のバラード

古色蒼然？　否、「こころおそし」[*1]の実感で現代史のディスタンスをめくる。そこにきりきりとネッカチーフで黒髪をしぼった「ジンジャー」[*2]はやってくる。

一九五〇年六月、朝鮮人民軍はソウルを落としそのまま南韓釜山へ進軍。九月に国連〈アメリカ軍〉は、日本駐留第八軍全隊で、釜山と仁川に上陸作戦決行。

基地博多のジャズホール〈ウエスト・リンダ〉[*3]の夜。落潮しゆく記憶の中できらりと光るのは焼け跡の星《なみだ》である。

パンパン・ジンジャーは私のミキサー室でジーンズをドレスに着更えた。来る日来る日兵たちはジンジャーを中心に朝を迎える。彼女はジンジャーばかり飲んでいてけっこう酔ってしまう。焼け跡はまだこげくさかった。常に轟然と北に向かって空を過ぎるのはスクランブルの戦闘機であった。

クリスマス。酔ったＧＩが彼女のドレスを破った。「二度と着ないわこんなもの」

乳房丸出しでヤンキーの頬をなぐった天使は、ジーンズとネッカチーフにもどった。ジャズナンバーはデキシーランドブルースからニューヨークスイングへ何時しか移り、ジンジャーを恋いこがれて釜山から脱走して来たまだ十九の少年兵を地下室にかくまったまま北風に小雪まじりの大みそ日となった。

　ローソクの光の中で、ステージは急に室内楽気どりの〈蛍の光〉となり、午前零時、ホールの全照明をいっせいにオープン。

「ハッピーニューイヤー」と私はマイクで叫んだ。とたんにあふれる涙。敗戦後何度目か。兵たちも立ちあがってこたえた。「ハッピーニューイヤー」――彼等は戦地の正月。

ジンジャーが熱い珈琲とケーキをとどけてくれた。黒い髪を背中までおろしていた。そのとき、見あげるような白ヘルのMPが二名はいって来て、地下室の脱走兵を連れ出して行った。「あの子はセントルイス出身なの」と彼女は笑いながらきらりと涙を落とした。

今もこの胸で鳴り渡るセントルイスブルースマーチ。

＊1　万葉集。
＊2　GIが呼んだ愛称。
＊3　〔編者注〕宮崎宣久氏経営、天神中心部にあった。

森の中のマタドール

黒い土もなく
草もはえない街の中だが
笑わせやがるこんなところに
突然深い森があるとは
御神燈の石垣の傍や
廻廊の下あたりに
ちり紙やコンドームの類が捨ててあり
たった今じゃり路を
のら猫が二匹鼻をならして去っていった

晩夏の午後である
樹木の葉っぱにも玉じゃりにも
熱い湯のように陽が降りそそぎ
つくつくほうし
つくつくほうし

俺は今車を捨てて来た
殺し屋《マタドール》だ
石の鳥居にそっともたれ
喫いかけの煙草に火をつけると
おどかしちゃいけねえ
じゃらり
じゃらりと鈴が鳴る

黒い土もなく
草もはえない街の中だが
笑わせやがるこんなところに
いわくありげな
森があるとは………

警固断層「六十年」

海底断層にさらされるまま
戦後史とやらが果てるかに
見えている私は知っていた
那ノ津北岸の地下鉄が回走する
アメリカンアブストラクトも
数えきれぬダタイ児を積んで帰った
引揚船の北埠頭も

あの「八月」のキノコ雲の

目にも見えず耳にもきこえぬ
全身マスイの大音響から六十年
かのヨブ記の断層とも知らず
ノドを鳴らして押し寄せたのは
又しても飢えながらえた
グリムの大群ではなかったか

「汝いずこよりきたりしか」
「無関係の関係をさまよいてきたるなり」
「ヨブ記」

ともあれ自己を私と呼ぶ者は一人であり
私は六十年のプレハブビルの

背と背にはさまれた吹きだまりで
左足と時間のカンセツをへし折って
激痛の夜の闇に落下した
この闇こそは「六十年」
ときに人々は「花はまだか花はまだか」
震度7も明日は忘れる水不足

私は全身に又してもマスイを射たれ
一瀉千里にニライカナイを下に見て
閉じこめられた病棟で眠る
地球も見えずこの舟の帰港地は
常に朝
目醒めればガラス箱の外は

すでに那ノ津の
夏まつり

画 鈴木召平

Ⅳ 輪廻半月

古き海峡幻想

―吉左醤油と金海水瓜―

　金海から船を出して、対馬に向かった。朴はただ独り。一玉二貫目もある水瓜を山積みして。

北西風をななめに切って、帆は純白の凧であった。まん中に丸い穴をあけた、朝鮮半島古来の凧であった。水瓜は海峡の潮をあびて熟して行った。太陽は、朴のはげ頭の上高く照りつけていた。

いるかの大群が、航跡を追って行った。

対馬北岸は、台風前の夕なぎだった。醤油屋吉左エ門一家は、もう岸壁に出て、火を焚いていた。

陽が落ちてから、朴さんの船が近づくかもしれない。

地球はがっくり頭を振った。一瞬の夕あかね。東の海からは、まっかな夏の月。その時、北の海にきらりと白い帆が光った。吉左エ門の細く鋭い肉眼が、最も早くそれを見つけた。

〈見えたぞ、今年も来たぞ、朝鮮の水瓜が来たぞ〉

朴は、島影を確認してから、水瓜をたたいて唄い出した。

〈トラジ、トラジ、トラージ……〉

陽にやけこげた鼻は、とっくに海面をただよって来る、香ばしい醤油の匂いをかいでいた。

心は少しも急いでいなかった。

対馬の灯は、手をのばせばとどく宝石の様でも、まだまだ遠いことを知っていた。

梶を大きく右に切ると、飛魚の列が船の帆の丸い穴を美事に飛び越した。

吉左醤油の郎党は、総出で船を砂浜に押し揚げた。積荷が醤油樽に入れ変わっても、朴は船出をしなかった。夏台風をやり過ごすため。吉左と朴は、どぶろくをくみ合った。夜っぴいて。

さらばトスカーナ

「山寒し心の底や水の月」芭蕉

共闘全滅
ヒッピー夢精
血煙昭和の緞帳も降りかけた頃
僕はブルージーンと革ジャンで
まるで女性の裸身《はだか》のような
イタリアのモンテホスコル[*1]にいた
ローマ帝国の夏がそのままに
続いている白壁の古館には
かぞえる必要のない家族が動きまわり

笑いうたい泣き飲み食べて
夜は半球の星の下で眠っていた
ゆくりなくも僕のベッドには
猫もいたかと思えば犬もいた

夏はモンテホスコルに
僕をおき捨てて去り
山上には朝霧に濡れた栗が落ちはじめ
ぶどうはどこまでも熟れのこり
人間も猫も犬も[*2]
あるきながらそれを食った
白い壁の奥からきこえているのは
何時も〈アダモ〉であった

過去か未来かあの窓の星くずは
夜ごとペチカで栗を焼いたが
早朝起きざまに冬を迎えると僕は
アダモの二階へ手をふって
惑星トスカーナを離れた

シエナの古い駅から夜行に乗り
終点リヨンに着いてから
羽田あたりで見たことのある不燃物の
おんぼろジャンボで
フジフィルムの対流圏内へ
砂漠を越え海を越え
ダウンバースト何のその

いったいどこへ帰り着いたか
野ざらしの細道もない

＊1　トスカーナ地方山上の村。
＊2　トスカーナの犬猫はぶどうをよく食う。

輪廻半月

そろそろ二十年
私の骨董屋も
某日初顔の中年女性が現れた
服装はジーパンにノルディック
髪には白いベレー帽
右の耳にイタリーの銀貨一つ
陽にやけて目が澄みきっていた
風のようにはいって来て
「こんにちは」が後であった

庭でしんまいのウグイスが一声鳴くと
「まあこんな街中で」と
彼女は品物の奥で笑った
自家用の珈琲を点てたところへ
「これおいくらかしら」と
一本の象牙の櫛をさし出した
「こんな物がありましたか」
私はほこりだらけの〈半月〉を
ていねいに拭きあげた
美事なアイボリーの肌つや
「どちらからですか」
「長崎です」
私はがくぜんとした

眼の奥から血が引いた
〈トシ子がくれた櫛だ〉
公娼廃止前の柳町にいた長崎娘
毛髪が落ちて長崎へ帰って行った

「それおいくらですか」と客
「五千円ちょうだいします」
「グラーチェいい買物でしたわ」
ウグイスがまたしても
へたくそに鳴いた

甦る位置

足もとにころがっていた
乱れ金つぎ作者不明
拾い物に等しい値で買ったが
よく見れば古田織部の血の匂い
秘すまでもなく
傾《かぶ》き者の便所に置いた
南天の実も生《な》る手洗い鉢である
雨に打たれて生きかえるのだ
この空間は祖父の故地であるが

見るがよい何者の胃袋か
林立するゲットーを

発見されてならぬ物の
形体は流体力学である
落ちてつかまると
博物館の死体となる

はだしの来訪者

夜中に夢を見るようになった
眠っている間に人と語り
ここは彼岸か又は彼岸の現実か
とおどろいて起き上がる
深夜の闇の中で自己の位置が不明だが
しかし窓ガラスがさきに目覚め
逆に位置が私の存在をおしえてくれる
起き上がってふとんに坐り
夢と化して出現する現実形態の

その意味を見直す
夢は夢に続き終幕のない
毎日の舞台であることもある

私は白日の下の夢の転写によって
もはや夢という言葉を失っているらしい
夢が言葉か言葉が夢かそれは知らぬ
中国の作家は
「言葉は血である」と言った

昨夜の来訪者はうぐいすが来る門前の
百日かずらの下に立ち原稿をくれた
よく見ると土の上にはだしであった

寒いでしょう―というと
「死はもっとつめたい」と答えた
一瞬私は彼の眼から視線をそらせた
未来は死の裏か表か前か後か
文学はかくも死後まで
語り続けて行くのだ
原稿を読み終えて太陽が又しても
私の存在を知らせた時
まさしくうぐいすが鳴いていた
彼の言葉はたしかに枕もとにあり
それは私の今日の
証しでもあった

モンゴール高気圧

何本の松を斬りたおしたか
何屯の石を積み上げたか
何屯の紙をすき
その表に記したか
地球を埋めつくす
言葉の粉塵を
更に見よ白亜の殿堂を
バチカンの石柱の上
神々の手足は何故に磨きぬかれて

地球の過去の不透明な粉まつを
更に秘密めく栄光で凍結しているのか

今一とせの暦の終りに
あたかも古い時が終るかの如く
闇の奥から鐘は鳴り渡り
私の一夜の眠りの内にひびいている
時よお前は江戸か明治か
昭和のいくとせか
はたまた京都の寺の屋根瓦か
口紅を塗ったモンテーニュのパリの雨か
全ては一つきの鐘の音

何屯の石を掘り起こし
何屯のセメントで地をかため
何屯の人間を封殺したか
何屯の石油を積んで虚構の未来へ
出発し続けたか
微動だにせぬ大地と一筋の絹糸で
〈凧〉は反転して飛翔する

密売される過去の上
盲目の壁の重層の上
今朝はモンゴール高気圧

*〔編者注〕本篇は、毎日新聞夕刊(一九八三)に掲載されたものである。

幻説新羅爪

それは私が自存している白日ではない
それは千年の過去に高く逆登る
唐の竹と新羅の楮紙でつくられた
戦地のミラクルである
言うまでもなくこの爪は
一人の人間によって発明され
自由自在に繰られたが
一度人間の手から切断されると
人間の手の及ばない彼岸へと飛び去った

ゆくりなく千年の死者たちが眠る
墓山の谷の底へと

私は今
白日の空中へ新羅の幻想を再現するが
帰るべき故郷を知らず鳩の様に
惰性の手にもどる
空前絶後の伝説は私を見捨て
骨燐のように点滅する

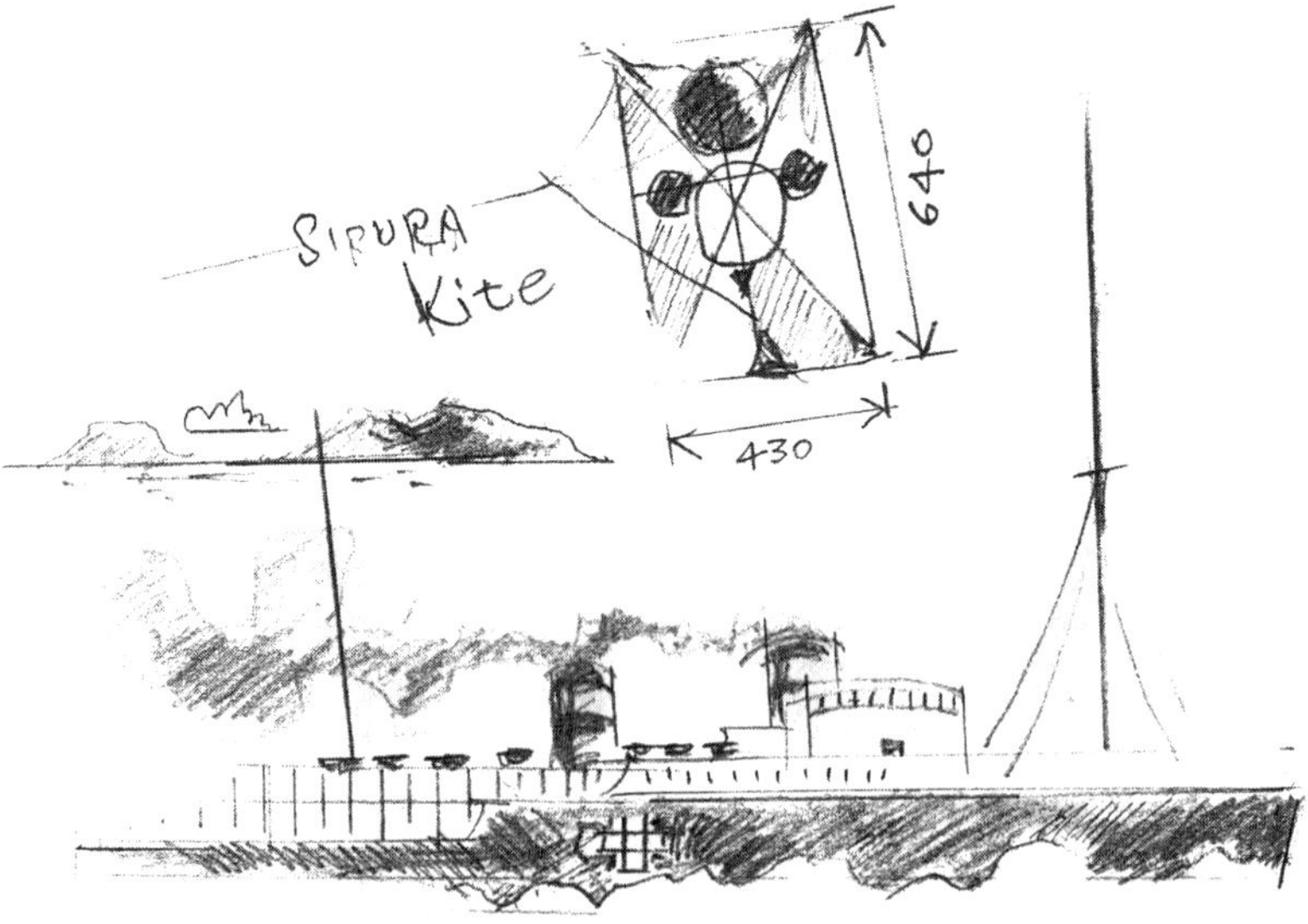

画　鈴木召平

野史篇

V　凧の科学

1

爪の起源についてさまざまに説もあるが、歴史的に証言できる裏づけは難しい。

学説では中国が最も古く紀元前三〇〇〇年となっている。手すきの紙が発明された国であるから頷《うなず》けるところもある。しかし私の想像では、爪とは超原始的な発想から出発し、さらに知られざる部分が隠されているに違いない。

これが華麗に開花した国が中国であり、現在に至るまで続いている。その創造的イメージは森羅万象の投影のようである。この国の空の美術が、民俗学的にアジア広域に伝播《でんぱ》して行った。

さて爪が人間の心の祭りとして出発したか、実存的道具として出発したかは歴史的に死角であるが、私が製作し続けている朝鮮半島伝来の〈新羅爪〉は、一〇〇〇年以上前に新羅が統一戦争で使用した信号の道具であった。その構造は、対流力学を最先端まで詰めたものであって、現在になってその機能美に注目しているのは私だけではない。

全般的にアジアの爪が手すきの紙と竹で作られているのは周知の事実である。中には絹で作られた華麗なものもあるが当然シルクロードの産物である。

2

爪の種類を調べていくと国の歴史と重複してくる。

中国が構造的に昆虫など自然の写実であるのに比べて、日本は平面爪であり、浮世絵美術の領域に属している。日本史に〈イカノボリ＝爪〉が出てきたのは、学説によれば室町時代となっている。その種類をたどると、江戸時代の全国藩数ほどはある。

「江戸東京風俗野史」（伊藤春雨著）などによると、日本史の爪揚げ全盛時代も江戸であった。その中心も江戸であり、けんらんたる武者絵が出現した。火消し組、職人、商家、武家に至るまで華美を競って流血事件まで続出した。

染色絵の具が最高に進歩したのもこのころである。イレズミ美術の唐獅子ぼたんなどは爪絵と同じである。

爪絵がマークのように作者別に分類された地域に、阿波がある。現在も阿波には〈爪合一覧表〉なるものがあって、長崎にもハタと言われる分類図が阿波と同じく一〇〇ほどある。
長崎港に入港する船の旗を丹念に転写したもので、長崎独特のハタの由縁である。
新羅凧は、かつて鮮明な丸の着色が一つであった。これは中央にくり抜いた正円を着色し、シンメトリー（左右対称）に張ったものである。空に揚がると不思議に人々の心を打つ。

3

凧のかたちを大別すると、角、丸、菱《ひし》形、鳥、動物等だが、バリエーションは何百何千とある。しかも千変万化だが、ただ一つ、基本的な約束がある。左右対称のバランスを持つことである。

あえて二分すれば、平面と立体である。一個の面積も定形はないが、長年凧を揚げて気づいたことがある。「今日は凧日和だ」と思われる日の気象との関係である。

まず快晴。風は強からず弱からず、樹の枝が静かに揺れている。そんな日の風力は1または2である。従って凧がよく揚がる条件は、風力と面積、重さとの関係である。

これを科学的には〈翼面荷重〉といい、方程式により、面積と重さとの関係で適正風力を算出できる。

平面凧がどんな種類でも船体型にカーブさせてあるのは流体力学であり、船が水上を走る時の条件と同じである。私が作製している新羅凧は、中央に正円の穴があって、あたかもダビンチの人体図のような骨組みが露出している。バランスの原則である。

一見シンプルで装飾もないが、グライダーのように正確に計算された構造であり、作製にミスが許されない。空中における反転復起力は、比類のない見事な特性である。これも中央の穴が、バックの気圧を制御するからである。

4

日本列島は大陸との間に海峡を持つ島国であり、朝鮮半島独特の広大な移動性高気圧の帯が海で断たれることが多い。しかし高気圧にすっぽり包まれると凧日和が続く。

新羅凧は平面角凧に属する。だが前記の通り、中央の穴によって特異な上昇能力と、絶妙の安定性を持つ。一〇〇〇年以上前に新羅のだれがこの流体力学を発見し、構造化したのか記録がない。新羅統一戦争に登場しているだけである。

凧は原則的に一点から揚げ、四十五度の角度で上昇するが、新羅凧の特性は、普通の凧のようにただ揚げるだけではない。伝統的道具である糸車によって、曲芸飛行のように操縦できるのだ。この操縦には厳しい特訓が必要である。どんな気流の変化にも対応できる糸車の特技を身につけることである。

都市の空には排気ガスが高濃度の「逆転層」があって、高さ二〇〇〇㍍を超えて揚げることが困難な時もあるが、私の凧は海岸線の突発的上昇気流につかまって、四〇〇〇㍍を超えたことがある。極限の垂直上昇であった。

場所は福岡市・姪浜。一九七五年九月七日午後二時、積乱雲乱立の日であった。

5

九州北岸に上昇気流が発生するのは夏の終わりから中秋までである。一九七五年九月七日、私の凧が高度四〇〇〇㍍を超えたのは、気象条件に恵まれたためだが、新羅凧の原動力の再発見にもなった。

凧揚げ大会での賞の対象には必ず〈高度賞〉が入っている。高く揚がることはバランスが良いことでもあるが、凧は高く揚げるだけが目的ではない。肉眼で見える視野内でさまざまに遊んだり、または機械として務めを果たしてきたのは歴史的事実である。

近世、凧を人命救助信号、写真撮影、温度測定等に利用したのはヨーロッパであった。古来、日本には水車の動力があるが、ヨーロッパには風車の動力があった。風と水が地球上を流れているからであろう。

凧の高度記録は歴史上、不明である。ちなみに私の四〇〇〇メートルを超えた時の凧は、やや台形、穴あき新羅凧で四十五グラム。糸は最も細い韓国製ビードル糸であった。凧を私が揚げたのではない。誰にも阻止できぬ上昇気流であった。

凧の高度が一〇〇〇メートルを超すと肉眼で見えにくくなる。カメラに写るのは数百メートルまでである。高度の測定には角度をコンパスで測るが、突発的上昇気流では垂直に直線で引き上げられて恐しいほどである。

6

新羅凧の原郷である韓国で、近世一般に使用されてきた凧の糸は木綿、絹、麻などである。

日本と同じだが、機織り用の糸わくを応用した糸車が、アジアの中で独自の凧揚げ方法を完成させた原点である。貴族は紫檀《したん》や黒檀《こくたん》の高級な糸車を使った。

やがて民衆の遊びとして凧合戦も盛んになるのだが、いつから始まったのか時代はわからない。相手の凧糸を切断して落とす競技であり、粉末にしたガラス入りのノリで固めた、門外不出のガラス糸が発明された。

ノリにはクチナシの実やオシロイバナで着色されたものもあり、草木染めのあでやかさがあった。昭和初期に在住していた日本人凧マニアの間で、その糸は〈ビードル糸〉と言われて羨望《せんぼう》の的であった。

ビードル糸の量産は一人ではできないので、親子でしたり、兄弟や友達としたりで、刈り入れ後のみやびやかな田園風景であった。切られた凧が、あてもなく滑走して消えていく姿もまた美しいものであった。

凧揚げの常識として、凧の大きさによって凧糸の太さが決定する。新羅凧は平均五十ムグラ、最も細いものが使用されている。

7

アウトドア人種はそれぞれに道具を持っている。旅に出る時はその道具を携帯して出発する。

私の場合は凧に糸車、及び修理道具等である。凧の大きさは標準型であるから画材用のバッグに入れて持ち歩く。まれに立体凧等を分解して、現場でセッティングする。

思えば私は、生まれる前から旅に出たようなものである。母の胎内に宿って、新羅凧の原郷である朝鮮半島に渡ったからである。

釜山の山の上で生まれた。家は南にサンルームがあって、海岸の市街まで段々畑が続いていた。アジアのシンボル稲作を見つつ成長した。同時に刈り入れ後の凧揚げ大会に参加することができた。戦後、九州北岸の福岡に住んで、少年時代の新羅凧を再現し、改めてその機能美に感動した。

脱サラ後、九州全域の学校や公民館で凧つくりを教えてきた。福岡でイタリア語教室をしていたドリアーノという青年が、この新羅凧に注目し、私をイタリアに連れて行った。

初秋から初冬まで、イタリア中で凧揚げをしたが、レオナルド・ダ・ビンチの国の人々のこのアジアの凧に対する素直な畏敬《いけい》は、私の心を強く打った。トスカーナの丘の上で、ドリアーノと私は新羅凧を揚げた。

8

長年、新羅凧を教えている間に、いつしか「新羅凧の会」が出来上がった。会費もなければ資格もいらぬ不思議な会である。

凧の製作元であり教室である「凧館」に集って来て技術を身につけた人々が中心である。交際が深まるにつれて、私は彼らがそれぞれに魅力ある人物であることを知った。

蝶《ちょう》よりも小さいミニ凧を作って電気コンロの上で揚げて見せてくれた〈秋山灝《ひろし》〉。もと陸軍のパイロットである。画家〈山内重太郎〉。版画家〈クロスケイ〉。二人とも私の凧に絵を入れてくれた。珈琲《コーヒー》店主〈森光宗男〉。この人は店の客に新羅凧を配り、室見川の凧揚げ会を長年にわたって推進したオルガナイザーである。

私が教えた新羅凧の技術をプロフェッショナルに身につけ、本場韓国の凧揚げ会に参加し、何度も受賞している人物が二人いる。

〈清水章生〉建築設計家。「茶室」の研究家である。〈関口眞一〉会社員。この人は一九八六年、大阿蘇全国大会の新羅凧の部門で優勝している。

凧揚げにシーズンはない。春夏秋冬、それにふさわしい日がめぐって来る。

（「凧館」館主　鈴木召平）

＊〔編者注〕本篇は、毎日新聞・福岡都市圏版に連載（一九九七〜九八）されたものである。

画　鈴木召平

Ⅵ ハイシャンケンキチの沈黙

1

ひと夜さに嵐来りて築きたる
この砂山は
何の墓ぞも　〈石川啄木〉

一九二五年〈大正一四年〉。上海は五・三〇ゼネスト。十万に近い労働者、学生と、日英両軍が衝突。この年の二月二十四日、廃位宣統帝〈溥儀〉*1は北京を追われて天津へ移住する。同年三月十二日、帝政にとどめをさして入京した中華民国執政〈孫文〉は、六十年の生涯を閉じた。北京の春にモスクワより〈ガラスの柩〉がとどいた。内憂外患、混迷の中国大陸で、ただ一人私財を積まなかった孫文の柩が、ガラスであったと、私の机の〈孫文伝〉には記されている。

私の部屋に古くから一枚の写真が放置されている。写真の裏には、六名の人物の名が印刷された紙がかくれている。左より〈末永節氏〉〈内田良平氏〉〈宮崎滔天氏〉〈小山雄太郎氏〉〈清藤幸七郎氏〉〈孫文氏〉。下に〈支那革命同志記念撮影〉とある。ざっと玄洋社、黒龍会系列の壮士の面々であるが、どういうわけか、私の曾祖父黒田藩士〈鈴木次平輝信〉麾下二世が四名いる。つまり次平の長男〈梅五郎〉の世代である。やはり祖父梅五郎の関係に由る写真なのであろう。

私は裏紙を発見するまで、若い頃から右はしの明眸の人物は何者であろうか、と思っていた。服装は明らかに英国のフロックである。孫文と解った時「いかにも」と思い知った。その眸は何事か遠くを見つめているに違いないと思われる不思議な魅惑があった。

左はしの〈末永節〉は、〈ハイシャンケンキチ〉[*2]の親友〈末永賢二〉の父である。賢二は〈上海東亜同文書院〉[*3]出身で、ケンキチの二年後輩である。節も又、フロックであるが、明らかにぴったり着こなした孫文とは違う。少々野暮に見える。

一九〇四年〈明治三七年〉、日本軍は大連を占領。アジア全土を敵にまわす満州鉄道建設の発足となる。続いて旅順・奉天を落とす。満州軍閥にとっても奉天は夢に見る巨城であった。赤子の手をひねるつもりでいたロシア陸海軍の誤算の理由は、史家によって明らかだろう。私が見つめているのは歴史の血煙の底に住む人々の大地である。

孫文の日本人をふくめた〈中国革命同盟会〉の成立は一九〇五年である。彼はイギリスからさらに日本へ亡命し、主に民間の志士達と共にアジア諸国を考察していた。前記した黒田藩士鈴木次平の麾下である福岡玄洋社の手引きに拠って、次平の長男〈梅五郎〉を訪れた。その時二男のケンキチはやっと修猷館に入学したばかりである。祖父梅五郎は孫文に千円贈った。これは末永賢二氏（生前）からの旧聞であるが、孫文自伝にも民間協力者として〈鈴木〉と記されている。

2

昭和初年の秋、上海市の洋上運輸会社〈海上公司《ハイシャンコンス》〉のケンキチが、廬山[*4]近くの江西省九江上流で、旧義和団系秘密結社のシージャックに遭遇し、行方を消した。この時節、ケンキチの父梅五郎は、福岡市薬院の土地を五百坪売却している。日記には弐千円送金と一行。この金は上海市黄浦江岸の横浜正金銀行支店にはいった。

ケンキチがシージャックに遭って行方を消したままである事を、半年も過ぎた頃、福岡市中庄町〈現在は中央区今泉二丁目〉の梅五郎に知らせたのは、同文書院附属、租界通商研究所々長〈末永賢二〉であった。

すでに教授陣も教育内容も変貌し、上海が満身創痍である様に、同文書院の姿も又同じであった。賢二は上海残留の卒業生や学生と、マージャンをしたり、各地に散った同志の、日本内地の家族と連絡を取ったりしていた。

時は満鉄奉天近線において〈張作霖〉が爆殺される前後（昭和三年）であり、同文書院内の孫文民主主義革命擁立学生運動も、新中華民国国民政府〈蒋介石〉と、英米日の軍圧のために押さえられてしまった。歴史が音をたててひび割れた。すでに前年（昭和二年）の蒋介石の上海クーデターでは、同文書院まで放火銃撃をうけているが、この混迷を極める奇怪な戦闘が繰り返される上海においては、テロの実態も見えていなかった。同年蒋介石は南京政府を樹立した。ケンキチは行方不明のままである。

ケンキチ所有の〈海上公司〉の輸送船は、五百屯の中型鉄船であった。元はと言えば、福岡市西公園裏の〈徳島水産所有〉の漁船であった。船と荷物全部は没収されて、船員の中国人十数名と、船主のケンキチは釈放されている。いったい何処で、どんな有様であったのかを誰も知らない。「わしは寺で遊んでいた」とケンキチは私の父に言ったそうだがその他は何一つ聴き出していない。

さて横浜正金銀行上海支店にはいった梅五郎の〈弐千円〉は末永賢二が受け出して、黄浦江上の日本海軍駆逐艦に乗務していた海軍大尉（某）に手渡した。艦はその夜姿を消した。

一年が過ぎた昭和四年正月。

ひげのケンキチは、例《くだん》のように黒い支那服で、黄浦江岸銀行通り前の、駆逐艦からふらりと上海に降りた。洋車《やんちょ》〈人力車〉を拾って走り出し、アメリカ人がすっかり増えた長いビジネス街をゆっくり抜けて、どこまでも走った。俗に魔窟と言われる大世界《ダスカ》に近づくと、正月の爆竹がポンポン鳴り始めて、この音を聴いた時、ケンキチは「ああ生きて帰って来た」と思ったそうである。

彼は四馬路のマッサージビル〈楊春館〉の門にまっすぐにはいった。戦後日本のトルコ風呂の前身であり、娼婦の技術に至るまでこの上海マッサージがモデルである。

何との楊春館の向う正面が、赤煉瓦二階建ての〈海上公司〉の事務所であった。

この時、公司二階の日本間畳敷きに、〈渕上澄子〉は坐って、日本から流れて来るラジオをぼんやり聴いていた。なすすべもなかったであろう。九州は福岡市、渕上呉服店長女、戦後初めてSSDDSを開発した・渕上栄一ユニード社長の叔母である。

ケンキチ釈放の噂を聴いて単身長崎より上海に入り十日目であった。戦後三十年ケンキチの傍にいて死に水を取った正妻である。

その日のうちに末永賢二は学生二名を連れて公司に走りこんで来た。ケンキチは昔日通り椅子にもたれてひげをもんでいた。その横に東京ドレメ卒業のモダンガールが足を組んで坐り煙草を吸っているのにも驚いた。渕上澄子であった。学生時代からケンキチが息子の様にかわいがっていたという浮浪児の沈がガタガタとストーブの火をかきまわしながら嬉しそうに「来々《ライライ》先生」と言った。

「帰って来たか、いったい何処まで行ったのか」と問われてケンキチは、目の前の楊春館を指さして「うん、命のせんたくばしとったとじゃ」と答えて笑ったそうである。


ケンキチと澄子は一たん帰省して結婚式を挙げ、天津租界へ移住している。

もと蒋介石所有のロココ式洋館で〈天津新民会〉[*5]は発足した。ここで廃位清朝皇帝〈溥儀〉と後日同居する事態となる。全ては関東軍参謀の策意に由る、戦史の裏道である。

ケンキチは頭脳を使わない感覚的野人であった。軍人や政治家をきらった。ここでも彼は「日本人とは気が合わん」と言って支那人ばかりの同志を集めている。何の同志か？　無論

〈東亜同文〉〈五族協和〉の同志であった。言わば後年の〈満州国協和会〉*6の前身《モデル》であったが、まだケンキチは自分の敵が見えない。

アメリカは金融恐慌のどんぞこで、日本は関東大震災の深手も癒えず、資本の原則通り親ガメこけたら皆こける、大不況であった。田中義一内閣、時代がま二つに折れんとする運命である事を知ってか知らでか、なだれの様に植民地拡大へ。怖るべきグリム童話である。

3

当時の全日本的西洋コンプレックスは、現実的行動では、軍事、軍備面にスタートしたのであろう。大戦後、大隈首相、加藤外相等は、ヨーロッパの、日本をふくむアジア外交の差別を痛感し、これを踏み台として、西側大国のアジア侵攻に対抗すべき時と考えた。そこへ青島攻略日本軍司令〈神尾光臣〉は帰国して、新しいアジアの、日本の責任及び役割を説いた。その足場として、中国のヨーロッパ連合国大租界である「上海」の重要性を力説し、ここですでに早くから開校されていた「上海東亜同文書院」の新中国建設思想の革新を進めようとした。つまり歴史的認識の前衛的起点として、重要な土壌となり人柱となれる人材を、そこから大陸全土に植民すべきであるとの考察であった。

同文書院の創設は、ほぼ百年前である。明治の開幕後、海を渡った貿易家〈荒尾精〉の東亜同文会を始祖とする。

尾崎秀樹の岩波新書にも一部分の説が出ている。「東亜同文会は日本の将来がアジアの運命と相互関係にあることを認識した〈荒尾精〉によって経営された日清貿易研究所を母体とする。同文書院はその目的達成のための事業であった。後略。」

しかし、その建設的前向きの思想は、大正から昭和に移る、日本の政局の大異変同様に倫理的生命力をうしない、有史の足をもぎとられて行ったと私には看取される。

軍部はファシズムのモンスターと化し、満州建国へ暴走する。ケンキチの東亜同文の理想も、満州建国「王道楽土」への急流に押し流される。

因みに満州鉄道の機関車はアメリカ製ばかりであったから、満州建国日本のシンボルとして、国産超特急「あじあ」の設計製造が開始された。

新満州国大連駅の助役として、ケンキチの弟〈鈴木季吉〉が就任し、昭和十一年には、完成した「あじあ号」機関区の区長となっている。

4

さて、おもしろい事に、鈴木輝信次平（曾祖父／黒田藩々財奉行）の名も、梅五郎（祖父／九州鉄道技師博多駅助役）の名も、黒龍会、玄洋社は無論の事、その他の同志会にも出ていない。にもかかわらず、これらの結社の志士たちは、維新より昭和まで、いうなれば黒田用宅である鈴木家を足しげく訪れている。かくて頭山満の子息及び、末永節の子息と共にケンキチは、くだんの上海東亜同文書院へ、いうなれば一触即発のアジアの火中へ、一身を投じたのであろう。何と、時まさに第一次世界大戦に参戦の大正三年の夏であった。

私の疑問は、一世輝信次平は何を考えて居た人物か、というところにあった。上海同文の設立沿革に関与したのは、二世の梅五郎〈私の祖父〉につながる頭山満、末永節、同文書院々長〈根津一〉等、維新後の志士系列二世である。

藩政が一夜にしてひっくりかえるという、史上かってない大革命の後も、どういうわけか、福岡在黒田藩の志士たちは、鈴木輝信次平のふしぎな無言の傘の下で行動している様に展望されて来た。孫文は日本へ亡命して中国革命同盟会なるものを結成し、玄洋社と手を結び、福岡の、現在の当家である鈴木家を訪れて、梅五郎から千円受け取っている。この様になぜ志士たちは、藩政時代には輝信次平を尊重し、ちょんまげを切ってからは、二世梅五郎のもとに集まったのか。

私はいうなれば、戦後の新人類であるから祖先の藩史等、ふり向いても見なかったが、大陸浪人といわれていたケンキチの、黄塵の生がいを想像していたところ、思いもかけぬ黒田藩史というゴーストが浮き上がって来たわけである。

それにしても〈孫文〉という客は、日本の志士たちでは勝負にならぬ巨人であった事も忽ちにして解明して来た。残念ながら〈北一輝〉では並ぶことができなかった。さて私は五里霧中のケンキチの中国へもどらなければならぬ。

5

ケンキチと妻の澄子は、上海へもどらずに天津へ移住し、〈天津新民会〉を創立した。昭和六年正月であった。

「上海東亜同文書院出身の鈴木謙吉が天津新民会を創設」と、日本租界の新聞である天津日報が報じた。日租在住の大陸浪人が忽ちケンキチを頼って集り、東亜同文出身の中国人同志が、副主幹としてデスクに着き、ケンキチ自身は人に会わず、何もしゃべらなかった。酒宴になると、テーブルをたたいて同じことを言い続けた。「アジアは一つ」と。

海河港が春の霧に包まれた頃、川島芳子がケンキチを訪ねて来た。フランス軍の軍服を着て、腰のモーゼル銃を抜いてテーブルに置いた。ケンキチは遂に来たか、と思った。中国人の部下から「川島に気をつけろ」と日頃言われていたからであった。「金になる事なら何でもやる馬族の頭目だ」と聞いていた。

その後のなりゆきは下記の通りである。

「日本の関東軍特務機関が、ハイシャンケンキチが天津に来ているから、秘密裏に溥儀の通訳として付けよと言っている」と川島は言った。日本語であった。

ケンキチは豪華な応接間でよごれた日本のたんぜんを着たまま北京語で答えた。

「自分は軍役ではないから、関東軍の命令は受けない、と伝えてくれ。しかし溥儀とは一度会見して五族協和の話がしてみたい。川島君、君も新しいアジア建設のために働いてはどうだ」

川島は苦笑して「私が車で案内する」と言い、軍帽を男髪の頭にのせて立ち上った。

ケンキチは例によって黒の支那服にロシアンハットをのせて体一つで出発した。新民会内部の者も、妻の澄子もケンキチの行動を知らなかった。又してもケンキチは行方不明になった。

ケンキチは川島に連れ去られてから二ヶ月後、全く変らぬ姿でふらりと新民会ビルへもどって来た。直ちに二階の住人を下へ移し、新しいじゅうたんを敷いた。その日のうちに私服の日本軍人二人にガードされた中国服の紳士が黒ぬりのパッカードで到着し、二階へはいった。溥儀である。蒋介石の暗殺団が天津へはいったので単身で身をかくしたわけであるが、この時日本関東軍のカゴの鳥となったのであろう。これは溥儀の天津脱出劇直前であったが、ケンキチには日本陸軍の工作の全ぼうが解っていなかった。

その間、天津は銃弾が飛び交っていた。奉天柳条湖事変、天津事件、そして第一次上海事変、全て昭和六年(〜七年)の日本陸軍の工作であった。

亡命皇帝溥儀の天津脱出は、すでに晩秋であった。日本の商船がいとも平凡に渤海湾を北上し、営口に運んだ。

満州国の発足は、ケンキチにとっても生涯最大の悲劇となって行く。どういうわけか、彼は、溥儀の名ざしで、満州国上意下達の思想的機関部〈満州国協和会〉に赴任する。

玄洋社遺族の末永（故人）の話では、上海同文時代のケンキチは、中国語の教室だけに出席し、外は何も勉強しなかったらしい。一年で会話をマスターし、同文書院学生特別鉄道パスなるものを利用して旅に出る事が多かった。学校を休んで一月間も帰校しない。

彼は学生時代に単身で、北は北京、奉天、南は南京、重慶あたりまで放浪している。

卒業の時は、中国南北の言葉を完全にしゃべっていたとの話であった。

「旅に出てみるところがっているのは、人間の死体ばかりだこの国は」

とケンキチは末永に暗い顔で話したという。

協和会のケンキチは、北京に天津新民会を移し、自分は不在であった。新京市満州国政庁の隣に並ぶ協和会のビルは、もと張作霖の部下であった伊達順之助がどういうわけか陸軍中将の軍服を着けて出入りし、時には私服の憲兵たちとマージャンをしていた。かんじんのケンキチは、例の如く行方不明であった。

かくて、満州国溥儀の親衛隊、安国軍総司令官は、何と川島芳子であった。このあたりからケンキチの単身放浪は、黒龍江を越え、ウランバートルを越えてバイカル湖まで拡大されて行く。

6

東亜の二字に現状があったと推測できる。アジアの東である。

上海東亜同文書院創立の初志発想基盤は、アジア民族独立協和であり、当時の西欧列国の軍事経済侵攻阻止を目標としていた。

史学家の言〈戦後〉では、日本を中心とする政治的教育陣によって、皇道精神に由ってアジアの盟主となるための野望を持った教育機関と説かれたのだ。これは近代上海史を語る時、変則的な結論となるであろう。隠蔽された史実や、人脈の原流と変動を正確につなぐ考察が必要である事はいうまでもない。

「未来への歩みは、満州再考に由るべきである」と言ったのは〈高橋和巳〉だけではないが、東亜同文の発想が、日支共通の時局認識に拠った史実は明白である。たとえ世界的展望に欠ける運動であったにせよ、東亜の危機脱出、独立再興を理想とする日支共同の有志に拠る胎動には違いなかった。

このアジア問題同志会〈政治干渉結社〉は維新より根を張っていたのは言うまでもないが、

時代進行と共に、政治、軍部、言論界等々にも、辛亥革命、孫文革命にまで関与しつつ、やがて独走する軍部の直線的レールを走り出してしまった。初志にして、アドバンテージであった上海同文書院も、第一次上海事変を経て、満州建国完結後は、日本海軍陸戦隊に護衛される、日本独走の大学に一変した。

ケンキチが青春の一身を投じた、「五族協和」の〈上海東亜同文書院〉は、すでにこの時消滅したと言えよう。かくて、ケンキチ自身の存在すべきアジアが、彼を捨てて遠ざかって行ったのであった。

旧新京からの引揚者〈木村慎吾・福岡市の無名作家〉はすでに故人である。存命中は私と旧満州、旧朝鮮の記憶を語り明かした。満州でケンキチに会ったただ一人の人物である。

「満州建国一周年祭の時に、協和会の鈴木謙吉という人物が局に来て講演をしたことがあった、忘れもしない、俺は雲の上の幻の名門校を出た人物が来たというので、どきどきして玄関前の庭に出たもんだった、まさかその人がねえ」

その夜の対話は夜中まで続いたが、その慎吾が翌年の盛秋に肺ガンで他界するとは想像もできなかった。彼の最後の正月の夜であった。

ケンキチは支那ひげを伸ばして日本語がへたであったという。

「満州建国によってわれわれは晴れてアジアの兄弟となった。満州で働いている日本人諸君はアジアが一つであることを自覚して五族協和のために努力して下さい」

ざっとこの様な話であったとか。

一周年祭であるから昭和八年であろう。

私は南韓釜山の草梁の山野を走りまわっていた。まだ小学校にもはいっていない。この少年は生地釜山の外はいまだ何処も知らない。目前に光っている海面の彼方が九州北岸であり、その対岸福岡が、道庁官吏の父、喬栖《たかす》の本籍である事等知るわけもない。

「ケンキチ叔父さんはマンシュウでさぞ寒かろう」

と父が時々唄うようにフシをつけて言う。何処かにマンシュウという国が在るらしい。父は、祖国を捨てて大陸の土となるために東亜同文書院を出た弟を、国家の命運を測りもできずに日日懐想していたのであろうか。

慎吾の死後に発見した彼の小説の中に一つの重要な作品がある。『異邦人ターニャ』である。満州建国という空夢に似た動乱の歴史のさなかに、ロシヤ娘のターニャと恋に落ちた静謐な小説である。

恋人ターニャは、新京でカフェを営むロシヤ娘であった。慎吾は心中を口には出さずに通いつめていたが、終戦直前に彼女が失踪しソビエトのスパイであった事実を知りがくぜんとする。戦後慎吾は捕虜となるが、ある日軍服を着たソ連の女性将校が来て慎吾を呼び出し、日本人引揚列車に乗せてしまう。その将校がターニャであった。国境を越えた純愛の実録である。

ところで、敗戦後、東大を残し、上海同文の歴史を見捨てた力学的実像は何であろうか。上海同文創立に関与した主な同志である〈頭山満〉〈宮崎滔天〉〈福田和五郎〉〈根津一〉〈中野正剛〉等々の人物を同志一世と見なせば、ケンキチは二世として同文〈十四期〉に送り出された。大正三年福岡県知事推せん。頭山の息子、立助・泉兄弟と共に。入学式は東京旧鹿鳴館。時は第一次世界大戦勃発の夏。

「新しいアジアの土となれ」これは、叔父ケンキチからの旧聞によれば、近衛文麿の式上講演である。学生には中国全土、北はシベリア国境までの鉄道パスが渡された。このパスによって学生個々の理想は、歴史の迷宮へさまよって行ったのであろう。慎吾は、ケンキチがアジアは一つと語ったと言った。しかしこの二世は満州国協和会を脱会している。日本語も忘れかけつつ日本の陰翳《モラトリアム》を見たであろう。

7

天津新民会発足の昭和六年より、七、八年の三年間は、ハイシャンケンキチにとって、自己の宿世を確認し把握する時期となった。「アジア大陸の土となる」ロマンが、想像だにできなかった巨大な台風にたたきつけられた現実に立ったと言えよう。

最後の黒田藩士鈴木梅五郎の次男として生育し、旧藩校修猷館から上海同文書院に進んだ自分自身の立脚基点が濃霧の奥に消えて行く。

満州帝国とは？　皇帝溥儀とそれを囲む執政達は何を考えているのか。何よりも日本政府は、関東軍は、この新国家をどうするつもりなのか、想像もできなくなって来たのであった。

奉天の関東軍特務機関からは、新京政府の満州国協和会へ連日の様に特命が下りて来る。例えば、「ソヴエト政府と過去に関連を持つ、満州国政府執政某と皇帝溥儀の日常の談話を記録せよ」とか、「満州国建国委員会のその後の個人財産と事業及び従業員を監視せよ」とか、その他ありとあらゆるスパイ工作が並べたてられて来た。

満州建国で燃え上った同文書院学生の血は忽ち鉄の様につめたくさめた。

更に彼のはらわたをかきむしったのは、前記した伊達順之介と川島芳子の国家も民衆も無視した盲動であった。伊達は私兵の軍二千を持って日本軍を支援し、捕虜を廃船に積み込んで河へ運び爆破していた。川島はアヘンと武器を闇でさばき私利をむさぼっていた。

昭和八年の暮れ、ケンキチは防寒服で身を包み、中国人の部下一人〈張〉を連れてハイラルへ出発した。部下の張は左手がなく、右の耳がなかった。トランクの中に何時も自動拳銃を入れていた。黒流江省知事〈馬占山〉[*7]の部下であった。馬占山が満州国執政を離脱した昭和七年四月、溥儀はケンキチを呼んで、「馬占山の行方を早く探り出せ」と命じた。馬占山がケンキチに言った最後の言葉は、「溥儀の運命は終った」であった。

「ハイラルで露探の動きがあるからすぐに行け」と例によって奉天からの特命も受けての行動であったが、内心何処かで馬占山に会えるかも知れぬと思っていた。二ヶ月で満州国を離脱し、世界に向けて抗日宣言をした馬占山こそ満蒙でただ一人の名将ではないかと北満鉄路をゆられながら考えていた。

ケンキチと張の二人の姿は完ぺきに満州人であり、明るく交している対話も又その通りであった。

カンカンと鐘を鳴らしながら、ＳＬはゆっくりと走った。およそ二日目の朝、ハイラルは雪であった。満州里まで後二百キロ。星のマークをつけたバイカル鉄道貨物列車が時々進入して来る町であった。ロシア教会が一つ。日本人が営むホテル兼ＢＡＲが一つ。住宅はロシア建築と満州人住宅が雑居していた。その周囲は蒙古商人の包《パオ》ばかり。更に遠外は、行方も知れぬ大草原《ホロンバイル》であり、時すでにシベリヤ寒気団の直下であり、雪はまだうすかった。

ホテルにはいったケンキチは厳冬を見送ることに決めた。日本軍はバラックの兵舎に一個中隊いたが、時にラッパの音がひびいて来るだけで、何も動きは見えなかった。

誰にきいたのか、若い小隊長がケンキチを表敬訪問した。

「我々には小銃と機関銃が二丁あるのみであります、馬占山は何処にいるのでありますか」と言った。

「馬占山は無駄な戦さはしないよ」とケンキチは笑った。

北京の満鉄社宅で鈴木澄子はケンキチの帰りを待っていたが、何時しか一年過ぎようとしている十二月に満州国政庁より一通の公文書を受け取った。その内容は漢文であり彼女には読めなかったので北京大学の日本人教授に読んでもらった。

「奥さん、これは鈴木謙吉を満州国協和会から除籍するというものですが、その理由は殉職のためと書いてあります。しかし何時何処で亡くなったのかは何も書いてありません。これでは解りませんから、私が明日にでも新京に行って詳しく調査して来ます」とのことであった。澄子はやはりそうか、と思った。ケンキチは日常「わしの骨は日本に帰さなくてよい」

と言っていたからである。北京はすでにこな雪が舞っていた。大陸の土となるロマンを喪失したケンキチは、すでに故郷喪失者の決意を持って〈行方不明者〉となっていた。

8

満州国協和会除籍通知も殉職死亡説も、政庁総務部の全く知らぬ発行であり、結局出所不明であった。しかし、協和会の鈴木謙吉が北満鉄路の車中で急性肺炎で死んだという記事を、新聞紙上で見た者も多く、北京の澄子は暫くの間、様々な客の応接に明け暮れた。

ケンキチと張は、寒風に閉じ込められて、ペチカの前でウィスキーをなめピーナツをかじりながらロシア語を習っていた。雪の日も風の日も、ウィスキーと、ピーナツと、ロシア語であった。教師はホテルの経営者〈馬場〉の妻、〈ソニア〉であった。

馬場の故郷は福岡市であり、上海同文書院のケンキチの後輩であった。

「ソビエト軍が南下するのは、遠いことはないでしょう、私もハイラルには長居は無用と思っています。ハルピンにホテルを一つ持っていますからもどるつもりです、ケンキチさんはどうされますか」

と彼は言った。

「わしは一度ウランバートルへ行き、そこからロシアにはいりたい、出来たらバイカル湖を見たい」とケンキチは不可能なことを言った。

「それはかんたんな希望です、すぐにお世話します、しかしあなたの身分が解ればもどれないでしょう、私の言う通りにして下さい」

と、馬場の妻ソニアが言った。

ケンキチは厳冬のウランバートルへ単身転進し、ソニアの手配通り星のマークのバイカル鉄道にもぐりこんだ。いったい何をしに行ったのか。

後日、ケンキチは人に語っている。

「バイカル湖はわしの様な不行跡な人間の死ぬところではない」と。

ノモンハン事件の五年前であった。


三月になって、ケンキチと張は、又しても完全に旅仕度を整えた。馬場はアメリカ製のリボルバー自動ピストルと弾をケンキチに渡そうとしたが、どうしても受け取らなかった。武器はいらないと言う。張は右腕一本でモーゼル銃に油を注《さ》し、腰に提げた。

二人はらくだの背に乗ってノモンハンへ下った。ハルハ河がまだ凍結していれば越えるつもりであった。途中で見えているのは、羊の群れと、枯れ草の荒野のみであった。

ケンキチにとっては初めてのらくだの旅であった。彼の旅の一生の中で、最も苦しい旅であった。時々肩に激痛が走り、左手は肩から上がらなくなった。そろそろ自分の年が四十に近づいている事に気づいた。

まっ黒いひげ面の張は、何時も日本軍用カンパンをかじり、堂々と胸を張っていた。

ケンキチは張を見つめていた。空を雁の群れが渡る昭和六年秋、馬占山は黒龍江の鉄橋を破壊して日本軍に抗戦していた。北京食糧倉庫の裏の空地で、椅子にしばり付けられた捕虜が拷問を受けていた。川島芳子とケンキチが離れてそれを見ていた。ひげ面の捕虜は耳が一つ無かった。「これは元張作霖の部下だろう」とケンキチは思った。憲兵が捕虜の左手を押さえて左手首を斬り落としたが、男は声一つ立てなかった。ケンキチは立ち上がり、「殺すな、わしがもらい受ける」と言った。二人の出合いであった。

ハイラルではケンキチと張が立ち去った後に日本軍のハイラル特務機関が置かれた。諜報教育を受けた右も左も解らぬ士官が二名着任した。彼等の居住は、馬場のホテルの一室となったが、馬場はケンキチ等の行動について日本中華両方に対して一切黙秘した。

9

澄子は手をつくして調べたが、ケンキチの行方も生死も不明のまま一年が過ぎた。

ケンキチの弟〈季吉〉が、大連駅の検車区々長に就任したのもその頃であり、澄子は鉄道パスを季吉からもらって、北京と大連を往来するようになった。すでに大連―新京間に超特急〈あじあ〉は走っていた。

ケンキチの兄〈長男、喬栖〉は、旧朝鮮慶尚南道釜山草梁洞の山腹に家を建て定住していた。慶尚南道々庁の建築土木技士であった。長男の洋一が釜山中学の軍事教練の最中に教官に反抗して退学になった。

植民地の日本人中学の軍事教練の強化は、アジア大陸の戦力強化そのものを反映して、後続予備軍の感があった。

洋一は、死んだ母の華族的ふんいきに育ち、日本人でありながら日本人を見下しているところがあった。

「死んだ母さんは、英語でも数学でも、中学の先生よりずっと上だったぞ」

と、末っ子の私に言ったことがある。喬栖は洋一を、従兄弟の〈末永〉が理事をしている福岡市の西南学院に転校させることにしたが、彼は言うことを聞かなかった。「内地では乗馬が出来ぬからいやだ」と言った。洋一は馬に乗って中学の校門にはいることがしばしばあった。これが教官ににらまれる原因でもあった。

洋一が自尊心の強いロマンチックな青年に育ったのは母恋しさが最も主要な原点であるが、長じてから満州に消えたハイシャンケンキチの生きざまを夢想するようになっていた。そんな時、大連の叔父季吉から一通の手紙をもらった。

「満州の大学へはいる気があったら大連へ来なさい。君は鈴木家の長男だから腹をくって勉強しなさい。云々――」

いかにも東大出身エリートの厳しいふんいきが感じられる文面であった。

この一枚が、洋一の青春の地図を塗りかえて、日本の敗戦後、福岡に引き揚げて病死する要因となった。結核であった。

急進軍事大国日本のエリート達が、朝鮮半島、中国大陸の植民地の時局に対応する認識にほとんど欠けていた結果とも思われる。

喬栖にしても、季吉にしても、明治国家の三世である大正末期生まれの洋一に対して、希望を託すべきビジョンもメディアも発見できなかった激動の時代には違いなかった。

洋一はまず大連に渡り、季吉の手配通りに北京大学に入学した。ケンキチの帰りを待っている澄子の満鉄社宅に寄宿した。子供のいない澄子は「洋ちゃん」と一日中呼んで身のまわりの世話をした。

この年、ドイツはヒットラーが首相となった。日本では皇太子明仁誕生。現天皇である。明けて九年、中共紅軍の大長征が始まった。

洋一は釜山の家を出る時、父にあずかった朝鮮銀行の百圓札五十枚を全て満州の圓に換えると、ある日忽然と北京の家を出て、これも又行方不明となった。

釜山の喬栖の生活は日常のままであったが、すっかり口数が少なくなって、夜は関西学院の学生であった頃から一度も手放したことのない革張りの聖書を黙々と読んでいた。弟ケンキチの行方不明には、日頃から覚悟を持っていたが、息子洋一の行方不明の知らせを受けてからは胸が痛み眠れぬ夜を過ごすようになっていた。

10

荒々しく音たてて過ぎるものは何か

歴史とは私の記憶の柩を積んで
あてもなく疾走する機関車である
柩――それは歴史の余白であり
限りなく広い大地そのものである

この頃、三人が満州からやって来ると、スパイスのような匂いが家中に立ちこめた。

兄〈洋一〉のトランクには、馬のアブミ、ツルゲネフ詩集、ロシヤ娘の写真、銀メッキの輪装弾式コルト、トランプ、まないたのように厚くかたいロシヤチョコレート等がはいっていた。

叔父〈ケンキチ〉のトランクには、上海煙草、英国のウイスキー、ロシヤの懐中時計、満州シベリヤ鉄道地図、黒いドンスの袋には白木の短刀、和紙綴じ墨書きの般若心経等。

〈張さん―満州軍閥、馬占山の兵士、右の耳と左手無し〉のトランクには、銃身の長いモーゼルと弾帯がずっしり、満州国協和会発行の五族協和王道楽土のポスターと、各種の抗日ビラが同居、高貴阿片とレッテルがついた赤い丸カン、黒マスク等。

夏は二階の窓が開け放たれ、釜山の海は軍艦と輸送船が並び、その上をとんびが舞っていた。彼等は皆裸で、ビールを飲みながら豆腐にキムチ、塩クジラ等を食っていた。

張さんは色が浅黒く、体中傷だらけであり、ひげ面で、眼が三白眼で、へたな日本語と支那語で磊落にしゃべった。

ケンキチは、少々ひょうきんなさがり眼で鼻から口の両側へひげを下げていた。どう見ても彼が最も支那人であった。

この二人の奇妙な会話を、少年は耳をそばだてて聞いていた。支那語のところはわけも解らず音楽のように。日本語になると更ににじり寄った。少年の耳の奥から一つだけほじくり出して置く。

「日本人馬賊ダテ、、はやくコロスヨロシ」

と張さんが右手の人差指をつき出した。

「ダテは害虫だ、害虫はわしが殺す」

とケンキチは言った。

私は戦後、一さつの小説を読んだ。〈夕陽と拳銃〉である。この主人公が伊達順之助であった。敗戦の時に多くの在満日本人を代表して処刑された愛国的英雄となっていた。張さんは〈日本人馬賊〉と言った。ケンキチは〈害虫〉と言ったのである。

兄はと言えば、一人離れて窓の椅子に坐り「ハルピンのソニヤに会いたい」と同じことばかり言っていた。彼等は今、この地上の何処にもいない。

＊

〈ケンキチ〉は大正六年に上海東亜同文書院を卒業。頭山満の子息と同窓。中文、満州、北はウランバートルまで旅を重ねた後、前記の〈海上公司〉を発足する。昭和七年、満州国創設の時〈ケンキチ〉も溥儀の影のように新京〈長春〉へ上京。この時初めて、満州国直属〈満州国協和会〉の〈鈴木謙吉〉が表に出現する。がしかし、一年後、彼は突然国務院総務庁から除名されて新京を離れ、私の故郷〈釜山の山の上〉に逃避行する。彼は日本内地へもどらずに、その後もしばしば釜山に現れては消える。昭和九年〈康徳元年三月〉溥儀から授与された建国特別功労賞と勲章を、私にポンと捨てるようにくれたまま。大陸の土となれ、と教育され、日本の土を踏まなかった彼は、終戦直後、大連近港からジャンクで九州唐津にたどり着いた。戦後日本では貝のように口を閉ざし、三十年近く生きて小さな病院でひっそりと死んだ。

「今頃はモンゴルにはスズランが地平線まで咲いとる」これが遺言であった。

なぜか蒋介石の捜査令状にも追われた彼に文革後の中国から〈海上謙吉〉の佛前あてに「廬山山頂生菊花」と書いた封筒がとどいたのは、死後間もなくであった。まだ枯れていない小菊が十個。私はこれを福岡市春吉建立寺の骨つぼに入れた。ハイシャンケンキチの沈黙の中へ。

＊1　清朝ラストエンペラー、後に満州国皇帝。天津に亡命中、ケンキチの住居に一時仮宿。
＊2　上海のシャレ。
＊3　日中親善の人材養成を目的とした高等教育機関。一九〇一年、東亜同文会が上海に設立した。一九三九年に大学に昇格。（教育思想の移変として、筆者は大正と昭和を分割して看取。昭和は日本軍占領下）。
＊4　中国江西省北部九江西南最高峰一五〇〇m。佛教書院三大霊峰あり。山容複雑雄大。
＊5　満州国協和会より早く、ケンキチが天津の旧蒋介石邸に入って創始した五族協和本部。
＊6　満州国政府外郭団体。
＊7　日本では馬賊の頭目として有名。芸者の小唄にまでうたわれたが中国北部きっての名将。
＊〔編者注〕本篇は、「日日新聞」と「PARNASSIUS」に連載・分載されたものを、「『鈴木召平遺稿集』編集委員会」で編集・再構成したものである。

Ⅶ　焼土史「宮崎宣久」の場合

1

「戦後史」もどんづまりに来たようである。かんたんに自覚できるアーティクルではない。戦後は近くて遠い。わずか半世紀しか過ぎていないのだが。

《宮崎宣久》という名が新聞の紙面に出たのは、戦後史上初めてであった。平成七年二月十日。たしか文芸評論家・花田俊典『西日本戦後文学史(1部)』のすべり出しであったと記憶している。私は平成にはいった時代の戦後文学史に注目して読んでいた。

戦後という言葉は歴史学上の適用語であるが、世界中の人間にとってこれ程大きな、肉体的、精神的荷重もない。

この『西日本戦後文学史』の初めに、宮崎宣久と名が出て来たので、あらためて読み返した。これはあくまで個的事情である。

作者は地方都市の戦後のすべり出しの、忘失された死角に着眼したのであろう。

「宮崎さんが亡くなりました」と、映画関係者より電話がはいってそろそろ十年か。私は人の歴史は消しゴムで消すように消えてゆくものだと日常想っていたが、突然なまなましく終戦直後の彼との生活が浮上して現実から過去へ落下した。

その後この都市の戦後史の中に、宮崎宣久の姿が全く見えていないのは何故だろうと、自分の怠慢を棚に上げて考えていた。

私は戦後史を、第一次より第三次までに分けて再考しているが、これは今後、戦後史大成として書きたく想っている。これは自分にとって大切な残務整理である。

さて、戦後史の死角は何処に存在するかといえば、それは焼土時代であるらしい。つまり敗戦直後の十年間が歴史の下じきとなっているらしい。いうなれば踏みつぶされた戦後史である。


突然新聞活字の宮崎宣久に再会した。あまりにも突然、無防備な眼球に突きささったまま暫く取れなかった。彼との個的関係、及び宮崎の戦後活動を新聞の文化欄に出稿した。平成七年二月十六日(木)であった。見出しは「戦後のオルガナイザー＝宮崎宣久＝について」であった。

私は戦後史を第三次まで分けたと前記したが、この宮崎の場合は、第一次より前としている。つまり焼土時代に、われわれは、意志と希望の処女航海史をもっていた、というべきであろう。

2

「戦後のオルガナイザー　宮崎宣久について」

右は私が出稿した独白的追想文に対して、某新聞社のデスクが付けてくれたタイトルである。私が〈宮崎宣久〉の活字を発見したのは、前記の通り平成七年二月十日であり、私の原稿が発表されたのは平成七年二月十六日であった。

私は言うまでもなく原稿用紙五、六枚で宮崎宣久の伝記を書くつもりはさらさらなかった。それは、私自身が走り出した九州博多の戦後史の開幕を再考するにふさわしい人物に対してフラッシングしたまでであった。

その後、新聞社から文化部記者が訪れて、〈宮崎宣久〉に的をしぼって集中取材があり、私も半日すわりこんだまま戦後焼け跡の、いうなればルネッサンスの語りべとなった。記者は、休憩もなくねばり強く取材質問を続行した。

新聞社が動き出すと機能的に手まわしがすばやい。更に面積もキャパシティも拡大してくれるので有難い。宮崎の拡大記事は平成七年九月十五日朝刊〈昭和の尋ね人〉であった。以下は記事紙面中のポイントである。

《博多で全国誌発行》

「宮崎君には世話になってねぇ。言ってみれば、彼は〈無類のスタイリスト〉だったんじゃないかな」

戦後文学の一つの金字塔とも言える長編『神聖喜劇』を著した作家大西巨人さん(七六)は、懐かしそうに語った。二人は旧制福岡高校時代の同級生。卒業後も縁は深い。現在、宣久の名がほんのかすかにでも博多の人々の記憶に残るとすれば、それは宣久が発行人を、大西さんが編集長を務めた文化総合誌〈文化展望〉のためだと言ってよいだろう。同誌は昭和二十一年四月に創刊し、同二十三年六月まで全十三冊を刊行した。

——中略——

「当時は執筆者たちが各地に疎開しているという好条件もあった」と大西さん。同誌の執筆陣は芝木好子や太宰治、井伏鱒二、坂口安吾、花田清輝、荒正人など、〈文化展望〉より半年遅れで宣久が発行した〈映画展望〉も、同様著名人が相次いで原稿を寄せた。

私はその頃、宮崎の秘書と言えばカッコいいが、私用を頼まれては走りまわる少年であった。女の子に㊙のラブレターをとどけたこともあった。東京の大学を休学した直後である。

3

戦後の焼土の上を初めて動き出した物は、路面電車であった。という事実は、国土の電力が生きていた証しでもある。これに続いて動き出した物があった。焼け残って立っている映画館の35ミリ映写機であった。

日本人は空襲でたおれた電柱を何よりもさきに復旧して行った。上映館のフィルムは、戦前の昔から35ミリであった。世界中の映写機が35ミリに統一されていた筈である。国境を越えて昭和全史の銀幕の上を走り続けたビジョンであった。

宮崎宣久は終生映画が好きであった。ここに彼のヒューマンな人格《エスプリ》を私は直感していたのだ。

私が映写技師見習として、博多は東中洲のT映画館に就職したのは、戦後二年目の昭和二十二年であった。宮崎は、当時〈柳町〉に焼け残っていた福岡映画劇場の支配人をしていた。彼の本陣は、福劇の前から東へとかかっている柳町思案橋を渡って直通する〈三帆醤油本舗〉であり、その三帆醤油の二階を占有している〈三帆書房〉であった。彼は河の流れをへだてて二つの事業を持っていたのであった。建物は旧舗のままであったが、醤油の香をただよわせたまま、製造は止まっていた。三帆書房の内部は前記の通り、大学時代から持ち続けている文学と映画の夢の続きであった。

私の戦後初発の地図がこの思案橋を往復する古びたパノラマとなっているのだ。

私が福岡市柳町の福劇に出入りするようになった原因は、当時のフィルム二館かけもち制に有った。映写中のフィルム三巻ずつ分割して福劇とT館との間を自転車で走り続けたのだ。文字通り、雨の日も風の日も。それが映写技師見習の仕事であった。

人間一人の歴史の記憶には、暑さ寒さがつきまとっている。吹雪の夜、頭から白くなって走り込んだ私に声をかけてくれた紳士がいた。「ごくろうさん、こっちでコーヒーを飲みなさい」と。福劇の事務所には何時もあついコーヒーが湧かしてあった。宣久三十才。この私は二十才。宮崎宣久戦後ルネッサンスに関与して行く始発であった。

4

宮崎宣久は、東京帝大時代から、映画や文学に顔を突っこんでいたらしい。本人も小説家になろうと思ったことがある、と言っていたが、作品は書いていない。私が読んだのは、戦後の朝日新聞（東京）の映画演劇評論であり、新聞社退社後の博多での同じく映画演劇関係の記事だけである。

宮崎が作家になれなかったのは、育ちが良すぎたからであろうと思われる。日本近代文芸の生いたち（歴史）は、その底にハングリーのつめたい河が流れているのだ。士族社会の子供たちが小説や詩を書き始めると、親不孝者と言われたものである。

わが鈴木家の私の兄もそうであった。私自身も又そうであった。兄、洋一は中学時代からノートに詩を書いていた。兄がいない時、私は胸をときめかせてそれを読んだ。彼の紺碧のインクの筆跡からこの胸に飛びこんだものは何であったか。あのノートの詩は、まさしく原色の胡蝶であった。さらにあのノートのページからは、私の知らぬ異国のじゃ香の匂いがした。それは幻覚ではなく、鼻から入って血管を走るものであった。この部屋の棚に千さつの現代詩集がある。そして兄、洋一のノートはかんぺきに行方不明である。

二十才のフィルム運びの私が、宮崎宣久に声をかけられて目まいがする匂いを感じたのは、まさしく昭和十年の兄のノートの匂いであった。そのノートと並んで置かれていたのはデートリッヒの〈嘆きの天使〉のスチールであり、昭和二十二年、私がT劇場と福劇の間を自転車で走って運んだフィルムは、デートリッヒの〈モロッコ〉であり〈嘆きの天使〉等々であった。

私は前記した思案橋東岸の三帆醤油工場跡の居候となった。居候は私の外に二人いた。

宮崎は三帆醤油一階に、戦後九州初発のダンスホール〈ブルーエット〉を開いていた。二階には、全国総合誌〈文化展望〉及び〈映画展望〉の編集出版社を持っていた。居候の一人は、満州（奉天）引揚者でブルーエット支配人〈湯浅得也〉であり、毎日出演するジャズのプレーヤーからジャズの神様と呼ばれ、あだ名は神様であった。もう一人は、これも映画の神様と呼ばれる、西日本新聞資料室勤務の青年であった。そこに私がまぎれこんだのであった。

私は、そのまま昭和二十四年に〈乙種映写技師免許〉を取り、同二十六年に〈甲種映写技師免許〉を取った。当時は国家試験であった。ジャズと映画にあけくれた宮崎の傘下であった。時あたかも朝鮮戦争であり、アメリカ空軍のスクランブルはたけなわであった。

5

三帆書房に出入りする多くの作家たちを、私は何の意識もなく傍観して過ごした。「上海の内山書店の様だ」とは満州引揚者の湯浅得也の言であるが、宮崎の幻想に過去の上海が存在したかどうか、知らない。ともあれ彼は〈文化展望〉誌主筆の大西巨人を高く評価していた。ずっと後日になって文学意識が高潮して来た私は、巨人の『神聖喜劇』を読み痛撃を受けた。

三帆の近隣に福岡映劇があったのは、前記の通りである。宮崎は焼土日本を放浪している新劇団を探し出し、ここで上演した。

博多駅(旧)のホームに降りた杉村春子が宮崎に走り寄って両手を合わせた姿が、今も私の胸に鮮烈である。昭和三十年にはいって〈三帆解放区〉は差し押さえを食った。経営の赤字のみならず、劇団公演の興行税をまとめて背負ったからである。

当時、電力会社が福岡市渡辺通り一丁目に、戦後では初めての〈演劇〉〈音楽〉〈映画〉総合大ホールを創設した。宮崎はこのホールに支配人として入社した。朝日新聞(東京)を辞めてから二度目の宮づかえであった。私も共に照明、映写技師として入社した。私には一まつの寂しさがあった。三帆が一階のブルーエットに至るまで廃屋となっていたから。廃屋には湯浅得也が残留して山のように積み上げたジャズのSPを聴いていたが、血を吐くと入院し、すぐに他界した。死ぬ前に病院からハガキをくれた。『おもちゃ箱』という詩が一ぺん。宮崎のボディガードといわれたダンディが最後にくれた少年のような詩であった。私は映写室の裏のベランダで、街を見ながら泣いていた。路面電車が走っていた。

宮崎宣久は湯浅亡き後も新しいホールに九州のジャズバンドを全部集めて、ジャズカーニバルをたびたび開催した。この時、九州各地の名だたるヤクザから一せいに脅迫を受けたが、彼は笑いとばして実行した。京都名物の「きものショウ」をそのまま呼んで博多商人を集めたこともあった。その時のディレクターは、ミスユニバースの伊東絹子であった。照明のうちあわせの時、彼女は長い足を組みゆらゆら動かすので、私は目のやり場にこまった。この戦後やく四年間、宮崎の天衣無縫なやりかたはついに重役をおこらせることとなる。宮崎と湯ただ一人のオルガナイザーは、音もなく東京へ去った。私はそのまま福岡に住み、宮崎と湯浅のことを一日も忘れなかった。昭和史の緞帳が降りる前に、宮崎は東京新宿百人町で亡くなった。

＊　本稿は、西日本新聞文化欄に発表した原稿（１９９５）に補足を加えた。

小説篇

Ⅷ　赤土と風——外地断章

昭和十四年の夏が去った。信子が唇を押しつけているガラス窓の外には、白とピンクのコスモスが咲き残って風にゆれている。昨日まで飛びまわっていた蝶やとんぼもすっかり姿をひそめ、花を落としたヒマワリやカンナの葉だけが南向きに傾斜している。その端はこれも又おしろい花の葉だけがびっしりと繁り田の中を這っている道路からの視野をさえぎっている。おしろい花は年々黒い実を落とし、新しく芽を出しては伸びあがり、すっかり花壇の外かくを取りまいてしまったのだ。その中に竹垣もかくれてしまっている。垣根の外は高い石垣である。石垣のま下から一望千里田園が街までひろがっている。黄金色の稲穂が果てるあたりは海に面した釜山府の市街なのだが、遠くかすんでいてよく見えない。午前中は霧がかかっているからだ。春と秋の朝霧は正午近くまで釜山の街と海の上をおおっている。海面には水平線まで整然と並んだ輸送船団のシルエットが灰色に浮かんでいる。その中央に突き出た軍用桟橋から軍靴の地ひびきがきこえていた。

ざくざくざく……ざくざくざくざくざく……

支那大陸の戦争はいったい何時まで続くことだろう、と信子は心の中でもの憂く考えていた。とだえることのない軍靴のひびきは、母の死を目前にしている彼女の心を外側から取り囲んで更にしめつける。

信子は窓をあけて庭に降りた。突然色あせたバーミリオンの屋根の上から、何百羽もの雀が飛び立って、たんぼの稲穂の中へすい込まれてしまった。すると北側の亀峰山から現れた一羽の鷹が羽ばたきをとめたまま垂直に落下しあっと思う間に小さな雀をわしづかみにして空高く舞い上った。残りの雀達はまるで粉塵のように四方へ散り、やがて又大集団となって稲穂の上を南の方へ移動していった。

「お母さん、お母さん」

「静かにしなさい、お母さんの部屋へ来る時はバタバタ走っちゃ駄目」

峯子は呼吸を乱して信子をしかった。

「でもお母さん、雀が鷹におそわれたのよ、たった今なのよ」

「お前は何時まで子供みたいなこと云ってるの、部屋の掃除は済んだかい、お父さんと昭次のシャツもたまっているだろう、早く洗って干しなさい」

峯子は急に眼を閉じると苦しげに大きく深呼吸をくりかえした。もはや何もかもこれまでと彼女は諦めようとする。

だが子供達はいったいどうなることだろう。信子には、小学校五年生の頃から女学校を卒業するまで、家の中のきりまわしと私の看病をさせてしまった。生れつき意地の強い信子は本当によくつくしてくれた。末の昭次はこまった子だ。来年は六年生だというのに外を遊びまわって学校も休みがちらしい。たまに病室をのぞくかと思うと「母ちゃんお菓子」等とあまえる。クラスでは一番小さい。先生は精薄児ではないか、とおっしゃる。無理もない、私がすっかり弱っている時に生まれた末っ子だ。長男の洋一は釜山中学を卒業前に退学処分となり、亀峰山にかくれたまま家にもどらない。何もかも私の病気のせいなのだ。お父さんがもっとしっかりしてくれさえすれば。何があっても平然として魚釣りにゆき、俳句をひねっている。私が死んだ日にもきっと句作にふけることだろう。釣り竿をかついで出かけるかも知れない。高月信夕と九州の福岡市で結婚してもう何年になるだろう。その高月が慶尚南道道庁へ転勤になること等考えてもみないことだった。洋一がまだおなかに這入っていた。五ヶ月目のおなかをかかえて、生まれて初めて玄界灘を渡った。三月の夜の海。船窓から見えるものと云えば白い波濤の飛沫だけだった。私は内地へもどりたくて傍に寝ている高月の顔を見つめたまま眠れなかった。外海に出るとローリングが激しくなり、私は新聞紙をひろげて胃の中のものを吐き続けた。汚れた畳敷きの三等船室には朝鮮から満州に送られて行く兵隊さん達も一緒で、みんなよく眠っていた。

峯子は若い頃の色々なことを想い起す。そして諦めるのであった。

昭和十年、やはり秋のことであった。発育不良の昭次が、やっと部屋の中をかけまわるようになったので、峯子は亀峰山の砂千里という部落から行商に来る竹細工屋のキンスリーという男に、小娘……つまりハウスメイドの世話を頼んだ。キンスリーはその日のうちに十四、五歳のカシナとその母親のチャイを連れて来た。話し合いの結果、峯子は娘の母親チャイに二拾円渡した。つまるところカシナは高月家に無期限の質草として取られたのだった。陽にやけた母親に似て美しい娘であった。

ハナと名付けられて、その日から昭次を背負ったり、掃除をしたり、街へ買い物に出されたりした。信子が小学校の五年生、洋一は釜山中学の二年生だった。ハナは日本語を間もなく覚え、かたことで話せるようになった。

秋が深まると、北西の風が山脈の上から吹きおろし、深い緑色の山野もたちまち黄色くそうけ立った。

峯子は病室から出て花壇に面した縁側で昭次のセーターを編んでいた。午後の陽ざしが暖かったが、ガラス窓は疾風でカタカタと鳴っていた。刈り入れ後のたんぼでは藁くずが舞い上り、雀やカササギがしきりに落ち穂をつついていた。窓の傍では咲き残った大きな鶏頭の花が一つと、ひょろ長いコスモスが二、三輪ゆれていた。何処からか娘の泣き声がきこえていた。それは泣き声ではなく、ハナがうたっている朝鮮語の歌であった。裏庭の井戸ばたに坐り込んでせつない声でうたっているのだ。昭次は無心に、鶏小屋の網の外から白色レグホンにひよこ草をあたえていた。峯子は編物の手をとめて舌うちし、顔をしかめた。そしてヒステリックに声をあげた。

「ハナちゃん、歌をやめなさい、うっとうしくてしようがない……」

ハナはぎょっとした顔つきで口をつぐんでしまい、急に茶色の眼から涙をこぼし、今度は本当に声をあげて泣き始めた。地面に両足を投げ出し、手の平で土の上を撫でながら。しかしそれは、歌をうたっている時と少しも変らない状態であり、ふしまわしであった。だから誰にも、ハナが泣いているのかうたっているのか区別することが出来なかった。彼女は泣きながらうたい、うたいながら泣いていたのである。つまり、ワタシタチ朝鮮人ハナゼコンナニビンボウナノカ。オジイサンモ、オバアサンモビンボウダッタ。オジイサンハ朝早クカラ夜オソクマデハタケニ出テハタラキ、オバアサンハ大根ヤ白菜ヲ入レタ大キナカゴヲ頭ニノセテ、二里ノ山路ヲ日本人ノ街マデ売リニ出カケタ。吹雪ノ夜ノコト、オジイサンガマッカリヲ飲ミ過ギテ亀峰山ノ谷底ニ落チテ死ンデシマッタ。オジイサンヲハタケノ土ニ埋メタ後オバアサンモソノソバノマツノ木ノ枝デ首ヲツッテ死ンデシマッタ。ワタシニハオ母サンダケイルケレドモオ父サンガイナイ。生マレタ時カラオ父サンガイナイ。何デモコノワタシハ日本ノ兵隊ノ子供ダト云ウコトヲ話シニ聴イタコトガアル。ソノ時モアノ鼻ヒゲガ自慢ノキンスリーノ悪ダクミダッタソウダ。オ母サンハキレイデ歌ガ上手ダカラ、貴族デアル部落長ノ集リヤ、春ノ花見ノオ祭リヤ、オ葬式ノ行列ニマデ呼バレテイッテ少シバカリノオ金ヲモラッテキタ。

ワタシハ学校ニモ行カズ山ノ中デヨモギ等ヲツンデ暮シタ。街デ売ッテイルオ菓子モ食ベタコトガナイ。着物モ買ッテモラエナカッタ。砂千里デハ皆ガソウダ。ソレデモワタシハ自分ガ生マレタアノ山へ帰リタイ。オ母サンノイジワル、キンスリーノバカ、ワタシモオバアサンノ様ニ死ンデヤル。……と、うたっていたのである。ハナには限らず、朝鮮の娘達の歌は、土を撫でて告白し、悲しさがつきるまで泣くことであった。繁華な日本人の街を離れて、農村や山村にはいってゆけば、誰にでも見ききすることが出来る自然な風俗でもあった。

峯子には、朝鮮の歴史も、朝鮮人の運命も関係のないことであった。明治にはじまる日本政界の征韓論のなりゆきも知らず、日露戦争後の満州朝鮮に対する利権の謳歌についても何にも知らなかった。まして、十三世紀の元帝の侵攻に似た日韓合併。つまり朝鮮の皇帝譲位事件につけ込んだ日本軍の圧迫と、それに反抗し闘争した民衆の底を流れている感情等は、釜山府の山麓で、海の向こうの内地を恋い慕いつつ、三人の子供を育て、あげくに胸を病んでいる峯子とは何の関係もないことのようであった。

そして三人の子供達もまた全てを知らず、静かな南鮮の風土の中で成長した。

ハナの泣き声は何時までも、高月家のモダンな洋館の中からもの憂く周囲に流れていた。

「ハナちゃん」

と峯子は強く呼んだ。

「ハナちゃん、昭次を連れてきなさい」

「昭チャン、早ク来ナイトダメ、奥様ニマタシカラレル……」

あわてたハナのけたたましい声と、昭次のぐずる声が暫く続き、峯子は編物の手をやすめたまま窓の外に視線を向けた。花壇からたんぼの中の道路へ降りる石段の陽だまりに、白い服を着た朝鮮の婦人が毛布にくるんだ乳児を抱いて坐っていた。

峯子は昭次の背中に編みかけのセーターをあてて丈を計った。窓ガラスがこつこつと鳴った。乳児を抱いた病的に顔色の黄色い婦人であった。

「ハナちゃん、あの婦人《オカミ》に何の用事かきいてごらん」

ハナは窓を開き、しきりに朝鮮語でしゃべりはじめた。オカミは両手で子供を差し出し、かすれた声で何事かくりかえし、峯子の方へ頭をさげ続けた。

石段をかけ登って、中学校から洋一が帰って来た。縁側に腰をおろすと、口笛を吹きながら編みあげ靴のひもをほどいた。ハナが峯子の傍のものさしを振りあげてオカミの頭をぱしっとたたいた。それでも女は動こうとしなかった。すると洋一は縁側に飛び上り、そのものさしを取りあげて叫んだ。

「何をするんだ」

「オカミ、コドモ置イテユク、コドモカワイソウ……」

洋一は気のやさしい少年であった。だから朝鮮人とも仲が良かった。高月家では誰よりもハナをいたわっていた。だがハナがオカミにいだいた抵抗を誤解した。つまり、奥様に対する忠義だてであると。急にハナはかたことの日本語を朝鮮語に変えて、洋一にさからった。洋一も達者な朝鮮語で云いかえした。

「お米でもやって追いかえしなさい」

峯子はコルク張りの床をてのひらで一、二度たたいてそう云った。洋一は炊事場の戸棚の中から米袋を運んで来ると、どさりと縁端に投げ出した。

「そんなに沢山渡しちゃ駄目、マス一ぱいほど新聞紙に包んでごらん……」

オカミは乳児と米の包みを両手にかかえ、無気力にしおれたまま庭を出ていった。

「洋一、お前、朝鮮語使うことはなりませんよ」

峯子は病室にもどるために立ちかけ、しびれた足をさすりながら叱りつけた。彼女はものごとの意味は考えなかった。洋一が朝鮮語を使うことも、ハナに対して特別にやさしいことも、許せないことと思った。近辺の親しい日本人に対して恥ずかしい思いをしなければならなかった。

「藤井牧場の使用人を見てごらん、星野さんとこの洗濯オカミを見てごらん、朝早くから暗くなるまでせっせと働いているだろう。……ハナちゃんはお前達と遊ばせるために置いているんじゃありませんよ、あまりお母さんをいらいらさせないで……」

女学校の受験準備のために、定時よりおくれて帰って来た信子に対しても、峯子のごとは続いていた。南朝鮮の風土しか知らない子供達の生活感情は、母親の生活意識ともまた遠く離れたものであった。

その日の夕刻、峯子は長い闘病生活中、最初の喀血をし、昏睡状態に落ち入った。信子だけが傍にいて、まるで子供とは思えない程ゆきとどいた処理をしてのけた。べっとりと血で濡れたシーツをかたづけ、二百米程離れた藤井牧場の事務所まで坂をかけ登り、鉄道病院の係医と、道庁の父へ電話を入れた。

洋一は放牧場で、大きな乳房をぶらさげたホルスタインの背中にまたがり、ハナはポプラの枝でその尻をたたき、時のたつのを忘れていた。乳牛はおとなしくてあまり動かないが、中には精悍な牛がいて、猛然と群を押し分けて走った。山の斜面に陽が落ちてしまってから洋一はハナを従えて家にもどった。信子は黙々と食事の用意に熱中していた。日頃閉ざされたままである星野家に隣接した表玄関に明るく電灯がともり、玄関の横の応接間には近所の奥様族や、白衣の医者がつめかけていて、何ごとか話し合っていた。病室では枕もとに高月が坐り込んでいた。その膝に昭次はもたれていた。峯子は静かに眠っていた。洋一はおかまいなしに声をあげた。

「ご飯にしてくれよ、腹ペコだ」

信子の声がはねかえった。

「今頃までどこにいたのお兄さん、ハナちゃん早く手伝ってちょうだい」

子供達の呼吸は合っていた。こんな日が二ヶ月も続くかと思えば又峯子は起き上り、口やかましく家の中をきりまわすのだった。ハナも首をちぢめてこまねずみのように動きまわった。

年があけて、夏がやって来た。釜山府の街中が好景気に湧いた。学校にも、デパートにも商店にも、山麓の住宅にも、朝鮮人部落にも、季節は等しく華やかであった。晴れた日の青空には満州恋しや……等のレコード会社のアドバルーンがゆれていた。そんなとある日、洋一は上級生となぐり合いの喧嘩をし、罰として、放課後、園丁と一緒に朝顔の鉢を売りに出かけることとなった。洋一は喧嘩相手の上級生が罰されないことは不合理ではないかと主張した。

たくましく日やけした壮年の園丁は笑って云った。

「おこるな、おこるな、つまらんことだ。そのうちにみんなそろって戦地へ送られるのだ。鉄砲の弾の下を一度くぐれば、つまらんことはみんな忘れる。戦争がはじまれば俺も伍長だ!!」

午後の陽ざしはじりじりと照りつけていた。

歩いても歩いても朝顔は売れなかった。やがて西陽がひくくなり街路の影が長くなった。みどり町……と柱に浮彫りされた大きな楼門の傍であった。園丁はリヤカーを置いて腰のきせるを抜き取った。洋一は花鉢を二つ両腕にかかえ、あえぎながら石畳の坂を登った。埃のたたない不思議な坂の町だった。どの家の玄関にも女の写真が並んでいた。皆、内地の女であった。洋一は軒をめぐり声を張りあげた。

「朝顔はいりませんか、朝顔を買って下さい」

「ちょいと、学生さん……」

その声に振りかえると、通り過ぎた軒下に、大人びた声に似ずまだうら若い女が、うちわを使いながら笑っていた。洋一は驚いてぼんやり立ちつくした。

女の襟には、しどけなく乳房がのぞいていた。水藻のような洗い髪を背中まで流していた。

「その朝顔二つとも買ってあげる、ついてらっしゃい」

洋一は女の後から、よくみがかれた廊下を通り、釜山の湾内が間近く見はらせる四畳半へはいっていった。

「一つ、十五銭です」

彼は、おしろいや香水の香があまずっぱく満ちた部屋の中に立ったまま、やや落ちつきを取りもどして口をひらいた。すると女は、扇風機のスイッチを入れながらけたたましく笑いころげた。

「朝顔は廊下に置いておすわりなさいよ、今カルピスでも入れてあげるから」

廊下をパタパタとスリッパを鳴らして通りかかった腰まき一つの年増女が金歯を見せて笑いながら声をかけた。

「おや、ミヨちゃん、お昼間から……」

ミヨちゃんと呼ばれた女は、あわてて入口の鍵をおろし、今度はふくみ笑いをもらしながら、少年の手を取った。

「ひどい汗……拭いてあげるわ」

全ては夢の出来事であった。洋一はいくぶんふるえながらも、素直に彼女のリードを受けた。異性の体をあまく美しく、不思議なものと思ったが、何とも知れぬあっけない遊びであった。女は逆に、十銭玉を洋一の手に握らせて、忘れちゃ駄目よ、又来るのよ……とささやいた。

その日から数日後、ハナは炊事場横の小部屋で処女を失った。

昭和十二年。支那事変が勃発した。その年の夏から、釜山港は輸送船団で埋まり、桟橋から、輸送列車が待機するプラットホームまで、続々と移動する軍隊の歩調の地響きが鳴り渡る様になったのである。

最上級生であった洋一は配属されて来た軍事教官を街頭で待ち伏せし、軽傷を負わせた。そろそろ厳冬がやって来そうな、十一月の末のことであった。原因は教練課目の将校の暴力に対する復讐であった。洋一は下級生をいたわる大人しい少年であったが、思いがけないトラブルを起すことで有名だった。五年間を通して学力は上位ではなかったが中位から落ちることもなかった。体格が良く、言葉遣いは早熟で、運動もよくこなした。最上級生となってからは、乗馬と射撃に熱中し、ライバルが一人もいない程の花形であった。その洋一がいきなり退校処分となったのである。

峯子の病床へ中学校の担任教諭と、釜山憲兵分隊の将校が訪れていきさつを報告した。他校へ転校させることは、時局が非常時である今日、悪い影響をおよぼすから許可出来ない。徴兵検査の年齢まで内地の少年感化院へ入れて補導するから了解せよ、とのことであった。

峯子は身を横たえたまま、かたく眼を閉じ、よろしくお願いします、と一言いった。峯子は気も遠くなる様な思いであった。

憲兵分隊は洋一をあまく見ていた。年はもいかぬ少年のことだ。もうすでにちぢみ上って大人しくなっていることだろうとたかをくくっていた。ところが洋一は家族にも行く先を告げずに逃亡した後であった。と同時に、ハナも高月家から姿を消してしまった。


負けるものか、いじめられてなるものか‼　これが洋一の決定的な生き方であった。彼は高月が雉射ちに愛用していた二連銃を肩に、二十発つまった薬莢帯を二本共腹に巻き、ハナの手を取って砂千里へ向かったのである。

赤松の大木に取りかこまれた砂千里はすでに厳冬であった。泥壁の小屋が数十個、まるで廃墟のようにかたまっていた。それでもオンドルの煙突からは、白い煙がいきおいよく吐き出され、吹き荒れる風に乱れ散っていた。

二人は迷路の様な小屋と小屋との間を抜けて青い竹が積みあげてある庭にはいった。

赤茶けた朝鮮紙の障子がガタガタと大きな音をたててひらき、キンスリーが飛び出して来た。その後からハナの母であるチャイが、だらしなくほどけたはかま（チマ）の腰ひもをぐるぐる巻きなおしながら現れた。ハナは両手を握りしめ、足を踏みならしてしきりに何かを説明した。するとキンスリーが手を振りあげて彼女の頰をうった。

ばらりとほどけた巻髪を両手でおさえながら、ハナは張り裂けるような悲鳴をあげた。それまで立ちつくしていた洋一の顔に、たちまち精悍な憎悪がみなぎった。一文字にくいしばっていた口をひらくと、暫くの間たて続けにキンスリーを罵倒した。

「何をするんだ、キンスリー、きさまのようなクサレヨボは、俺がぶち殺してやるぞ。きさまは、日本人の街でぺこぺこ頭をさげているくせに、ヨボの部落ではいばっている。きさまのような奴は、日本人でも朝鮮人でもない。もう一度ハナをなぐってみろ、今すぐここでぶち殺してやるぞ……」

洋一は銃を肩からおろし本当に薬莢を一本押し込んだ。

「アイゴー、私《ウリ》ネエ、君《ニイ》ノオ母サント約束シタ、コノ娘《カシナ》マダツトメ終ッテイナイ」

キンスリーは顔色を変え、両手を振りながら大声で弁解した。

「ツトメなんかどうでもいいんだ、ハナは俺が連れて来たんだ。ここに俺達を置くのがいやならよそへ行く。チャイさんはどう思ってるんだ」

「洋チャン、ワタシ娘カワイイ、洋チャンワカラナイ、ワタシキンスリーニモ、洋チャンノ母上《オムニ》ニモオ金カエセナイ、日本ノ警察コワイ、山火事ガアッテモスグニ来テ誰カツレテユク、ワタシ警察ニユキタクナイ……」

チャイはしゃべりながら涙を浮べて地面にべったりと坐り込んだ。何時の間にか部落の住民が洋一とハナを取り囲み、口から泡を飛ばして論議をはじめていた。しろじろと空は曇り、ぼんやりした太陽が西の山並の上に傾斜していた。頭髪をハサミで刈り取ったばかりらしい少年が進み出てかなり使いなれた日本語で説明をはじめた。

「砂千里ハ軍司令部カラ現在立チノキヲ命令サレテイマス。コノ亀峰山ノナカニハ、サイキン、タクサン高射砲隊ヤ通信隊ガハイリコンデイマス。ソノ関係デ警察ヤ憲兵ノトリシラベモウルサクナッテイルノデス。ワタシタチノ仲間ハ、山ニ火ヲツケタトカ、電話線ヲキッタトカ、馬ヲヌスンダトカ、ナンニモ知ラナイコトデ警察ヤ憲兵ニツレテユカレテ帰ッテキマセン。ダカラワタシ達モ、コノ砂千里カラ出テ、山ヲ降リ洛東江ノ農村へユクコトニシテイマス。洛東江ノ傍ニハ日本人ノ温泉町モアリ、工場ヤ学校モアルカラ人間ノ数ガ多イ。モシハナノ云ウコトガ本当ナラ君トハナガワレワレト一緒ニイルコトハ、オソロシイ。君ハモウ一度日本人ノナカヘ帰ッタホウガイイノデハナイデスカ……」

少年は冷静な表情で述べながら、しきりに首のまわりにへばりついている髪の毛をつまんではは風の中に捨てるのであった。

洋一は、すすり泣いているハナの手を取ってその庭を出た。二人は裏の亀峰山に伸びている松林の中の路をそのままたどった。部落を離れても、暫くの間は、にんにくや味噌や醱酵したマッカリの匂いが、二人の体につきまとっている様だった。

一本路がどこまでも続いていた。下り坂かと思えば、曲折の多い急なのぼりとなったり、谷川を見おろす崖の上の楽な路であったりした。どこまでも赤松の大木が根を張った深山は果てそうもなかった。洋一は、ふところみあげてくる涙を見せまいとして歯をくいしばり、がむしゃらに歩き続け、ハナは呼吸をきらして一心に後を追った。

一本の路は、石を敷きつめた階段の下で突然ゆきづまった。その高い石段が切れているところに、暮れかけたつめたい空があった。

二人は立ちどまって顔を見合わせたが、迷うことなくかけ登った。吹きさらしの山頂であった。思いがけなくかわいた赤土の広場があり、その中央に古色蒼然とした寺院がそびえていた。色あせた金看板には〝天山寺〟と書かれてあった。

本堂の奥にはろうそくの灯がともり、一人の僧が背を向けて読経していた。

寺院の裏から北方にひろがる視界には、一本の松もなく茶褐色の枯草につつまれたまん円い墓が、地表のあばたの様に連なり、見当もつかない程遠い山脈のうねりの中に消えていた。民族の骨を抱いた大地が吠えている様な風鳴り……急に西空の雲が切れて落陽がぎらりと光った。すると数限りない地表の土まんじゅうが、一せいにふくれて動めき、ところどころ裂けて流れた赤い地肌がまぶしく照りかえした。

「君達はどこから来た？」

風の中で抱き合っている二人に、日本人の中年の僧はけげんな顔で声をかけた。やせて小柄な男であったが、体中に精悍さがあらわれていた。高くはげ上った額は陽にやけて褐色であった。もっそりと伸びほうだいのあご髭にはかなり白いものがまじっていた。眼光が野獣の様であった。洋一は暫く黙ってその住職をにらみかえしていたが、堂々と声を張って応答した。

「俺達は日本の街から逃げて来たんだ。憲兵隊に追われてるんだ、腹がへって寒くて動けない」

天山寺の中には、沢山の古ぼけた部屋があった。彩色された支那風の仏を置いてある本堂の隣に、住職の居間があった。煤けた天井の柱から、いろりの上あたりに石油ランプがぶらさがって、ぼんやりと光っていた。広いいろりの藁の灰の中には、砕かれぬままの大きな松炭がパチパチと音を立てて燃え、その火を囲んでじりじりとこげている肉はカササギ（朝鮮鳥）だとのことであった。二人がその肉をむさぼっている間に、僧は鉄鍋にかゆをしこんで持ってきた。

「にんにく醤油をたっぷりかけてあるけんで、どうだ鳥の肉もなかなかうまかろうが」

洋一もハナもこっくりうなずいた。

畑仕事。鳥撃ち。炭焼き。これが天山寺の生活の主な日課であった。この様な僻地の寺にも、三日に一度、米や野菜をぶらさげて訪れる人々がいた。ほとんどが、朝鮮の老人や老婆であり、本堂に這入り、支那式の参拝をし、さも安心した様子でどこへともなく帰って行った。

洋一は時折、一日を費して山を駆け降り、麓から釜山の街を眺望することがあった。人目をさけてこっそりと。釜山中学の校庭も、高月家の赤い屋根も、その中にはっきりと探し出すことが出来た。こけむした大岩の突端に腰をおろし、銃をかかえてそれらを見つめる十八歳の少年の顔を、いったい誰が知っていたことだろう。頭髪はぼうぼうと伸び、頬にはうっすらとひげも生えかけていた。その両眼はといえば、かなし気というよりも呆然と遠くを見つめる野犬の眼の様であった。そして彼はいきおいよく立ち上り、正確に北をめざして山路を踏みしめるのであった。

こうして天山寺の三人の生活は一年を数えた。

晩秋の昼のこと。土まんじゅうが連なる墓山の中で、ダーン、ダーン、キーン、キーンと散弾銃や小銃の射撃音がひびき渡り、五分程で静まった。

洋一は数名の警官と憲兵に追いつめられた時、銃をかまえて発射しながら、おかあさん、おかあさん、と二度叫んだ。ハナは丸刈り頭の様な墓と墓との間をめくらめっぽう駆けめぐり、照りつける太陽に向かって絶叫した。アイゴウ……

「信子、お庭の花はまだ咲いていますか」

「ええ、コスモスが少し残ってるわ」

「強いねえコスモスは、風がすっかりつめたくなったのに」

人間は病み疲れるとやさしさの一点に帰り着くものであろうか。峯子の表情からは、日頃の気の強さが全く消え失せて、なぎの日の海面のように起伏がない。青みをおびる程血の色を失った皮膚の色が、そのまま唇までおおっている。二つの瞳だけが、美しく濡れて光を反射していた。信子は、この二、三日、母がこの上もなくやさしいことを異様に感じていた。

係医は、峯子の骨に張りついている皮膚をつまみあげるようにして注射針をさし込んだ。

死に直面している病人に対して彼に出来ることはそれだけしかなかった。死は確実にやって来る。その死を一分一秒でも遠ざけることが医師の責任であるから、ぜんまいがこわれかけている時計を何とか動かし続けようと努力を試みるのであった。

高月は腕組みをしたまま冷静な視線を病人に向けていた。

「信子、コスモスを切って来てお母さんの枕もとにさしてあげなさい」

「お父さん、なんだかこのまま深いところへ吸い込まれてゆきそうです」

「うん……それでいいのだ、それでいいのだよ峯子」

高月には死に近づいてゆく妻をなぐさめることが出来なかった。峯子よりさきに、彼の心は眼を閉じていた。

峯子は、信子が手折ってきたコスモスを見てから、昏睡状態に落ち入った。西側の窓ガラスにひくい陽がさして来て部屋の中が明るくなり、カーテンとガラスとのすき間で一匹の蠅があがきはじめた。

峯子は急に大きく眼をひらき声をあげた。

「洋一、洋一、早く帰っておいで……」

医師はいそいで病人の脈を取り、暫くそのままの状態をたもっていたが、静かな口調で誰にともなく告げた。

「御臨終です」

高月の顔に一瞬耐え難い苦悩のかげが走った。彼は身動きもしないまま信子に云った。

「お母さんの手を取ってあげなさい」

信子は蒲団の上にまるい膝を乗り出して母の手を握った。

「おなくなりになりました。ちょうど三時です。信子さん、最後までお母さんの傍でしたね」

医師は、初めて哀しみの色を顔にたたえて信子をねぎらった。高月はただ何ごとかしきりにうなずきながら、死の世界へと去った妻の傍ににじり寄り、手をのばしてまだうつろにひらいているまぶたを閉ざした。

「昭次はまだ帰らないのか」

信子はそれに答えずに立ち上り、部屋を出て縁側のつめたいガラス窓に顔を押しつけた。やがて肩をふるわせると声をしぼって泣き続けた。遠くまで波うつ稲穂の上を、相変らず雀の群が飛びまわり、釜山湾の輸送船団はいかりをおろしたまま少しも動いていないかの様であった。風の動きが激しくて、軍靴のひびきは、近づいたり遠ざかったりしてきこえていた。ざくざくざくざく……ざくざくざくざく……

まるで、砂地へ吸い込まれる水の様に、後から後からと釜山港に上陸し続けていた。

昭次は五年生の代表として、慶尚南道小学校スケッチ大会の会場へ出かけていた。信子が電話で連絡したが、峯子の臨終には間にあわなかった。クラスの全生徒が教室を出て会場をくまなく探しまわった。昭次は水源地の岡の上で、輸送船や軍艦で埋めつくされた海の絵を画いていた。

その絵をクラスメートにあずけ、走りに走った。校門の前を走り抜ける時、二階の教室の窓があいて担任の教員が顔を出し、

「高月いそげ」

と号令のような声をあげた。走りながら考えた。なぜ走るのだろうと。

母は死んでいた。昭次は二階の自室にかけ上り、すっかり荒れた花壇を見おろして二時間程泣いた。その日の海の絵は道知事賞を受けた。人々がさわぐ程には嬉しさを自覚しなかった。昭次の眼にやきついた荒れた花園の寂しさは、実生活から逃避する病因となり、体中に深く重たく満ちていった。そしてますます無口な顔色の悪い少年となった。

最上級の六年になると、この憂うつな少年は非行化した。一月のうち、一週も二週も登校しないで、海岸線や逆に北側の山中を遊びまわっていた。成績は常に中位以下であり、中学校の試験は受けない、高等小学校を出てから関釜連絡船のボーイになるのだ、と云って、母親代りの信子をこまらせていた。ただ図画に関する限り、誰をさしおいても昭次が選出された。

全国の学童図画展。新聞社主催のスケッチ大会。全鮮小学校スケッチ大会。等々での受賞にはすっかり馴れてしまい、賞状や賞品を学校からもらって帰宅しても、誰にも見せずに二階の勉強部屋にほうり出して忘れてしまうのであった。

昭次が、関釜連絡船のボーイになりたいというあこがれをもったのは、小学校に通学しはじめてからのことであるが、朝夕の連絡船の入港出港を胸おどらせて見つめるようになったのはものごころついた五、六歳の頃からだった。あの船はどこへゆくのだろう、そしてあの船を傍で眺めたい、そしてあの船に乗って暮したい。と少年の夢は次第に具体化したのである。信子のハンドバッグや父の机の中をかきまぜて、二銭、三銭とひろい集めそれをにぎって山麓の町をかけ降り、海岸線をあるきまわった。支那事変の戦局がひろがるにつれ、海上の船舶の数が増加し、どの船も灰色に塗りかえられてしまったが、昭次は遠くから連絡船を見分けることが出来た。食糧事情も悪くなり、街では菓子や果物の姿を見かけることが出来なかったが、波止場の倉庫の陽だまり等で朝鮮人が売っているアメや焼いもを買って食べるのが、何よりのたのしみであった。逆に山上へ登る時には、もっとも良く釜山港が見渡せる場所を選んだ。昭次は友達をもとめなかった。常に独りをかこっていた。洋一とはまるきり反対で気の弱い泣き虫でもあった。小さな体に何とも知れぬ不安を背負い、人にかくれてめそめそ泣いた。どんなに小さな圧力や暴力にも少年の魂はちぢみ上り、でんでん虫のようにカラの中にとじこもった。

信子は峯子の死後、急に色つやを増し娘らしくなった。隣接している星野家の長男吉章にさそわれて街の映画館に出かけたりした。

吉章は洋一の二年後輩であった。俺が海軍将校になったら結婚しよう、と信子に云った。戦争の苛酷さを自覚するには、あまりにも静かな美しい釜山府の山荘地帯であった。

赤い煉瓦に鉄格子の窓があけてある隊舎の中で高月が見たものは、素焼きの壺におさまった洋一の遺骨であった。

「お前は赤だ、でなければアナーキストだ。だから息子に銃をあたえて山へ逃したのだ。お前は故意に釜山中学の軍事教練を無視し憲兵隊の捜索に協力しなかった。どうだ、その通りではないか！」

高月は手錠をかけられたまま椅子に腰をおろし、うなだれていた。ナマリ色の顔の中に小さく光る将校の眼を耐え難く怖れた。そしてやっと口をひらいた。

「洋一は……死んだのですか」

すると将校は反射的に叫び声をあげて立ち上った。

「馬鹿者！　お前の息子は陛下の憲兵に発砲したのだ。かけがえのない私の部下を殺害したのだ。殺害したのだ！」

そこへ床を踏み鳴らして童顔の下士が現れ、明らかに高月のものである二連銃を坐っている彼の膝頭にたたきつけた。がくりと妙な音がして高月は椅子から横転した。若い下士の鼻の頭に一瞬汗が吹き出し両眼が不気味に光った。そしてもう一度高月の背を乗馬靴で踏みつけた。それをじっと見ている憲兵将校のこめかみは激しく震動していた。人間が人間を殺す時の形相であった。「陛下の兵に発砲した、陛下の兵を殺害した……こいつが憎むべき反逆児の父親である」

高月は激痛の為めに気を失った。

取り調べは連日、とりとめのない内容で続いた。彼の右足には竹製のお粗末なギプスがはめられ、毎朝一本の松葉杖にすがって独房を出た。体力はたちまち衰弱していった。

十五日目の朝、彼の目前に、髭だらけの黒衣の僧が連れ出されて来た。二人は相互に見合える位置へ引据えられた。将校はゆっくりした歩調でその横を往復し始めた。憲兵隊の芝居の筋書きはもはや決定済みであった。天山寺の住職にも、高月信夕にも罪科はない。しかし気狂いじみた不良少年の行動をかばい、非常時の国策に違反した。思いきり痛めつけて二人の職権を剝奪する。

将校は、ややもの憂げな口調で、二人に向かって語り出した。

「天山寺の住職は、高月と同じ、福岡県の出身である。二人は初めからしめし合わせて洋一を天山寺へかくまった。お前達は二人共反戦思想の持ち主である。お前達の様な日本人が植民地にいることは、原地人の反抗よりももっと悪い結果をまねく……」

高月は顔を上げて、初めて僧の顔を見た。まぶたから額にかけてはれ上り、顔中をおおっている髭の中にも傷口がひらいていてつっ張っていた。このまま沈黙をまもるべきであろうか、しかしこのままではあいまいだ、洋一は死んだのだ、知るべきことは知っておきたい……高月は思いつめて発言した。

「おぼうさん、洋一はどんな死に方をしたのですか」

とたんに椅子をけり飛ばされて、床の上に横転した。例によって下士がはじける様な叫び声を発した。

「馬鹿者、誰が発言しろと云ったか！」

すると僧がうなる様にものを云った。

「あんたの息子はサムライでござした。武士の子でござす。立派に死んだ、ハナも首をつりましたばい……」

その顔へ下士のこぶしが飛んだ。鼻から血が吹き出した。ゆっくりと往復をくりかえしていた将校の顔に奇妙な笑いが浮かび上った。その陰うつな笑いを押し殺しながら彼は云った。

「よし、そのくらいにしておけ、一応軍医に傷を見せて、書類作成を済ませたら二人共釈放してしまえ」

「中尉殿、今日中にでありますか」

下士が子供っぽい頓狂な声で質問した。

「今日でも明日でもよい」

憲兵将校はさっさと自室へ消えた。

高月はまるで何年も離れていた様な感慨で書斎に坐った。ギプスの右足をそっと伸ばし、机上に散乱しているつくりかけの俳句のノートを手に取って見た。耐え難いむなしさが、何処へも向け様のない憤りとなって突き上げた。

信子は、父の体と一緒にサイドカーで運ばれて来た洋一の遺骨を畳の上に置いたままぼんやり見つめていた。

「信子、昭次はどうしている」

「遊びに出てます、御飯の時にしか帰ってこないんですよ」

「そうか」

それから暫く静かな会話が続いた。高月は見ちがえるように成長した娘を、いまさらのように自分の娘として感じていた。

その夜、二人の子供と食事をしながら、高月の気持ははっきりと決まった。来春、昭次が小学校をおえたなら、この家を売って釜山を離れようと。

「船に乗ってゆくの」

昭次は大きな眼を更に見ひらいて質問した。「あたりまえよ、船に乗らなきゃ、内地へはゆけないわ」
信子も浮き浮きと声をはずませて答えた。

釜山の冬、山麓で生きている昆虫は、蝿と泥蜂であった。昭次は晴れた日の午後、きまって鶏小屋の泥壁にもたれて坐った。陽が西の山に落ちるまで暖くさしているので、網戸では長い体に黒いしま模様のある蜂が小さな穴を掘っては出入りしていた。まんまるい泥をこねては足でかかえて何処へともなく飛び去り、またもどって来た。不思議な程大きく深い山々の連なり。吠えている季節風。切り株が整然と残って枯れているたんぼ。何時の間にか輸送船が姿を消した蒼い海。朝鮮の子供達があげている小さなタコの点々。昭和三年に生まれ、その日から眺め続けた見はらしなのだが、此処から去ることを知ったその時から、全てが一つの意味をもって昭次の眼をとらえるのだった。あの山もボクの山だ。この家もボクの家だ。あの港もボクの港だ。母ちゃんの骨と兄ちゃんの骨は、九州の本籍地でお墓におさめるのだという。だがボク達が釜山を離れた後も、母ちゃんと兄ちゃんは釜山にとどまっているのではないだろうか。そうだ大人になったらもう一度帰って来よう、きっと帰って来るのだ。と考えていた。

さかのぼれば二十年もの間、大陸の玄関である釜山港に陸揚げされた軍隊は、その頃上海や大連から、あるいは朝鮮の各地から太平洋へと積み出されていた。四季を通じてとだえることのなかった軍靴の地響きが、うそのようにかき消えていた。「北辺の護り」についていた関東軍の精鋭も塵芥のように南海へ運ばれたのであろう。

山々を飛翔する季節風が鳴りをひそめ、すき透るように青い麦の芽が、二糎三糎と伸びはじめる四月。高月は信子と昭次を連れて関釜連絡船に乗り込んだ。高月は峯子の骨を抱き、信子は洋一の骨と海兵へと去った星野吉章の写真を抱いていた。

昭次にとっては生まれて初めての船であり海であった。自分の運命をまっ二つに切断する海峡であることを、二度と渡ることが出来ない海であることを知るよしもなかった。とても少年の想像では手のとどかない、大きな波濤と、ひたすらに輝いている太陽であった。

「東京への私信」より
(記録と芸術の会
北埠頭シリーズNo.2)
写真 定石京一

Ⅸ 北埠頭——ハカタメモランダム

「仕事ハイクラテモ有ルケトネェ」

と、水で濡れた両手を年齢に似合わぬプリントのスカートで拭きながら、女は、私の顔や体つきをじろじろ観察しながら言った。私は自分自身の人生の旅として、その日その時を決意の出発点としたわけでもなかったが、帰るところも行くべき目標も無い現実の連続であったから、潮風に荒れたバラックの中の、異国の女の応対でたじろぐ必要はさらさら無かったのである。ノーであっても良し、イエスであっても良し。

それにしても、成長産業に従属した、宣伝美術工房を一夜でたたんだこのすがすがしさは想像以上のものだ！　私はそんなことを考えながら、やや横暴な程、おそらくやくざ者の様に、障子の敷居に腰をおろして動かなかった。

「アンタハ体ガ小サクテトテモムリスル、ムリスルト病気ニナル」

女はしかめっ面のまま、ぶつぶつ言っていたが、二尺幅あるかなしの、二階（屋根裏）にかけられたはしご段を、大きな尻を私の方へ突き出して二、三段はい登り、そこでとまって、「トウチャン、トウチャン」と呼んだ。

天井の穴からみしみしと降りて来たのは、四十なかばで、赤ら顔の国籍不明の男であった。東洋人であることにまちがいない。

「タレニ聴イテ来タネ」

この男は又、柔和で顔の肌までなめらかである。まだ五十には間が有ろうかと思われるいかにも善人相である。

「別に人に聴いて来たんじゃないけど、表の看板に〈仕事スグアリマス金丸組〉と書いてあったから」と私はすでになかば倦怠で答える。

「仕事イクラテモ有ルヨ、学生ニタッテ出来ルンタカラ、カァチャン、酒モッテ来ナサイ」

奥に消えた女が一升瓶に三分の一程はいった酒と、手あかで汚れたガラスコップを持って来て、男の正面にべったり坐り込み、男は手じゃくで茶でも飲む様にすいすいやりはじめた。

「どんな仕事でもいいよ、汚れてもかまわないから」と私。

「モチロンウチハ浜ノ仕事タカラ、一番汚レル、アンタ浜ノ仕事シタコトアルカネ」

「無い、全然」

「仕事ハ経験ナクテモイイ、アシタ北埠頭ノ日通倉庫ノ前ニ来ナサイ、朝七時マテ」

男は相変らず柔和そのもので結論を出してまるで水でも飲む様にコップを口に運ぶ動作をくりかえした。

＊

〈仕事スグアリマス〉のバラックを出ると、盛夏のま昼の陽ざしがいよいよきびしく頭の上から私を焼かんばかりに照りつける。コンクリートの国道三号線が、これも又フライパンの様に燃え上っていて、その上を市中では見られない大型リフト車や、ダンプカー等がほこりをガスと一緒にまきあげて走っている。目前の北岸が博多港なのである。

私は自分自身の肉体が、いよいよこの炎天下にじりじりと焼かれて行く今日からの生活へ、まっすぐに歩き始めたことに、やや興奮し、と同時に、私をとりまいている、悠々自適の老父を中心とする幅広い血縁とも、この博多の商業的文化集団とも、まるで兄弟姉妹の様に馴れ合った旧友や、詩人や画家やアートデザイナーたちとも一瞬に訣別して、全く自分自身でも想像を絶するかも知れない肉体労働者として、それも潮風に吹きさらされる浜人夫として歩き始めたことに、今まで一度も感じたことのない、言わば、まる裸の孤独感を受けとめざるを得なかった。〈独りで生きる〉と言うことがどんなことなのか？　又、ここでさえも人間の孤独等は在り得ないことなのか？　しかし、昨日までに訣別することに行動を移す一瞬の、誰にも告げぬ決意の姿は、どんな人間にとっても孤独そのものなのであって、泣きの涙の新派悲劇の台本等には絶対に不採用なのであろう。

私が知りたいのは、この万人が生き続けている社会の中の、芝居にならぬ無言の決意と、その結果と、怖しく透明だから、人の眼に見えていない社会離脱の自由の意味についてに外ならなかった。

だが、その夏の日の時点では、上記の様な思考の道筋によって、自己の思想を組みたて様としていたわけではない。ふりかえって言えることは、自分自身の生命が呼吸する生活の位置が、極めてあやふやで不安に満ちていたから、昨日と明日を引きはがして、上記の如き肉体自活の道をおのずから求めたと言うことが正確だと思われる。

*

それにしても私は何故に博多港に向かって歩いたのだろう？　あの旧日本総督府下の、朝鮮半島の南端、釜山府の私の生家は、言わば半島の南岸に位置していた。家が小白山脈の裾の高地に建っていて、背北に大半島と中国大陸の内部を秘めた、子供の想像力《イメージ》のとどかない荷重があって、私、つまり少年の眼は、ただ山を仰ぐしかなかった。この足が自力で踏み越えた、二、三の峰々は、距離にしてせいぜい五里四方程度のものである。峰の上から見おろすことになるのは、地形に従って、〈港〉と〈海〉だけであった。
それは、日本へ続いている海原であった。釜山港の埠頭からは朝夕、美しい船体の汽船が出港していた。関釜連絡船と、博釜連絡船であった。その船の姿はあまりに美し過ぎた。それは未知の祖国、日本であり、私を釜山の山中に産み落として昇天した記憶にうすい母への思慕でもあったと思われる。

*

戦争がやがて終ることとは、私にはとても想像出来なかった。日支事変が火を吹いたその日から、釜山湾を埋めつくした軍用輸送船団や軍艦の風景が、日本人の小学生である私の心と肉体に、国家日本の顔を教えることとなるのだったが、その奥の過去の、この世に生を得てわずかにたった十年間弱の静寂そのものの年月が、この肉体を抱きとめていたもの、それは私の世界の原型としての自然《ナチュール》であり、かつナチュールの中の関釜連絡船であり、博釜連絡船であり、山であり、私の家であり、家族であり、樹であり、たんぼであり、昆虫であり、現在の韓国の人々と全く同じ人々であり、様々な音であり、太陽であり、河であり、海である。めんどうな説明だけれども、今ここで自然をナチュールと呼んだのは、日本で使用されている自然と言う言葉が、不自然に変化しているからである。と同時に、極めて定形化した〈ふるさと論〉にすりかえられてしまうからでもある。

＊

私は、戦争が終ることを想像出来ない小学生として小学校を卒業し、私の全世界であったところの小世界・釜山府の山を離れ、あの大半島の南岸の釜山港から、心の窓に写っていた船に乗って海峡を一つ越えてしまうこととなり、この九州北岸の港町〈博多〉に住み戦争が終ることを想像出来ない中学生となった。

九州の博多湾は広々とふところに海を抱き、まっすぐにあの大半島の南岸にま向いていた。博多港はまだ人間の港であった。人間を運ぶための船が、潮の匂いにまみれて、錆びついた体を横づけにしていた。

実は私は、学徒工場動員に出動する前の、中学生としての在校中の二年間程、学校をさぼった日には、この港湾をウロウロさまよっている少年であった。

あの暗雲暗くたちこめた、ガダルカナルの皇軍玉砕の頃。旧制、西南学院中学部。

体こそ小さかったが、学校ではかなり優秀な剣道部員であり、軍事教練や学業も人並みにこなしていた。

ついでに書きとめて置くが、当時の西南学院は、軍司令部の廃校リストに登っていて、教師連の意気の上らぬことおびただしかった。

校舎は傾いて教室の窓にはガラスがはいっていなかった。戦争の動乱が、九州一の歴史的沿革を誇るアメリカ系ミッションスクールを陥没時代に追い落としていた。教師たちのそれぞれの屈折は、今日想起するとまことに苦渋に満ちていて興味がつきないが、少年の私は直感的に彼等を観察していた。

彼等の中には、私に路傍で出会うと、向こうから頭を下げる者もいた。当時、私が寄宿していたところは、父のいとこの家で、つまり、西南学院理事長〈末永敏毅氏〉宅であった。西南学院の財源だったのである。

*

理事長、末永敏毅氏は、戦前・戦中・戦後を通じ、鉄道共済会〈博多駅駅弁会社〉の二代目社長であった。この社長の母〈雪〉は私の祖父の妹である。初代社長の妻である。この末永家は古くより博多の地下財閥と言われていた。あの戦争の渦中に、黒塗りのパッカードが一台あった。天皇が一時同じものを使っていたと言われているシロモノであった。車の運転手の友情で、七隈の屋敷から、西新町の学校までこの車で登校したことがあった。自分でつくろったぼろぼろの学生服に、ゲートルを巻き、豚皮のあみあげ靴を履いたちんぴら中学生がたった一人で、まるで応接セットの様な、革張りのシートにふんぞりかえって乗って行ったのは、今考えても奇妙な風景であり、何時思い出しても独りで吹き出してしまう。それは良かったが、上級生の週番に発見されて、昼休みに呼びつけられて、入れ変り立ち変りぶんなぐられたので顔が変形してしまった。車の運転手は背がひくくて兵隊に行けぬことを歎いていたが、中学時代から肩幅が広くて重量上げの選手だったそうで、こいつが私の顔を見てカンカンになり、樫の木の木刀を持って来て、学校になぐりこみをかけると言い出したのには弱った。

「どいつもこいつもたたきのめして踏みしゃいでやる」

と、同じことばかり一週間言い続けた。

＊

後日、この男にも召集令状が来た。末永社長夫妻、それに少しばかりの家族。そして最も数が多い女中たち、それに書生っぽの私が見送った。彼がいなくなった後の、急激なわびしさ！　私は車庫にはいり、パッカードの運転席にすわって暫く泣いた。

＊

釜山府慶尚南道道庁官吏〈黒田藩士族の長男である〉父は、私を末永家に投げこんで、小遣いも送ってくれないし、靴下一つとどけることがなかった。魚つりと、俳句にあけくれていたのだ。平民財閥の末永家が私を無料で学校に通わせるわけもなかった。一学年から二学年まで朝四時半に起きて広々とした庭を掃き、玄関に水を流し、最後に風呂の水をかえて石炭で沸かしておくのが私の登校前の責任であった。

少年の私は、厳冬の早朝等、未明の空のつめたい星の光を見つめて、自分自身が非常に不幸な運命をたどりはじめていると考えた。眠くてたまらないこと、手足がこごえること、家庭から遠く離れてしまったわびしさ等が原因となって、無口で内向的なくせに、何時も敏捷に体を動かしている奇妙な少年となった。すでに海一つへだてた釜山府の家族を憎みはじめていた。

ところで、手きびしく一日も欠かせない早朝の日課を私にあたえたのは、二代目社長の末永敏毅氏であるが、今にして思えば、私にとってこの人物は実に不思議な存在であった。
彼は当時五十歳位であった。

＊

夏のくそ暑い日の午後。私がめずらしく道草を喰わずに学校から帰ると、食堂の隣の応接室に、当時の西南学院院長〈水町教授〉が来ていた。水町教授が訪れて食事をしていることは別に珍しくもなかったが、おもしろいことに、敏毅氏が酒を飲んで酔っていた。豪華な支那ラデンのテーブルの上に、酒のトックリが数本並んでいた。美しい文子夫人は部屋のすみの背の高いイタリーの木製椅子に坐って、やや苦笑をたたえて酒のトックリを眺めている。酒を飲んで楽しんでいるのは敏毅氏だけである。

なぜ私がこの時のことをよく覚えているかと言えば、日頃私と顔を合わせることさえない敏毅氏がこの私をわざわざ呼びつけて、めしを食えだの、さかづきをさし出して、酒を飲めだのと言ったからである。日本中が食糧難のまっただ中で、酒は無論、白米の一粒さえ見ることが出来ない頃である。末永家に世話になった二年間、私は全く食糧難を知らなかった。

水町院長は、末永家の食卓によく坐っていた。学校の講堂の壇上で見る彼の粋な姿とは全く違う人物に思えた。極めつきの一見野暮な初老の紳士であった。女中達が調理場で、「また来てるワ、水町先生」と口をとがらせてかげぐちを言っていた。実は院長を招いているのは〈文子夫人〉であって、末永家の家庭礼拝を司会させるのが目的であったらしい。

「主よ、我等の日常に、貴方の変らざる恵みによって、豊かな糧をたまわり、深い感謝を捧げます……」

例によって、学校の講堂と全く同じ礼拝口調で食後の祈りを暫く続ける。〈じょうだんじゃない、日本中で豊かな食糧は、この末永家にしかないのだ〉と私は内心こっけいに思っていた。と同時に不思議な家だ、とも。

とにかく私の視線は、一人の中年の女性の首筋のあたりに釘づけになっていた。やがて彼女は長いまつげをスローで開いて、そのまま大きな眼で私の顔をじっと見返した。私はその瞬間、感電した様にせんりつし、時を忘れた。

私は十四歳。彼女は三十二、三歳だったか。

院長の祈りが終り、女中たちがテーブルの上をかたづけ始める。私も立ち上って部屋を出ようとした。その時である、末永社長が私を呼んでこう言ったのだ。

「ショウちゃん、神様、仏様は、カネができてからだよ」

＊

水町院長は、その時もえたいの知れぬじょうだんを言って楽しんでいる理事長に、日頃と変らぬ最敬礼をすると部屋を出た。その後を、文子夫人と女中頭が玄関まで追いかける。何かしら全てのムードが華やかで、外の世間全体を包みこんでいる戦争の緊張は全く感じられない。玄関の前庭に、博多駅の弁当会社から食糧を運んで来た後の、空のダットサンが一台待っていて、院長を乗せると門の外へいきおいよく出て行った。

＊

ふりかえってみると、私はダイヤモンド型の凧の骨組の様に、時節の気流に対して、自分自身の生存のバランスを持たざるを得ない、少年であった。

生地は朝鮮半島の南端である。釜山府の小学校では〈我が郷土〉と言う教科書を習った。それは自分のふるさととしての、異国、南朝鮮慶尚南道であった。しかも日本人である我々の祖国は、海の彼方の日本であり、本籍は九州博多〈福岡市〉である。

私は本籍地九州博多の、西新町の西南学院中学部の一年ぼうずであったが、心は海の彼方の、釜山府に常に向いている。夜の眠りから覚めた瞬間しばしば錯覚をおこしていた。何と、半世紀生きている現在もそうだ。

学校では、国家存亡の危機をになう兵力として軍事教練を受け、かと思えば、武具をはずして、校庭から講堂へ移って、敵国アメリカと同じ讃美歌を全員で合唱し、キリストに祈りを捧げている。民衆の生活物資が、子供たちの弁当のおかずが無くなるまで統制されていながら、末永家にいる私は、むしろぜいたくな食事をして飢えを知らない。

配属将校は、校庭に我々を立たせて、お前たちの命は今こそ皇国に捧げよ！　と言い……水町院長は講堂で、必ずや神の御心によって平和が来る！　と言う。そして、あの不思議な人物、末永敏毅氏は、まるではぐれ凧の様に、玄界灘を越えて来た鈴木家の少年（私）をつかまえてのたまわく。「ショウちゃん、神様・仏様は、カネができてから……」

少年は、ただ一心に、一日も早く海の向こうへ帰りたいと、思い続けている。あの釜山の山の、赤松の匂いがする風を、この胸に力いっぱい吸いたい、と思っている。その少年の心を、あの美しい文子夫人の大きな瞳が、じっと見つめるのであった。

＊

この、昭和十六年から十七年という時節をふりかえるために、手もとに有るM新聞の昭和史年表をひらいて眺めてみよう。

◎一九四一年十二月八日。対米開戦。アメリカ映画上映禁止。ラジオ、新聞、気象予報中止。ヒットラー、モスクワ攻撃を放棄退却。日本軍、マレー半島上陸。

◎一九四一年十二月十日。東京の新聞社八社主催、米英撃滅国民大会。

◎一九四一年十二月二十五日。香港占領。その他略。

◎一九四二年一月二日。マニラ占領。

◎一九四二年二月十五日。シンガポール占領。

◎一九四二年五月十一日。詩人、萩原朔太郎没。五十五歳。

◎一九四二年五月二十九日。歌人、与謝野晶子没。六十三歳。同日、ソ連外相が訪米、第二戦線結成合意。

◎一九四二年六月五日。ミッドウェー海戦。日本海軍大損害。〈このあたりから、日本軍の後退が、三年後の敗北まで続く〉

◎一九四二年十一月二日。詩人、北原白秋没。五十七歳。

◎一九四二年十二月二十三日。大日本言論報国会設立。会長〈徳富蘇峰〉。同日、スターリングラードでソ連に包囲された独軍は、決定的に敗退する。その他、米国は《原子爆

弾製造計画開始》

＊

歴史の記録を細部に至るまで眺めていると、連日日が暮れて終ることがない。自分が死ぬ日にも終りが来ないだろう。歴史の記述とはそんなものである。又、読んでいる方もしかりである。私が言う〈メモランダム〉とはそんなことではない。その中で生きる自分(人間)の生命と肉体の記録のことである。上記の如き激流の中では、木の葉一枚の真実はどこにも見えて来ないのだ。

＊

なまぬるい霧の早朝である。もうすでに八月にはいった博多の街を、私は自転車で走った。市内電車は動き始めているが、車はまだまばらである。今泉二丁目の自分の巣から走り出して、五分で天神町岩田屋前の交叉点に出る。そこを突き切って北上し、旧海岸線の築港通りを右に折れてまっすぐに博多港へ。石堂川の橋の手前に、電停〈築港〉があって、そこからまっすぐに北へ、大通りが約二百米程、海に向かって舞台のエプロンの様に伸びている。このつきあたりが〈北埠頭〉である。この埠頭までの両側には、昔ならば、食堂・土産物店・博多織博多人形店が軒を並べていたのだが、現在はそんな風景を語る人とていない。そもそも人間の住む家が見あたらぬ。何処まで行っても倉庫ばかりである。言うまでもなく、博多港湾が〈物資〉に占領されて、人間を寄せつけぬ時代なのだ。

しかし、変らないのは、一筋に伸びた海への道である。私はまだしめってほこりを立てていないアスファルトの表を、まるで中学時代の少年の自由でペダルを踏んだ。

＊

「これは違う、北埠頭ではない」と、私は何度も自転車をとめた。行けども行けども大倉庫ばかりである。次第に違和感と恐怖が疲労感に変ってペダルが重くなる。「しかし、こんなことはあたりまえのことだ」とも苦笑する。海岸線を、海面を見ながら一巡して、思いがけなく出現する新たな倉庫地帯を抜けて、動き始めた日通マークのリフト車の後から海とは逆に走ると、先刻通り過ぎた古い日通倉庫の前に十名程えたいの知れぬ男たちが、鉄のシャッターにもたれて尻をおろしている。そのシャッターに〈金丸組〉と紅いマジックの下手な字で書いた紙が張りつけてあった。ここだ……私は自転車を降りて、連中と同じ様に尻をおろし、煙草に火をつけた。

「これが今日からの私の仲間なのか」どう見ても、私が未だかつて接したことのない人種としか思えない。そして或る事実に少しばかり安息を覚えた。それは彼等が、私に対して全く関心をはらっていないことであった。

隣に坐っている男のシャツの胸にも、腕にも、皮ふにしみこんだ古いイレズミがのぞいている。クリカラモンモンである。顔はと言えば、一点の精気もなく、たるんだまぶたが、にごった眼球に落ちかかっている。まん中で一人でオリンピックの話をしゃべくっているのは、酒やけか、陽やけか解らない赤顔の初老の男である。何と、オールバックをしてポマードをつけている。そして足にはあの戦争中のゲートルを巻き、地下たびを履いている。その他、誰一人として、市中では見ることのできない、人間共であった。

私は、GパンとTシャツに登山靴を履いていた。頭には登山帽をのせていた。

「そうか、今はオリンピックがあっているのだな」と思った。自分自身が、ひと月もすれば市中を歩いている人々が持っている平和な顔つきや、すべすべした肌や、体全体が保っている骨格のバランスも失って、ここにいる男たちと同じ様に、ひずんだ、ガサガサの肌と血ばしって、しかも疲労した眼つきになってしまうことを想像だにしていなかった。暫くして十人が二十人になった。後から増えた十人の中に、完全装備のトビ服をつけたいきのいい男が二人程いた。頭には黄色の安全帽〈ヘルメット〉をかむり、二人ともひざの下まである長い地下たびを履いている。背たけは一米八〇はあって、歩きかたにもバネがあり、皆の様に地面にべったり坐りこむこともなくて、「おーす」と片手をあげて一声言った後、腕組みをして全員をへいげいしている。この二人はどう言うわけか、申し合わせた様にシャツまで同じである。紺染め木綿のえり無しシャツである。ずぼんの下から毛糸の腹巻きが二寸程見えている。後ですぐに解ったが、この紺染め野郎二人は、常やといの班長であった。

最後に、ゆっくりした足どりで、まるで散歩にでも来た様に現れたのが、あごに唐きび髭をはやした堂々たる体格の老人である。頭にきっちりとタオルを巻いているのは、あきらかに旧朝鮮の労働者スタイルである。何と、ゆったりした朝鮮麻のシャツのそでから籐編みの汗よけがのぞいている。この在日韓国老人が、この日から一年間、私の班長となったのである。

両手にまっ白い軍手をはめて、右手にしっかり使いこんで底光りのする手カギを握っていた。

*

目前の日通の〈作業具置場〉の前に、制服制帽の日通の作業員が五、六十名せい揃いして、号令一下体操を始めた。急に太陽が高くなって体操をしている人体の影が路面で重なり合ってゆれ動く。その時どこからともなく高級自転車《ブリヂストンの軽快車》に乗った男が現れて全員の前でとまり、ポケットから使い古した手帖を出してめくり始めた。

「仕事スグアリマス」のおやじさんであった。金丸組組長である。はでな模様のカッターシャツを着て、頭に櫛を入れてさっぱりしているので、私には暫く解らなかった。手帖から顔を上げてざっと全員を見まわして、私の顔をちらっと見ると、「アンタ、名前言イナサイ」と言った。そこでやっと昨日のおやじさんであることが解った。

「鈴木……」と答えると、「ススキサンネ」と言って手帖に書きつけた。それから直ちに、男たち全員の員数分け配置を伝達した。

昭和三十年代終末。炎天と言おうか、烈日と言おうか、私は、夏の太陽にじりじり焼き殺される程さらされる体験を、少年時代からしばしば持っていたが、この八月の北埠頭の炎天は、三十余年生きている私の人生を、カラカラの空屋にして、魂を0《ゼロ》に帰した。

違うのである。決定的に。火野葦平の遠賀川や、岩下俊作の無法松の時代とは。時は去ったのである。しかし人間は生き続けている。その生きている人間の一人の中に、この自分が存在していることは間違いない。

私が生きて育った日本は、あの博釜直行の北埠頭は、関釜連絡船は、釜山の山は、小学校は、家は、いったい何処に消えたのか。そしてこの私をとりまいていた親兄弟姉妹は、何故にこの地上で、私と血を分けて存在していたのだろうか。あのように。

過去の栄光の夢？　とんでもない。栄光なんぞは一かけらもない。

＊

「ススキ、シゲヤマ、生ゴム倉庫、ミナミ班」

「トミヤマ、モリサキ、フクオカ倉庫ノ材木」

「タカオカ、フクダ、シバタ、シンカイ、北埠頭本船ゼノバ、ナガノ班」

「イシダ、ウチムラ、シミズ、アマノ、ヒラオカ、タナカ、西埠頭、セメント倉庫、クロダ班」

「クドウ、イワイ、ナカガミ、ナカムラ、タカハシ、ワタナベ、日通第三倉庫」

と、この様な員数配置を、手配師の金丸組長は、たていたに水を流す様に言い渡すと、例の軽快車でさっさと消えてしまうのが常であった。

私は、どういうわけか、あの韓国の老人ミナミ班に組込まれていた。ミナミ班長は七十歳。家は博多港湾内の一角で、古金属商をしている。

「アワテナサンナ」と彼はよく仕事の途中で言った。怒ることはなかったが笑うことはあった。私に対する失望の笑いとうけとれた。彼の手カギにかかった荷物は、たとえ百キロの生ゴムでも、自由自在にころがった。腕は太かったが、しなやかであった。他の班長の様に、プロレスの様な筋肉は持っていなかったが、決して疲れることのない、さわやかな精気に満ちていた。時々歩きながら、国の言葉で〈朝鮮民謡〉をうたっていた。

思えば、金丸組長と同国人である。しかし、この二人は何処かが違っていた。金丸組のおやじもやはり温厚であったが、彼は手配師であり、時々はだかの札束でポケットをコブの様にふくらませて、何時も酒くさかった。ミナミ老人は、黙々と働き続けている人間の様であった。腰にはアルミの弁当箱をくくりつけていた。

*

「港湾記」は今の目標ではない。博多港の全貌には、過去数千年の歴史の尾があり、人間たちの骨に埋もれていてさだかではない。そして今が昭和五十年代も中盤である。だが、私がわずかに生活した戦後三十年間の過程でも、十年毎に轟音がひびきわたる様な歴史の顔の外科手術が、この港湾にも起こっていることを見知っている。この心のフィルムに幻の様に写っている北埠頭や、博釜連絡船もさることながら、敗戦の後、満州・朝鮮から続々ここに上陸して来たボロギレの様な植民地の日本人引揚者たちは影さえ見えぬ。

この十年サイクルの時代の激変は、このまま行けば二十一世紀に突入するいきおいなのだが、ミナミ老人は、こせこせした私に対して、「アワテナサンナ」と言う。彼は時には、自分の国の民族服で仕事に来ることもある。

昼休みに、ミナミ斑が空になったコンテナの中で、弁当を開いた時である。ミナミ老人のアルミの弁当箱は大小あって、小さい方に朝鮮漬(キムチ)がびっしりつまっていた。日本人の労務者の中に陰険な中年男がいて、落ちこんだ眼で老人の弁当を見て、「クサイクサイ、じいさんの傍ではめしが食えん」と言って、離れて坐った。私はひどい奴がいると思ったが、自分でにぎった、にぎりめしをぱくついていた。老人は全く顔色も変えず、うまそうに食いながら言った。

＊

「日本人ハタクワンクサイ、アメリカ人ハバタクサイ」と。

三十年から浚渫に次ぐ浚渫と、埠頭の大拡張を進めた港湾には、毎日内外の一万噸級の貨物船が連日イカリを降ろしている。私は、仕事のあいまで、なぜか外国船を眺めることが楽しみとなった。思えば子供の頃から海に浮かぶ船舶に心をひかれている。

港湾実務用語では、大型貨物船のことを、〈本船〉と言う。

仕事についてから一週間目。私たちミナミ班は、中央埠頭のポータル・クレーンにこづきまわされていた。このクレーンの奴がとんでもない機械《マシン》で、言うまでもなく〈門型起重機〉であって、本船〈アメリカのサマー号〉の船腹から、小麦の袋を二十個も三十個も一度に埠頭の路面にほうり出す。その一個が八〇キロもあるので、このクレーンのばけものは、一度に二トンも三トンも吐き出しているのである。その一個一個を我々は日通から押し出して来たコンベヤースタッキングと称する言わばベルトコンベヤーの親分と思えばよいのだが、こいつの上に二人掛りで一秒の休みもなく投げ上げるのだ。コンベヤーのさきは大型ダンプである。ちょうど、ダンプカーの尻に日露戦争の時に日本の歩兵が百人掛りで引いて行ったと言う世界一の大型カノン砲が噛みついている様な構造と思えばよい。このコンベヤーが朝の九時から始動して停電もしない。何トン乗せてもびくともしない。ポータル・クレーンは一見ゆっくり本船の腹から頭を上げると、どさりどさりと路面の上に山を築きあげる。このマシンの回転の中間にはさまれて、蟻の様な人間が動めいているのだ。正午のサイレンか、午後五時のサイレンまで、あるいは、陸揚げ終了の本船のベルが鳴るまで、止まらない。機械に人間がこきつかわれているのである。

かつての、はなうたまじりの石炭沖仲仕の時代は、のどかな伝説でしかない。太陽が夏も最後とばかり照りつける。水でもまけばじりじりと音をたてるのではあるまいか。私の体は、一個のベル(間欠)ギヤーである。ただ動いているだけだ。軍手の中のてのひらの皮ふがすりきれて血が流れているのが解るが、痛みを感じているひまがない。無論汗は安全帽の中から噴出して眼にしみ、口に流れこむ。忽ち干あがって、塩で首筋までざらついて来る。消えてしまえ、過去よ消えてしまえ、哀しみも憎しみも、つらい愛の全てよ消えてしまえ。と私は心中で唱え続ける。

＊

そして、私の眼は、本船の船首デッキの上を見上げていた。そこには、ビール腹を突き出した赤銅色の半裸の男が、緑色のヘルメットをかむって笛を吹きながら、クレーンの操縦室に両手を動かして信号(サイン)を出し続けている。騒然たる港全体の騒音の中で、彼が噛んでいる笛が、ピピピッピピピッときりさく様に鋭く響き渡る。見上げる様な大型クレーンがあやつられているのだ。

「何処かで見たことがある。何処かで」と私は体だけ動かしながら考えていた。

クレーンのま下で昼めしを食って暫く眠った。海風が少し涼しくなっていた。二十分程熟睡して眼をさますと、昼休みの静寂の中で歌声がきこえた。何と、この地獄の底では夢でも見ている様なドイツ語の美事なうたいっぷりであった。〈ローレライ〉であった。起き上って埠頭に立つと、その声はサマー号の船首であった。先刻のビール腹のデッキマンであった。

私は手カギに磨きをかけているミナミ老人にきいた。

「班長、あの男は誰れ?」と。

「アレハテッキマン、陸揚ケノ神サマヨ」

と彼はぶっきらぼうに答えた。

「名前は何といいますか」

「オノ、オノ、モト大連日通ノ港湾労務課長、顔ヨク見ナサイ、コレカラ世話ニナル」

そうか、生の松原に入院した尾野にきいたことがある、親父は大連、日通支店の引揚げ者だと。私はまじまじと見つめていた。いやにらみつけていた。「良か女は残っとらんのう」とぬかした、ロマンスグレーの柳町野郎を。いったいこの男は何を考えているのだろう。あの朝鮮戦争たけなわの頃、柳町ですれちがったかと思えば、十年後の今日は、この中央埠頭の、本船のデッキで……この物資地獄、労働地獄のまっただ中で、声高々とドイツ語でローレライをうたっているのだ。もう歳は六十を越している筈である。

「中央埠頭ノテッキマンハアノ男タケ、一万五千トンヲ三日テ揚ケル」

と老人が又説明した。

そうか解ったぞ、あの男は植民地野郎なのだ。そして彼にとって、この博多港こそは、あの幻の帝国〈満州〉の、幻の大埠頭、大連港なのだ。いや、この博多港は今や、大連港をしのぐモンスターと化しているのだ。

「パパ、コーラー飲む」

日通統計課のグラマーが、コカコーラーのびんを持ってサマー号のタラップをかけ上って行った。デッキの歌手はそれを受けとり、ビール腹をなでながら飲みほした。

＊

夕刻、船腹を空にして浮き上ったサマー号は、夕陽に向かって出港した。吃水線をまる出しにした本船は、モンローウォークで尻をふりふり水平線に消えて行った。サンフランシスコへと。私は軍手を取って、血がにじんだてのひらを潮風でかわかした。

翌日の朝、同じ岸壁に、ミナミ班のクリカラモンモンが、どざえもんで浮いていた。海上保安部の警官が、人体型の金網で引揚げた。こんなことは〈浜〉では事件にもならない。それから秋が来て、冬が来て、春が来て、そして又灼熱の盛夏が来て、秋を待たずに私は、北埠頭を去った。

*

今は昭和五十五年であるから、あれからもう十五年もたっている。北埠頭を二度と訪れていないが激動は眼に見えている。

七隈の末永敏毅氏が昇天されたのは確か三年前である。七十七歳であった。〈自分の葬式は決して出さないこと〉と厳しい遺書があったので、この福岡市の財界アウトサイダーの葬儀は、遂に行われなかった。合掌。

第一回〈ハカタメモランダム〉のペンをここで置く。

第二部

年、釜山

X　墓山の凧

——肉体的望郷

墓山の凧——肉体的望郷　目次

上の道と下の道

入学式には、何処から見てもそよ風に吹かれている様な、主イエスキリストの御名において無頓着主義者である、鼻ひげの父親が一緒について来た。

サイタ
　サイタ
サクラガ
　サイタ

と大きなカタカナをまず読んだ。ハナ・ハト・マメ・マス時代の、兄や姉の古い教科書にくらべると、色ずりのさし絵がついていて華やかだった。

私の頭上には手あか一つついていないラシャの帽子。釜山第三公立尋常小学校の金色のサクラの花の校章が光っている。左側の胸には、まっ白いハンカチとすべすべに磨かれた木製のまるい名ふだ。

教科書や制服制帽も、血気にはやる日本の新時代の国威を示すリリシズムに相違ないが、今の私の胸に鮮明に浮き揚がる、春四月である。

平山先生。ロイド眼がね。頭の髪が西洋人の様に茶色で、パーマネントをかけた様にちぢれている、しゃれめかした独身の青年だった。


早速、春の運動会。

一年三組のみんなが母親と一緒に、寿司やにぎりめしの弁当をひらいて食っていた。私は、釜山高女一年の姉、秋子が朝早く起きてつくってくれた梅ぼし入りのにぎりめしをぱくついた。独りであること等、なんともないことだった。

一年生男子一〇〇米ではどんけつだった。それが悲しかった。運動会が早く終わるといいと思った。

終了式の校歌合唱。やっと覚えた校歌であった。

我等が集るこの窓は
やまと心をみがく窓
前におきふす玄海の
おおきし姿をさながらに
心みがかん諸共に
いざや諸共に

これが校歌の一番である。この歌詞には植民地をかかえこんだ昭和初期日本の、精神主義の大動脈が生きている。にもかかわらず、少年の日々、この校歌は重くもなければ、痛くもないものだった。ただ力一ぱいに口を開けて歌うものだった。

赤と白の運動帽に分れた一千二百名の中に私もいた。校庭のすべり台の横の八重桜が散り、高遠見山の方へ陽が傾斜し、万国旗が音をたててなびいていた。

こうして今日、ようやく、私自身がかかえていた校歌を、私自身の現実の肉体によって、重たく感じている。

我等が集るこの窓は
やまと心をみがく窓

いったい何をみがいたのか、この心に。何とはるかな流離の果てだろう。


通学に、上の道と下の道とがあった。

私は上の道を歩くことで、自分が自分自身である様に思いこんでいた。

下の道は、釜山府草梁町の中心に陣取る釜山中学校の坂の下をめぐる道であり、上の道は、中学の背北の高地を這う一本の長い道だった。

釜山三小の子供達は、学校所在地である水晶町の東部海岸線へ、電車通りにそって帰るか、西部海岸線の、草梁町南部へ帰って行くかである。この草梁南部が、いわば私の下の道なのだ。

下の道には日本人のゆとりのある住宅地が多い。鉄道官舎もびっしりと黒い屋根瓦を並べていた。だから釜山三小には鉄道員の子供が多かった。

上の道には日本人の住宅がほとんど無かった。だが、海に向いている釜山中学の左肩あたり、上の道から折れて更に上へ、部落の藁屋根をくぐって小さな迷路を登って行くと高い石垣があって、その上に黒い瓦の日本人住宅が孤立していた。町と海の眺望はすこぶるいい。南朝鮮の高地ですばらしい眺望のともなわぬところ等ありはしないのだが。

ここが、同じ一年三組の〈中西春美〉の家だった。女の様な名だが無論男である。一見、律気で誠実そうな少年だった。ところが、これは見せかけのポーズで、子供のくせに暗い被害妄想を秘めていた。つまり、人には解らない人生の苦痛をなめていたのだ。先生がいる所といない所、学校の内側と外側で表情や行動が強く変わった。例えば、昼めしの時間、隣の席の弁当箱からいきなりおかずを取って食べ、声をころして奇妙な笑い方をする。友達からそれも特に大人しい子供をしつこくいびって、一銭二銭と取りあげる。

かと思えば、目立つ善行を自発的に行なって学校側から表彰状をもらったりもした。この様にひどくべたつく体質の少年だったから、孤立的な私の好む友達ではなかった。

当時、同じ組に、足が不具で言語障害もひどい生徒がいた。一年の初めから、中西はこの子供の身のまわりの世話を何やかやと見てやっていた。教室でも、校庭でも、登校下校時にも。しかし、私には、特殊な子供に中西がまつわりついている様に感じられた。

この生徒は三年の終わりまでいて、発育も学業も進まないので退校した。

別離の日、不具の少年は両親につきそわれて教壇の上に立った。母親は涙を拭きながら、中西春美君に特別にお世話になったことを私達両親もこの子も一生忘れないでしょう、と挨拶した。先生が中西を呼び教壇に立たせ、〈親切〉をほめてから、全員が拍手した。私は拍手しなかった。

中西が買い食いのために月謝の金を使いこんでこまっていたから五銭貸したのはもう二週間前である。あいつは忘れたふりをして通すだろう、と思っていた。

さてその後、中西は私にまつわりつき始めた。下校時には時たま上の道の途中まで同じコースとなるので、出来るだけ避けていたが、彼は門のところで待っていることもあった。彼は頭髪が何時も伸び過ぎて汚れていた。首筋に腫瘍があったり、のぼせて鼻血を出しちり紙でせんをつめていたり、ずぼんの尻が破れていたり、手の指に汚れたほうたいを巻いていたり、一銭銅貨を耳にはさんでいたりした。

なぜ中西は、あの不具の生徒がいなくなった後、私にべたついて来たのか理解出来なかったが、次第に二人の間に妙な親情も育っていた様である。

或る日のこと、学校の帰りに、彼の家まで寄り道したことがあった。南側に縁があって白い障子の日本家屋も私には珍しかった。道々のポプラには葉が無かった様な気がするから、冬も深かったのか。私達は家のまわりでビー玉か何かして遊んだにちがいない。ところで家に帰った中西は、やや寂し気で、大人しかった。

「ハル、さっさと火おこして米とぎな、何時まで遊んでるのかい、いい気になって」

突然、障子が開いて、姉か母親か解らない若い女が顔を出し、ヒステリックに中西を叱った。

「はーい」

彼は、ふてくされた暗い顔つきで勝手口へまわって行った。

私は呆然として立っていたが、炊事場の方から炭火の匂いが流れて来たので独りで帰途についた。〈彼はなぜ食事の用意までしているのか?〉

中西春美は、後日私に言った。

「何時かあの女を殺してやる」と。実父のことについてはあまりしゃべりたがらない様だったが、ただ、酒飲みで酔うと手がつけられぬ、と言った。あの女が情婦か妾らしいこともやがて解った。今もってその程度のことしか解らなくても、あの戦雲暗くたちこめた朝鮮の南端、釜山府で、一人の子連れの中年男が、日本人の街から遠く離れた部落の上の一軒に住んで、若いあばずれ女に金玉を抜かれ、まだ小学校なかばの息子にめし炊きをさせている、その様に常に三文小説の真実をはらむ人の世の現実が、まるでトーキー初期の灰色の映画の様に私の胸中を流れて行く。

私は戦後の日本内地で、小学校時代の友達にも、先生にも、釜山府に住みついていた多くの人達にも、誰一人再会していない。従って中学時代から現在まで、失ったふるさとについて語り合える相手を持ったことが無かった。それは当然、歴史が私に負わせた自分自身の半身との断絶であり、人間が生きている為の流離だと確信していた。

私は自分自身の孤立を怖れることなく、戦時の中学時代と、加えて戦後の歳月を、日本人のまっただ中で生きたのだったが。

感傷と呼ぶにはあまりにも根深い、生まれ故郷、南朝鮮の大地である。そのことに愕然と気づき始めた時、私は四十歳だった。

中西春美は永遠に私の肉体の中で、不潔な体臭の少年であり、生死さえも不明のままである。その様に過ぎ去った星霜の大きさは言うにおよばず、忘却の底も又深い。
こうして私は残された肉体の中から、たんねんに生命の軌道を掘り起こして行こう。

上の道は、釜山中学の頭上を一路北西へ伸び、一本の細く長い坂道となり、中学の校庭と、草梁町の中心部と海岸線をはるかに見おろし、やがて鈴木家の四角な紅いコンクリートで窓だらけの城の上を過ぎ、一筋に高遠見山の山頂まで登りつめている。これを踏破すると、釜山府西北端の町、大新町が眼下に展開している。

上の道から、高遠見山への途中に、広大な牧場があった。東西に長く、周囲の距離は一粁程あった。春から夏にかけて、クローバの白い花がびっしり咲きつめて、その上で、首に鉄の鎖と番号をぶらさげたホルスタインが何百頭も遊んでいた。この白と黒のホルスタインの牛舎は、赤松の山中の奥にあって、思いがけなくスレート屋根に鉄筋の広大な建築だった。そのかたわらに朝鮮人労務者の小屋が、赤茶色に錆びた悲惨なとたん屋根を並べていた。屋根は錆びて破れるとその上に又古いとたんを重ね、風で飛ぶので、人頭大の石でおさえてある。その下の生活については説くまでもない。彼等は、牧場の乳牛に対しても根深いうらみつらみが山積していたのであろうことが想像出来る。牛舎と人間の住む小屋を比較して見ても、牛の方がはるかに優位であり、ホルスタインの一頭一頭が尊厳な面がまえをしている様だった。

鈴木家の裏の畑の土が毎年変わることなく黒々と肥えていたのは、この牧場の牛糞が雨で流れて来たからだろう。とうもろこし、いちじく、すいか、かぼちゃ、とまと、なすび、等どれもが丸々と色づき、次第に欠乏して来る戦時の食生活を補うことにもなった。

牧場はF牧場と呼ばれ、釜山府内外でも有名な牛乳の生産発売元だったが、無論独占企業で、都市に密着したホルスタインの放牧場は他にはどこにも無かった。

このF牧場の経営主は、大正年間のはじめに熊本の農地を売って移住し、釜山府の地の利をしめた一家だときいていた。

毎日確実に数千本の牛乳が朝鮮人労務者〈青少年〉の自転車部隊によって府内の日本人住宅街に配達されていた。

上の道が、日本人住宅地や、商店街、電車が走っている海岸線のメインストリートとは全く異なる地域であることは前記した通りである。すっ裸の赤子が地面を這っている。春夏秋冬、青い尻をまる出しである。道路の両側には竹製のアンペラ〈敷物〉が敷かれ、豆味噌のかたまりや、まっ赤なとんがらし、大根、白菜等が干してある。冬は焼いも屋が大きな素やきのつぼに、泥のついた皮のままのさつまいもを針金でさげて、木炭で焼いている。一銭渡すと、一つを半分に切ったやつを汚れて指が出た軍手で針金からはずし、古新聞をびりっと破って包んでくれる。ほかほかの焼きたては舌が焼ける程熱くてあまい。がちがち道が凍てついた冬の帰り道程この一銭が貴重なのだ。真夏は円筒形のアイスケーキ。

ジャッキン、ジャッキン、ブリキの大ばさみを鳴らして、チョゴリにゴム靴の〈おっさん〉がゆっくりと歩いている。これは四季の区別が無い。背中に小型の棺桶の様な木箱を背負っている。私が学校の傍の鉄道機関区あたりから拾い集めた錆びついたボルトやナットを渡すと、男はゆっくり地面に箱をおろし、煙草のやにが茶色にしみついた手で、大工用のカンナの刃とハンマーを握り、座布団の様にべったり広い〈朝鮮飴〉の板をとんとんと切断し、かなり大きな一枚を黙って差し出す。

空の牛車もきまって上の道を帰って行く。車軸に黒いコールタールを塗った子供の私の背程もある大きな車輪で、鉄の輪がはまっているからゴトゴト地ひびきをたてて、小さな小石を砕き、地ならしをして行く。しかし、これが雨期になると忽ち地面を掘って荒らしてしまう。空の牛車の上には、牛の食糧のワラや大豆を入れた桶が一つ積んである。道が悪いとこ

の桶ががたがた飛びあがる
私はこの上にランドセルをほうりあげて、自分も飛び乗り腰をかける。

牛車はまことにのんびり移動する。車と並んで朝鮮人の主婦が頭に大きなブリキ製の水馬穴をのせ、チャポン、チャポン、と音をたてながら上手に歩いて行く。両手には野菜、海藻類をぶらさげ、チマの上に大きくてつやつやした二つの乳房をまる出しにしている。水道も、部落毎に共同であって、婦〈おんな〉達は山坂を踏みしめて水運びをしているのだ。日本内地人の町では想像もつかない生活なのだ。これがなぜか私をとらえた上の道だった。

牛の鼻輪のロープを握っている男の頭は、牛の餌の藁くずだらけである。彼は必ず一度私をにらむが、横を向いて手ばなをかむと、何も言わずに黙って歩く。時々太いロープのさきをくるくるっとまわし、だらけた牛の背をぴしりと打つ。

時折、空全体に茫漠と満ちている黄塵。早春の桜。夏の陽を照りかえすポプラ。降りしきる蟬の声。様々な蝶。初秋になると顔に突きあたる赤とんぼの大群。秋のポプラの金色とすばらしい碧空の絹雲。冬の肌を射る季節風。山々の松籟。三寒四温。四温の日の明るくおだやかな陽ざし。山から山へ、まるであの朝鮮の老人達の歩調の様におだやかな気流に乗って移動する、粉塵の様な千羽烏。

牛車に出合わない時はひたすらに歩いた。時には走り、かと思えば、路傍の子供達の珍しい賭博を眺めてあきなかった。子供達は地面に穴を掘り、それぞれが一銭銅貨を出し合ってその中に入れ、遠くから順番に石を投げてはじき出し、外に出した銅貨を取り合っていた。朝鮮の一銭銅貨が、全て傷だらけだったのはこのためである。

或る時は白い服を着た役人が天然痘の子供をたんかで運び出すのに出合い、呼吸を止めて逃げ出した。かと思うと、癩病で指のまがった乞食に後から追いかけられたり、病気の野犬がどこまでもついて来たり、大きな赤牛が道いっぱいに寝そべって通れずに、わざわざ遠道をしたり、この様にして、思えば私は小学校一年のはじめから、上の道を通学にえらび、無意識のうちに日本人との接触を避けていた。かと言って、朝鮮人でもある筈がなかった。

私が若し下の道をえらんでいたら、もう一つの人生があったかも知れない。スマートな洋館風の日本人住宅。黒い瓦屋根が整然と並んだ鉄道官舎区。日本人の声に満ちた草梁市場。鉄道病院。映画館。水がうたれた商店通り。草梁川の橋。ガラス工場。日本人の少年少女達や、人力車や、小型のダットサン。

私はなぜ上の道をえらんだのか、特別の意味もつかめないが、これはきっと、私自身の一生に関連した運命を残したのかも知れぬ。

私が生まれた草梁の山中には、私が日本人であることを強要するなにものもなかったし、背後の山並みは過去をしゃ断し、南側に展開する海面は未来をこばみ続けていた。

私は何時か、心の底で学校を怖れていた。そこが日本人同士の対立社会だったから。


五月九日。入学して最初の誕生日だ。草梁の城の南側の庭はバラの盛りである。しぼれば、かくれた朝鮮の歴史の血がしたたったかも知れぬ真紅のバラ。母の死をふと思い起こす白いバラ。しっとりと汗ばんだ、クリーム色の少女の肌の様なバラ。この頃から、晴れても曇っても裏の山で郭公が鳴いている。まさしく閑古鳥とはこのことだ。この声はひくくて寂しいが、妙に良くこだまする。カッコンンン……カッコンンン……と。

バラ園の下から遠くの市街まで、一望のたんぼには、もう麦が青々と伸びて風にそよいでいる。海面には明るいかすみがかかっている。


五月は又、人生の波に乗りきった植民地官僚達にとって、日曜日の近海漁が始まる時季でもある。国家の植民地と、民族の運命に対する何の憂愁とてなく。

父親の部屋には忽ち釣道具が散乱し、土曜日になると、鼻うたまじりの夜業が始まる。道具の整備である。鼻うたは例によって讃美歌である。

主よのむべき我がさかづき
えらび取りてさずけたまえ

私は学校で虚弱児童に選定された。体重身長全て不足。家庭に母親がいないから気をつける様に……と平山先生が姉の秋子を呼びつけて注意していた。確かにそれもあったであろう。内地から朝鮮に渡り、最後の私を産んだ母体自体がすっかり疲れていただろう。堤峰子は、生来神経質で疲れやすい体質の女性だったのだから。

秋子は平山先生の注意を父に報告した。父親は投げ釣りの鉛を炭火で溶かしながら、平然と笑って言った。

「そうや、そげんこと言われたや、よかよか神様のおぼしめしたい」

釜山三小一年もこうして初夏にはいった。

七月のはじめの或る日、突然、窓の彼方の釜山湾が船団の基地と化していた。湾外には軍艦の姿も見える。それも駆逐艦や巡洋艦が数せき。船団は湾内を埋めつくして数えようもない。全て大型輸送船で、黒々と煙を吐いている。

ザク、ザク、ザク、ザク、と釜山港の埠頭からは行進する軍靴の地ひびきがきこえて来る。

そのひびきは釜山府内のどこにいてもきこえる程のものだった。

〈日支事変〉である。

墓山の爪

釜山府草梁町の、私の城の庭で、冬の間に咲いている草花と言えば、水仙の花ぐらいのもの。咲き競った花々の姿も無く、深い根だけが土の下で眠っている。

そのま下、南に向かって傾斜し、展開するたんぼも、寒風に土はひび割れて切り株だけがどこまでも続く。このたんぼの彼方が釜山府の繁華街であり、電車通りと鉄道があって、その向こうが釜山湾の広い海面である。

はてしもないたんぼのまん中あたりに、ぽつんと孤立している、頼りない藁ぶきの小屋があった。藁屋根はたんぼの土手を這う様に傾き、泥壁はくずれかけ、その壁の赤土には数知れぬ泥蜂が穴を掘って出入りしていた。

入口の戸はこわれかけたまま、土間に古色蒼然とした朝鮮紙の障子が一枚立っていて、中は頭がつかえるオンドルの一室だけである。

ここには枯木の様にやせた朝鮮の老人がたった一人で寝たり起きたりしている。顎にしょぼしょぼ白いひげが生えていると言うよりは残っている感じだ。

この小屋の屋根にも、たんぼの中につっ立っている古くて細長い電柱から電線が来ているのだ。だから夜になると、けものがのぞく穴の様な軒下の小さな窓に、ぼんやりと灯がともる。泥壁からななめに突き出たブリキの煙突から、頼りなく赤い火の粉が出ていることもある。

玄界灘一つのへだたりであるが、南朝鮮は大陸である。慶尚南道はいわば、大陸の男根の端である。

十二月にはいると、もう真冬だ。山々を越えて季節風が吹いて来る。特に夜ともなると幾百幾千の狼がいっせいに吠えるような風の音である。かと思えば死んだ様に風が絶え、窓ガラスにまでまっ白に霧氷がこびりつき、大地にはじりじりと霜が降りつもる。

まるで、まき絵のようにぎらぎらと星くずが敷きつめる空。ことの外、北斗七星と北極星がすばらしく、ダイヤのような輝きである。

そのような厳冬にも、たんぼの中の小屋のオンドルで、老人はただ一人生きているようだった。

どんなに寒い冬の期間でも、晴れた日のま昼の太陽は澄みきって明るく輝く。例えば零下15度で井戸のポンプが凍てつく日でも、風さえ無ければ明るく清らかな太陽がある。それが南朝鮮の冬である。

クリスマスには、まだ少し日もあったが、私は学校の帰り道、教会のクリスマスの劇のせりふを思い出そうとしていた。〈ジャンバルジャン〉である。私がジャンバルジャンの役であることと、町に散在する朝鮮人の乞食〈窮民〉とがイメージの上で交錯した。だがこれは、私にとって、現実をアクチュアルに知るための劇ではなく、むしろ現実から遠ざかる幻覚的作用を持っていた。

私を日頃から、イエス様と呼ぶ少女が同じ劇に出演することの喜びと苦痛が、冬の午後の陽を一層まぶしいものにした。

そこだけ陽がかげった、釜山中学のま上の道に立ちどまって、私はジャンバルジャンの劇のイメージを喪失した。中学の校庭には、明るく西日が満ちている。

ザク、ザク、ザク、ザク、ザク、

中学生の軍事教練が砂塵をあげていたし、ものすごい数の千羽鳥が山を越えて行くからだった。急に風も強くなったようで、私はあわてて毛糸の手袋をした両手できりきり痛む耳をおさえた。何かしら、私を取り囲む全ての現実が空しくなり、空間だけがどこまでも展開し、教会の少女のやわらかい頬を、ふと思い起こした。

私は、やって来た牛車の後に腰をかけ、ごとごと揺られながら、ちりのように消えてゆく千羽鳥を眼で追い、現実の空しさを耐え難いものに思った。なぜか、過去と未来を、どうしても連結出来ない冬の夕方だった。心の中に二つに割れた茶碗を張り合わせる時のような悲しみが満ちて来て、牛車から飛び下り一目散に走り出した。だが道はまだ遠い。

いよいよ山地となる、坂の手前の四ツ角で、釜山中学の下の道から、F牧場の自転車の隊列が、空になった牛乳瓶の騒音をたてながら現れた。牛乳配達の集団である。

彼等は忽ち私の目の前を通過した。どの自転車も前のハンドルと、後の荷台に大きな袋を取り付けて、山のように空瓶を押しこんでいる。道は石だらけのでこぼこであるからとてつもない騒音をあげるのだ。

かなり遅れて、一人の青年が、あえぎあえぎ、自転車を押して歩いて来た。後の車輪がパンクしていた。彼は汚れたハンチングを、砂塵で白くなった髪の上にのせ、自転車のハンドルにもたれかかるような姿勢でゆっくり押している。どんなに長距離をこうして歩き続けて来たかが良く解る。破れて穴だらけの日本製のズックから、両足共親指が突き出している。

ありらん　ありらん
あらりよ

と疲れたひくい声でうたっている。私はその自転車があまりに重そうなので、後から袋に手をかけて押した。青年が振りかえり、トコマデカエルカ、と言った。坂の上まで帰る、と答えると、彼はポケットから一銭出して私に渡し、モットシッカリオセ、と言った。

私は、背中のランドセルをせり上げながら一所懸命に押した。車輪がパンクしている上に、荷がかかっているから一とおりの重さではない。青年は相変わらず疲れただらしのない歩き方で歌をうたっていた。

自転車集団は、まず第一の坂道を登る。それは、上の道と下の道が接する地点から、鈴木家の上までの坂である。そこから又、山中のF牧場の牛舎まで、第二の坂を登る。この二つの坂道は、のべ一千メートル程ある。

彼等は、春夏秋冬、朝五時にF牧場を飛び出して行く。牛乳瓶の鳴りひびく音は、夜が白みかけた私の枕もとまできこえて来て暫くの間続く。午前六時には、釜山府の全域の日本人の家庭に牛乳がとどいている。

今時のように、軽トラ等有りはしないから自転車には、車体がまがる程、大量の牛乳が積んである。一千メートルの傾斜を一気呵成に降下して行く。坂の下でハンドルが折れて、血と牛乳にまみれて倒れている青年を見たこともあった。

パンク自転車の青年は、坂にかかると、腰を曲げて力を入れて押した。私も後から足をふん張って押した。

師走の陽はかげりやすく、西の山頂へいそぎ足のようだった。

私は知らなかった。常に私の家の窓に展開している、広大なたんぼの中の、藁屋根に住む老人の息子が、パンク自転車の青年であることを。又、この自分自身の最も自由なホームグランドであるこの田園が、F牧場の農地であることも。

その頃、釜山湾内の、釜山港の東側、草梁駅裏、貨物車操車場あたりから、すでに大埠頭の埋立工事は進行中だった。長いトロッコの列が、小型機関車によって終日動いているのを、私は手に取るように二階の窓から眺めることが出来た。この埋立地が、輸送船団のための軍用埠頭であることを誰も知らなかった。ただ怖しく広大な埋立工事なので、飛行場が出来るのだ、等とデマも飛んでいた。

繰り返して記すが、私にとって、朝鮮慶尚南道とは山岳なのだ。釜山府の街はほんの一部の記憶に過ぎない。私のペンは遅々としてのろいが、忘却はその十倍も百倍もあるだろう。私は今日、自分自身の二本の足について考えている。そしてこの文章を綴っている二つの手について。この二本の足が、少年時代に踏破した山岳の高さや距離について何も確認出来ないし、この二つの手が何機の新羅ダコを作ったか記憶もない。だが限りなく自由であったのだ。この足と手だけが。

朝鮮半島の歴史と、民族は、私の出生と生立ちの日本的ビジョンの外部に在りながら、しかも豊かに私を抱擁していた母胎であったことを、否定出来ない。

この一筋の運命論が、私自身を日本人であることから救出する詩〈メルヘン〉だ等と理解されることもおことわりだ。この眼で見つめた戦争も又、確かなビジョンであったのだから。あの軍艦や輸送船。そして何にも増して、美しかった朝夕の関釜連絡船。少年の日々、私の憂愁に満ちた運命をうち破る可能性に満ちた、これ程のビジョンは又と無かった。

と同時に、そこに異国の山はそびえていた。重たい私のふるさととして。

足は今日もここに有り、右手はこのように語り続ける。私はやっとここから愛情をこめて、朝鮮は山岳である、と告げている。

〈愛〉とは、日本キリスト教メソジスト釜山教会でこの身に受けた、洗礼のことでは無い。むしろ幼少の頃、朝夕食卓に付くと、自然に両手を合わせて、神に感謝した、日常の習慣の底に意味も有るだろう。それが、今こうして、自分自身に対し、同時に他者に向かって語ることの意味と言うべきだろう。

日頃眼を閉じると、何時も浮かぶ風景がある。それは、山に向かって二本の足で坂を登って行く朝鮮の人々の姿である。彼等は何も語らなかったし、今でも沈黙のまま過ぎて行く。

その姿、或る時は一日の荷役を終えて、空のチゲを肩に、ゆっくりと坂を踏みしめて帰る老人であり、或る時は頭の上に大きなカメをのせ、両手には血のしたたる鮮魚や〈かじめ〉をぶらさげて過ぎる婦人であり、その後から、懸命によちよちと、ちんぽをぶら下げてついて行く幼児であり、その小さな二本の足のことである。

そうだ。何者も人間が二本の足で歩む大地を変えることは出来ない。そして人間の生命を自然から略奪することは出来ない。

私は、きっと生ある間に、キリストが口を割らなかった真実を、彼の肉体が流した同じ血によって告白するだろう。

〈主よ、私は大地へ帰ります〉と。そして〈主よ、今こそあなたを離れます〉と。

ザク、ザク、ザク、ザク……釜山港の上陸部隊も十二月はすっかり冬服に変わっていた。まだ皇軍の服装も軍備も、その実質と誇りを保っていた。世界最強を自負し、娘達は女郎に売っても拡張に努めた、大日本帝国陸軍である。

クリスマスがやって来た。

ここに兄洋一郎の、古ぼけたアルバムがある。彼自身の乗馬姿や、学友達や、中学の卒業記念写真等が主にはってあるが、その他は釜山メソジストキリスト教会の人達の写真なのである。

昭和十三年の戦中最後のクリスマスの写真が、かなり大型で残っている。私がジャンバルジャンの乞食の衣裳を着ている。その傍にキャンドルを手に持った少女が立っている。これが私にとって初恋の天使である。母の告別式の日に、イエス様ね、と言って私の頰に唇をつけた少女だ。洋一郎はサンタクロースの衣裳を着ている。顔に白いひげを付けている。その兄の肩に、当時としてはモダンな洋装の女性が手をかけて笑っている。この女性の顔の上に赤いインキでハートが画いてある。そのハートの上にローマ字で、ＫＡＹＯＫＯ・ＳＯＮＥと書いてある。

この女性である。洋一郎に〈詩〉を教えたのは。アルバムの中ほどに一枚の便せんがはってあり、詩らしきものが綴ってある。

ＫＡＹＯＫＯさんへ
　あなたはいつも僕の前に
蝶のやうに現れては去る
この寒い冬の日に

あなたの唇からは強く
夏の日のカンナの匂いがする
—洋—

夏の日のカンナと書いてあるのは、夏季、草梁の庭に大きな背の高いカンナが咲きそろっていたからだろう。

洋一郎の釜山中学時代後半は、この年上の女性によって、まっさかさまに狂っている。末っ子で、まだ子供の私は、どういうわけか、誰よりも鋭敏に、洋一郎の恋狂いをじっと見ていた。

ジャンバルジャンのクリスマスで、子供達に配られたケーキは、例年よりもずっと小さかった。私の少年時代のクリスマスがそれを最後に幕を閉じた。あの釜山府の日本キリスト教会が、永遠に玄関のシャッターをおろしたのだ。私をイエスさまと呼ぶ少女にも、二度と会うことはなかった。このように戦争は、私の生活の中で進み、時は過ぎ去った。

釜山日報の紙面に、重慶爆撃に向かう、爆撃機の大編隊の写真が出て、間も無く、昭和十四年の新年になった。すでに時代は食料危機であり、雑煮もちの中に雑穀がはいっていて、なぜか私の舌はそのもちの味をはっきりと覚えている。戦前の白くてねばっこいもちの味ではない。この体は今でも急激に、あの当時のもちの味を求めることがある。

軍人の宿泊はすっかり下火になっていたが、窓から見える釜山湾には相変わらず輸送船がひしめいている。埋立てが続いていた草梁駅裏の、新しい大埠頭は釜山港の三倍程もあろうか。何か赤錆びた鉄のかたまりのようなものが、びっしりとその平面を覆っている。窓からでは遠すぎてよく解らない。それは戦車だった。貨物列車が支那大陸へ運んでいたのだ。

釜山港の埠頭には、常に軍隊がひしめいている。それはすでに、支那事変初頭の活気ではなく、少年の私の肉体に、そろそろ疲労をあたえる風景となっていた。しかし府街も山も、たんぼも、かささぎが飛び交う新春だった。

居候の堤弘子は、何時も炊事場に降りて、あの夢もこの夢も、みんなちりぢり……とうたっている。その炊事場の内外では朝鮮人の男女が働いているが、言葉が解らないから私と接触がない。彼等の方が何か言ってこちらの頭をなでたりするだけである。新年おめでとう、とでも言っているのかも知れない。

正月三ヶ日の中だったに違いない。父親が釣り竿に囲まれたオンドルで、内地から来た年賀状の返事を書いたり、短ざくに俳句を書いたりしていたから。私はそんな父親の姿が好きであった。

姉の秋子が、たんぼの中の小屋の老人に正月のもちを少しばかりとどけておいでと言う。昔ならば、死んだ母が、近所の朝鮮人の部落にも配っていたのだからと。

私は小さな鍋に、五、六個もちを投げこんで、たんぼの畦を走って行った。かわいた切株が残っている田では、子供達が糸巻きを持って朝鮮ダコをあげている。風がおだやかでも大気は耳がきれるようにつめたい。

小屋は、いかにも派手にそびえ立つ私の城には背を向けて、南側が入口になっている。入口の前の陽だまりにゴザが敷いてあって、その上で一人の青年が、こきみよい音をたてて、孟宗竹を割っている。これがF牧場のパンク自転車の青年だった。

私がもちを差し出すと、彼は黙って受け取り、障子の前の黒光りした踏み台の上に置き、

「アボジ〈父さん〉……」

と呼んだ。障子がごとごと開いて、この厳冬にボロを一枚体に着けた老人がぬっと現われ、鍋の中のもちを見ると、手を合わせて、弱々しい声で、

「コンマブソ〈有難う〉……」

と言った。歯が抜け落ちている小さな顎ががくがくと動く。そのさきに白いひげがこびり

ついている。

私は今、短編〈ばけものの息子〉で書いた、父親の死に様を思い出している。かたく眼を閉じたその時の顔を。あの小屋の老人も、私の父親も、最後には同じように生きて老いた孤独な老人に過ぎない。

小屋の中の異様な匂いが鼻をついた。私は朝鮮人部落や、彼等の体臭ならば、もの心ついた時からなれている。しかしその小屋のオンドルの匂いはなまやさしいものではなかった。あれは、生ける窮民の最期の死臭だったのだ。それは私の父親が死んで行った、病院のベッドにこもっていた匂いとも似ているものである。明治生まれの彼にとって、最期まで執着した国家の恩給とは何であったのか。

老人は野で死に、父親は戦後日本の古びた個人病院の鉄のベッドで死んだ。さほど距離のある死にかたでもあるまい。


F牧場の牛乳配達は、朝早くから夜まで働いて、一日三十銭ていどしかもらっていない。ちなみに慶尚南道道庁の日本人の若い役人の月給が百円だった。

私には、総督府下の朝鮮民族の地獄を語る資格が無い。私は自分自身の眼と、足と手についてしか知らないからだ。アジアの歴史は、私とて書店にあふれている書物をひもどくしかない。朝鮮慶尚南道釜山府草梁町こそは、日本人が大陸侵略の第一歩を踏みこんだ一大根拠地と記されている。

きりきりとつめたく、そして明るい初春の太陽の光にあふれた、田園のまん中の、死臭が匂う小屋だった。

竹を割る息子は、美事なタコを何枚も作った。空には常に美しいタコがあがっているが、実際に作っているのを傍で見るのは初めてだった。私はあきもせずに一日中そこにいて、青年の手さばきを見つめていた。

かつて、古い朝鮮では、このタコが戦争に使われていたらしい。武将が部下を鼓舞するためにこれをあげたとも言われ、又、通信にも重要な役目をはたしたと言われている。それから現代に至っては〈悪運払い〉にタコあげをした。それも今では最も庶民的な冬のたんぼの遊びとなっている。しかも簡潔に必要美を極めた容姿と、その機能は、世界に類を見ないものである。

青年は、その日から、二、三日坐りづくめでタコを作った。私は毎日、彼と同じゴザの上に坐ってじっと見つめていた。朝鮮紙と、竹の芸術を。小さいタコは二銭。大きい型は五銭で売られていた。

たんぼでは、子供達にまじって、大人もタコあげをしている。彼等の糸巻きには、ガラスの粉を糊でひいた強い木綿糸が巻いてある。タコは、手をかざして探さないと発見出来ない程高くあがっている。

ＡとＢのタコがからんでいる。糸をからませたまま二つのタコは無限の空へ走っている。止まった方が切れるのだ。そのために糸にはガラスがひいてあるのだ。子供達は、手ぐすねひいてどちらかが切れるのを待っている。追いかけるために。切れたタコの持ち主は自分ではめったに追いかけない。運が悪いと言う迷信があったから。

私は走った。けたたましい叫びをあげて飛ぶように走る子供達にまじって。山坂を上に向かってかけ登るのだ。タコは、高遠見山の山頂へ、落ちるのではなく、気流に乗って上昇して行った。一筋の糸を引いて。

学校で虚弱児童と言われていた私のアキレス腱に、鉄筋のようなバネがあることを、誰も知らなかった。神経質で孤独な、人より小さな体には、山育ちの秘密があった。それはアキレス腱と、遠くまで物を見る眼と、誰よりも鋭敏な指をそなえた二つの手であった。

子供達はとっくにいなくなったが、私の眼はまだ一点のタコを見ていた。赤松の大木の根を足がかりに、道も無い坂をかけあがり、まるで、突然出現した岩石のばけもののような崖を猿のように這い登って、更にうす暗い松山へ走りこんで行った。そうそうと鳴る松嶺の上に青い空があり、タコは音もなく吸いこまれて消えた。

タコは見えなくなっても、私は深山に魂をうばわれていた。タコが私を誘いこんだのかも知れない、と思ったりした。赤松の強烈な香が、体中にしみるようだった。枝の上には、いたるところに大きなかささぎの巣があった。

突然視野がひらけて、山頂のうねりが一望に見えた。足もとから地平線まで、はてしもない土まん頭の人の墓であった。

墓の全ては、冬枯れの雑草の下であって、土まん頭の上には、丸い石や、かけた湯のみ等が置いてある。

私は、突然、背から胸に大きな穴を開けられたような、言葉にならない静寂にうたれて、生まれて初めて、高遠見山頂の墓山をさまよった。土の上から衣類の端ぎれや、白い骨がのぞいているところもあった。土まん頭は北へ連なり、山並みの彼方へ続いている。大海の波のうねりのように。そのうねりの何処からか、風音にまじって人の声がきこえた。近づいて行くと、女の黒髪が見えかくれする。婦人は体をゆすり、両手で墓をたたいて泣いている。その声は悲しい歌のようだった。

今思えば、あの女は、風音だけの山中で、大地と空に向かって泣いていたのだ。私は彼女の号泣で、現在も全ての問いを解く。

その傍に、タコは落ちていた。朝鮮ダコ特有の、平面の中央に開いた丸い穴から、不思議な狂喜が私を呼んでいた。あの高空を飛翔して、一点の破損も無い、黒一ツ丸のタコだった。私はセンターの穴の竹骨を右手で握ると、タコ自身となって高遠見山をかけ降りて行った。


数日たって、たんぼの中のタコ作りの達人は、老父を残したままF牧場に帰った。さしずめ正月の里帰りにタコを作って売り、ささやかに親孝行をしたのであろうか。

私の冬休みは、見よう見まねのタコあげで過ぎて行った。


冬休みが間もなく終わろうとして、まだ残っている宿題帳が気になっている頃、私は、サーベルを下げた巡査に引かれて行く、タコ作りの達人と坂の下で出合った。彼のシャツはびりびりに裂けて、顔や腕に傷があった。

その瞬間、私は何も言えずに、興奮してひきつった顔の、一人の朝鮮の青年を見送ったのだが、その驚きも結局瞬間であり、私自身の生活を変える事件にはならなかった。

それは現実としてそこに在った。私も日本人の血肉を持って生まれたと言うことなのだ。だが、私はもう一度否定する。この肉体と心が日本人でも朝鮮人でもないことを。こうしてたどり着いた私の第二の故郷は、〈アジア〉である。まだ世界とは言いきれないのだ。

タコ作りの達人、つまり、パンク自転車の青年は、F牧場の牧場主の長男を、スコップでなぐりつけた、と言うことだった。長男は釜山中学の五年で、洋一郎よりも一年上級であった。彼は体の大きな声の太い少年で、日本人の間でも評判が良くなかった。事件はその息子が、牛に餌をやっていた彼に対して、

「お前も牛と一緒にその餌を食え」

と命令したことから発生したらしい。

一月のうちに、たんぼの中の老人が死んだのだ。病死と言うべきか餓死と言うべきか。

騎馬巡査が来て、小屋を焼きはらった。珍しくF牧場の牧場主がたんぼに現われて、ものぐさなふところ手でそれを見ていた。綿入れのどてらを着て、禿げ頭に毛糸のシャッポをかぶっていた。農夫達がその後を、牛を追って耕地にした。それをきっかけに、田園では麦まき前の田すきが始まった。

思えば、南朝鮮における少年時代前半の幕切れは、このあたりかも知れない。戦争は、私一人を見捨てて進むようなことはなかった。

母の死に関するノート　I

幼児の私は、結核で寝ている母の病室に一度もはいることが出来ず、顔を合わせることもなかったのだが、やはり親子の要素が無い未熟な私の心にも感傷はあった。昨日までの病床の母が今日は灰になる。

霊柩車は坂を登りつめて松林の中でとまった。まず私は車の窓から黒々と煙を吐いている赤煉瓦の煙突を見上げた。

日本内地や満州北支から集合した親族の人々の手で母の柩は煙突のま下の煉瓦造りの火葬場の中へ運ばれた。足音や人声が異様な建築物の天井にひびく。白木の棺が鉄の車に置かれると、係員がてきぱきと事務的に窯の中へ押しこんで鉄のとびらをがっちり閉じた。

窯の口は一列に並び、そのどれにもストーブの様にアンバー色の炎が、何時も眺めている窓の山頂の夕焼けとそっくりに光っていた。そして異様な臭気が空気の中に満ちていた。私は人間の死体が、まさしく多くの人間の死体が燃えていることを確認出来た。母の死体がその中の一個であることに、或る不思議な自分とのつながりを感じていた。それは楽しいあきらめでもあった。

満州の叔父と、中学の兄、洋一郎が控え室で将棋をさしていた。親戚縁者の人々が、そのあたりにうずくまっていた様に思われる。私は火葬場の内外を走りまわっていた。

晩秋の午後の空が、どんより曇っていて、その中天にどす黒い煙が、もくもくと吹き出しひろがっていた。

私は生まれて初めて、人々の眼に見つめられていることを意識した。私の首から胸に、白い絹に包まれた遺骨がさがっていた。

いつくしみ深き主の友となりて
み手に引かれつつ天にのぼり行かん

ステンドグラスから落ちこむ午前十時頃の陽ざしが、讃美歌をうたうチャペルの中の、全ての人々の頬をいかにも柔和に染めていた。

私はもの心ついてより、このステンドグラスの昼の光線を、幻想的〈愛〉の空間として身に受けていた。それは特に宗教建築の中だけにとどまらず、この空の下に生きていることが何者かの黙示であることを、永遠の時間の哀しさと共に感じさせる、光の世界であった。

なぜか私はステンドグラスを透かす人工光線の下を、まっ白い母の骨箱を抱いて歩いて行くことに酔っていた。ステージの上に立っている牧師の手に骨箱を渡す時、かすかに香水の匂いがした。金ぶちの眼鏡に、黒いチャップリンひげの牧師は、骨箱を菊の花に囲まれた母の写真の前に置いてから、左手の説教台に着いた。

ぼんやり立っている私の肩を誰かが抱いて最前列の遺族席へ連れていった。そこには、父親、兄、姉、それに親族の全員が並んで坐っていた。この一握りの血縁の匂いは、幼児の私にとって掛けがえの無いものであった。長じて、支離滅裂に断絶する世界であることも知らず。とにかく、私は儀式の役目をはたしたことと、ステージの母の写真が、すばらしく美しい女性であることを誇らしく思っていた。

永久に消滅した、ただ一人の母の姿に変わって、満ち満ちている全ての女性達の脂粉の香り。ステージを埋めている色とりどりの菊やダリヤ。天井のステンドグラス。

昨日の、釜山府最北区・府営火葬場の松林の中とは、裏と表の様に異なる、人々の豊かな肉体と、香りに満ちた生命の別世界。しかもこの二つの世界は、異質であって同じ人間の地上なのだ。

み手に引かれつつ天にのぼり行かん

と一同のコーラスは初めと同じ讃美歌をうたい終わった。告別式の終幕である。

チャペルの中の人々は散り、興奮と感傷によどんだ室内の空気に、開放されたドアから自由なつめたい空気がすかさず吹きこんで来る。

まだ私達遺族を取り囲んでいる人々の中に、色白で顔だちがよく似た母娘がいた。私と同じ年頃の娘が怖しくませた唇を動かして私の顔を指さして言った。

「お母さま、この子はイエスさまね」

娘の母親は魔女の様な肉声をたてて笑い、私の頭をなでた。

壁面のたて長いステンドグラスの絵に、少年イエスキリストが子羊を抱いて立っている。私はそれを見上げていた。ダイヤの様なガラスのプリズムが私の魂をこなごなに溶かしこみ、とらえ難い憂愁となって肉体のすみずみにまで広がった。

その後、わずかに四十年の秋を重ね、しかも容赦ない時の足に遠く運ばれながら、私はあの煙突の煙と少女の唇との間をいたずらに往復していた。戦争中の飢餓や、戦闘訓練や、学徒動員や、何にも増して苛烈だった戦後の肉体労働も、この心の壁にかかっている一枚の秋の絵を吹き飛ばしてはくれなかった。それは時として、プリズムの色彩でもあり、又或る時は晩秋の暗い曇天でもあった。

人々が散った後、洋一郎はステージの横のオルガンを鳴らし始めた。その周囲を、釜山府高等女学校の制服を着た娘達が、五、六人で取り巻いている。

私にはこんなにやさしい眼の色をした兄を初めて見る様に思えた。当時流行の、耳の後から頬へカールした女学生達は、皆同じ様に美しく感じられた。

洋一郎は常日頃、釜山中学で乗馬やラグビーや剣道の選手だったから、学校から帰宅したばかりの彼の傍に寄ると、馬の匂いや、武具の匂いや、汗でしめった彼自身の体の匂いがした。乗馬にかけては上級生でも右に出るものがいなかったから、机の上には中学対抗馬術競技大会の優勝カップが立っていた。

時々ベランダの手すりに腰をかけて、父親の煙草を盗んですっていたりする姿も昨日の様に浮かぶのだ。

すでに学生の軍事教練は、中学以上で正課となり、洋一郎も毎日黒革のあみあげ靴を履き、ゲートルを巻いて通学していた。

元来、釜山中学の校風には、荘重とも言える右翼的な厳格さがあって、日常の中学生の顔つきにもそれが反映していた。陽にやけた顔。ひきしめた唇。教練や運動で充血した眼。汗と土の匂いをただよわせる制服、制帽。錆びた声。

洋一郎も例に洩れず、むしろ誰よりもたくましい程だった。細くて小さな私とは対照的に。その兄が女学生に囲まれてオルガンを弾いている。ステンドグラスの羊の様にやさしい眼の色で。

これは何だろう。彼は二つの世界を生きていたのだ。二つに裂けた全く別の世界を。

その後成長していく私も又その通りだった。私達の時代の苦痛は、この二つが、結びついて溶け合う二重性ではなく、まっ二つに切断されていることだった。私達は、どちらに立っていても、後から迫る恐怖を背負っていた。

昭和十年の秋は、こうして深まって行った。

釜山府大庁町の、日本キリスト教釜山メソジスト教会における、鈴木峰子〈旧姓、堤峰子〉の告別式が終わってしまった後、草梁町の山麓の城には何時になく浮わついた華やかさがあった。日本内地からと、満州、北支から親族一同が集合していたからだ。

二階の奥座敷ではマージャンの音が周囲の静寂の中に騒々しくひびいている。一階のコルク張りの応接間では、父親が散弾銃の薬莢に、火薬と鉛を楽しそうにつめている。それをのぞき見して「兄《あん》しゃんはもう猟の用意たいなぁ」と笑っているのは満州の叔父である。

父親は、これまで私が感じたことの無い興奮した調子で、

「あしたは山鳩でも射ってもうか、せっかく役所も忌引じゃけん……」

と言っている。何が彼を解放したのか。私は一階から二階へ、二階から一階へと走りまわっていた様だ。

私は今現在、又心の迷路に踏みこもうとしている。

思えば、私の肉体が形を保っている時にも全く見えない時にも、過去であれ、現在であれ、未来であれ、人は生まれ人は死んで行く。

私が今日も書き続ける、まことに小さな四十年という歳月の眼にもとまらぬ過去の日々が、どうして私一人の〈過去〉等であり得ようか。この五本の指の原形の内部には、私を生み育てた南朝鮮の大気が満ち、太陽が輝いている。まさしくそれは〈ふるさと〉と呼ぶにふさわしいアジア人の肉体の原流だが、ここで常に戦後日本の俗流民族史論にひっかけられるのは、〈ふるさと〉とは何かと問うことの無い認識の時代的帰結によるものだ。

こうして書き残すものが、ただ単に私個人の運命の衣裳であるならば、それは私が住んでいるこの都市の物質的形骸の中で風化し、或いは再び戦火に焼かれ、この肉体と共に消えて何者の心にも、その姿をとどめないだろう。若しも、私一人の運命の生活記が、何億何万年の中のわずかに一瞬の人間の河水であり、しかも前後をつなぐ生命の爪跡であるならば、この人間を抱いたアジアの歴史そのものが、私がひそかに願いながら話し続けた〈伝言〉の目的を、ひょっとしたら君の心にもとどけてくれるかも知れないのだ。この上にもう一つ告白的提言をつけ加えるが、なぜ私の心が、〈朝鮮半島〉を愛していることが、大日本帝国の戦争犯罪として許されようとしないのか。それはおそらく君自身の肉体が、国家によって成育し、この日本列島の大地を愛していないからだろう。君の肉眼が、日本人でありながら一度も祖国の島影を望み見たことがないからだろう。そうして、私は君程に、日本人では無く、又朝鮮人でも無いのだ。

夜が更けて、母のいない病室をのぞいてみた。暗い。もうクレゾールの匂いもしない。オンドルの床がろうそくの光で浮き上り、白い骨箱を写している。もうベッドも、看護婦が使っていたワゴンも無い。線香の匂いがたちこめている。窓のカーテンのすき間から北の山の黒い山頂とその上の星空が見える。寒い。十二月が近づいていたのだ。

私は初めて母の死の寂しさに包まれた。

山の星を見上げた時、無口でやさしかった看護婦も恋しかった。

思えば、2・26事件の前年の晩秋である。大きな、しかもかすかな程の、星霜が逝って帰らぬ。どうしたことか、あの夜の秋が今日の秋である。その後、あの看護婦にも一度も会っていない。彼女はあの時のまま、つめたい清潔な指を、私の肩に置く。

田圃の土がすっかり乾いて、切り株だけが続いている。季節風はまだ北の山々から吹いて来ないが、釜山中学の上の道のポプラ並木はすっかり金色である。

父親に連れられて玄界灘を渡った。関釜連絡船《徳寿丸》で。夜航である。

釜山港を船が出ると、朝鮮半島南端の山々の上に夕陽が落ちて行った。何時までもデッキに立っている私の顔に、波濤のしぶきが散りかかり、生まれて初めて鉄の巨船にのって大海の上を見知らぬ日本へ運ばれる驚異におののいた。三等客室には船首から船尾へ一本の通路があり、リノリュウムが敷きつめてある。ひくい天井には大小のパイプがから み合っていて白いペンキが光っている。鉄のあみをかぶった白熱電灯が点々とついている。船腹には大人が立って顔が出せる高さで、真鍮枠の丸窓が整然と並んでいる。その窓の上に荷物を投げこむ網棚が出ていて、母の骨箱はボストンバッグと並べてそこに置かれた。

私は、黒いひげをたくわえて、ワイシャツの上に赤いゴムのずぼんつりをしている父親と一緒に、船旅が出来ることを誇らしく思っていた。

父親が、いかにも父親らしく活動し始めるのは、血縁や親族の死に際してであったことを私は想起する。その顔には日頃見られぬ権威と活力が現われた。母の死に関連して強く父の印象が残っているのはきっとそれである。日常では無口で、ニヒルな俳句をひねり、家族や交友を避けて猟や釣りに出かけている中年の男の顔に、突然いきいきと血色が出現し口数が楽し気に増すのだ。不思議な人物と他者から評されていたのはこんなところかも知れない。

我が国では初期の福岡工業学校建築科を卒業した後、突然キリスト教の大学〈神戸関西学院神学部〉に進んだ発心の原点は知らないが、九州の士族の長男で、女遊びもせず酒もたしなまぬ体質の中に、思いがけなく粗野で人を食ったところがあった。だから彼は、新しく出現した植民地の道庁官吏にさっさと転進したのかも知れない。

夏は、麻の白い背広にカンカン帽子。冬はソフトの帽子にラクダのコート。赤いゴムがついたさきとんがりの靴。ステッキ、白手袋、象牙のパイプ。

こうして、私を産んだ後、病床につききりだった妻〈峰子〉の死を迎えたに相違ない。

二十代でキリスト教の牧師になれた彼は、福岡市のキリスト教会を捨てて、急に岐阜市の華族の娘、堤峰子と結婚し、すっぱりと朝鮮へ渡ったのだ。国家が満州事変へと突き進んでいた時代である。今にして思えば、父親は、自分自身がクリスチャンでありながら、高名な宗教家や、又同列の牧師達を馬鹿にしているところがあった。ニヒリズムと宗教哲学を都合よく手なずけているところがあったのだ。

私自身の青春時代が、父との断絶によって血の涙を流したことを重ねて思う時、ただ苦笑をかみしめるばかりである。謎と言えば、それは父のことではなく、父を生んだ明治こそばけものの巣に思えて来る。

私は、骨箱を首からさげて、生まれて初めて、日本の九州の、福岡市薬院中庄町六十五番地〈現在福岡市今泉二丁目〉の土を踏んだ。

中庄町の全ての露地には、竹箒の跡がきれいについていた。何処の庭にも夏みかんの木があった。

表玄関の横のくぐり戸を押して、父親と私は砂地にまわった。梅の古木があり、その根もとに自然石があり、植木棚があり、小さな小屋の中に井戸の手押しポンプがある。

白い障子が左右に開かれて、明るい陽ざしが畳の上にさっと落ちたのを覚えている。そしてこの時、私は祖父と祖母のこの上もなくやさしい笑顔を見た。鈴木楳五郎とその妻、亀である。二人共、日本の敗戦をはさみ、この家で、この座敷で前後して長寿を全うしている。

家の中に匂いがあった。それは長火鉢の中の穴あき練炭の匂いであり、台所の味噌醤油の匂いであり、いわば古い家屋全体にしみついた日本内地の匂いだった。たしかに全てが、私が育った朝鮮半島の匂いとは異なる、しめった家族的なものだった。

数日が過ぎた。中庄町かいわいには、広々とした田畑があった。ざくざくときこえるのは稲刈りの音だった。朝早く久留米がすりに姉《あね》さんかむりの娘が、静寂にしみとおる声をはりあげて通った。その声は、少しも静けさを破るものではなかった。

「花えー花」

朝の空気に忽ち菊の香が流れた。又、小学校の少年の、おきゅうと売りも通った。

消えた町である。中庄町は。もはやこの福岡県の何処にも存在しない。現在の今泉二丁目である。連れこみホテル。マンション。駐車場。ビジネスホテル。車だけが暴走する間道。とどまる時さえもなく出現するビルの建設現場。

祖父が残した屋根瓦の家の庭では、去年からぴたりと鶯が鳴かない。まるで怪奇小説の表紙の絵の様に、ふてくされてそびえ立つ槐《えんじゅ》の大木に、行き場所を追いまくられる渡り鳥のレンジャクの大群が鈴なりにたかることもある。この街の夏蟬の最後の根拠地でもある。

母の胎内に宿って玄界灘を運ばれた私は、母の骨箱を首からさげて、逆に玄界灘を渡ったのだ。

福岡市での葬儀は、春吉町の建立寺〈コンリュウジ〉で行なわれた。釜山府キリスト教会の告別式に比べて、広い墓地に囲まれた本堂は、板張りも柱も古色蒼然として、集まった人人も又、黒い羽織の老人がほとんどだった。

私は又、父と共に朝鮮へ帰った。海一つで大気の匂いと、太陽の顔色が変わった。

私は、時折り春吉町の建立寺の、大きな原石の墓石と、その奥の数々の骨箱を思い出すことはあっても、その骨共と自分自身との血脈について、何一つ知ろうとも思わなかったし、私に向かって骨の歴史を語りかける者もいなかった。

ふるさとはやはり背にそびえ立つ山々であり、一望千里の田園だった。私は一羽のかささぎでしかなかった。まだ、心にも肉体にもうぶ毛をただよわせているかささぎであった。

母の死に関するノート　II

ざく、ざく、ざく、ざく、ざく、……

軍靴の地鳴りは、釜山港から釜山府全域に響いていた。来る日も来る日も歩兵部隊の上陸が続く。その各部隊が、港にあふれ、街にあふれ、夏休みの学校の校庭にあふれて、たまゆらの休息に完全軍装を解き、大陸進攻の輸送列車を待機していた。

小学校に入学して初めての私の夏休みも、戦時色で塗りつぶされた。日本人の家庭に、軍人が分散して宿泊したからだ。

私は、まざまざと〈大日本帝国〉の将校や兵卒に接触した。二階の廊下にびっしりと並べられた銃器や軍刀。鉄かぶとを取り付けた背のう。その背のうには鉄かぶとだけでなく、飯盒、スコップ、毛布等の各種の道具が仕込まれているようであった。

それを私がかかえようとしてよろけると、兵隊達は楽しそうに笑った。銃器はまっ白いさらし木綿で巻いて保護してあり、解かれることもなかった。将校の宿泊の場合は、別に一室を要求されるらしかった。私は、将校の特別製の軍服や、拳銃や、日本刀に眼を見張っていた。

下級の兵隊達は、皆無口でやさしかった。彼等の会話には、農業の話が多かった。そしておおむね東北なまりで話していた。日常の規律には悲しい程厳正で、礼儀に厚く、ことに子供にやさしく、陽にやけて健康そのものだった。

草梁町の山麓の、私の城のアカシヤの大木では、蟬がやかましく鳴きたてて一刻も止むことがない。夏空は底深い海の様で、積乱雲は磨きたての金属の様に光り輝いている。開放しきった南側の窓から、水田の稲が強く匂う。

怖しい程美しい紫の蝶が、ゆったりとその田園の上を渡って来て、窓の下の花壇の、カンナの花びらの中に沈む。

私は、戦中を通して、日本の軍人達が、こんなに心静かにくつろいでいる姿を見たことがなかった。彼等はほんの二、三日の宿泊でしかなかったが、ベランダに椅子や机を持ち出して、煙草をすったり、故郷に手紙を書いたり、釜山湾の海面の果てるあたりにじっと眼をそそいでいたり、ゆかたに着がえて、縁側から下駄を履き、裏山の坂を散歩したりしていた。
これも、南京入城直前の頃である。南京攻略には、戦史に残る虐殺があった。戦史の中に虐殺があって不思議がることはない。私は子供だったが、戦争=虐殺ぐらいのリアリズムはとらえていた。どんな政治的発言も、報道も、戦争の事実の前には煙に等しい。虐殺でない戦争等、過去にも未来にも存在しない。私は、このやさしい兵隊さん達は、明日は人間を銃で射ち、剣で斬り、そして彼等自身も腕をもがれ、足を失い、頭を射ち抜かれ、眼を失い、時には飛び散って肉体のかたちさえとどめないだろう、と想像出来た。こんな時にもただひたすらに、朝鮮半島南端の大地は夏空に向かい、両手をひろげて燃えあがっていた。

雨の日も風の日も
泣いて暮らす
あたしゃ浮世の渡り鳥
泣くのじゃないよ
泣くじゃないよ
泣けばつばさもままならぬ

軍人の宿泊が始まって、暫くしてから、草梁の山麓の鈴木家の炊事場から、この歌が流れ出した。この歌の主は、今思えば個性的な美しい娘だったが、子供の私は、泣き虫で偏屈な女だと思っていた。家族が一人増えていたのだ。

この娘は、炊事洗濯にかかりきりの様だったが、体を動かして働いている間中、常にこの歌をうたっていた。特に二章をうたう時に感情をこめて、自分の胸をしめつける様にうたっていた。

あの夢もこの夢も
みんなちりぢり
あたしゃ涙の旅の鳥……

釜山港の軍靴の地響きは、終日止むことがなかった。夜になると海岸線の市街のもの音は地に沈み、釜山湾東南の、赤崎半島の山頂から紅い大きな月が現われ、地虫の声の騒音と、水田の蛙の大群のわめき声が湧き上がる。そして、その彼方でなお軍靴の行進は、とどまることがなかった。深夜まで。

今日に言われる〈日中戦争〉の勃発であった。支那事変!!　あの連続音は、私にとって、砂漠に吸いこまれていく水流の音のようであり、次第に身心を孤独に落下させるものであった。

蘆溝橋における、夏の日の銃声が、現在の私の肉体をこんなにも強烈に撃ち抜いていたとは。

あの夏、少年の肉体を包んでいたものは、いったい何であったのか。私の生命を、まず最初に迎えてくれた半島南端の大地と、それを常にひたしている海があるだけで、叫びもならぬ、不安感に手を差しのべて語りかける何者も現われて来なかった。山腹にそびえる私の城は、昆虫の巣に似て、日本人家族としての、語るべき言葉もなければ、帰るべき血族の菩提もなかった。ただ夏の時が輝いていた。私はその輝きの中にいた。

こうして、今年のこの九州北岸の夏も、なぜか、あの時の夏である。いったいどれ程の時であったのか。友人はしきりに、自分達の肉体の年齢について語り始めた。私にはまだいかなる時代も解決も訪れようとしない。

私の記憶が正確であれば、母が死んだ秋の日につらなる夏であったと思う。開放された一階の窓の外で、朝鮮の中年の女が両腕に、まる裸の幼女を抱いて立ちすくんだまま泣き続けていた。立ち並ぶかんなの花の原色がぎらぎら光り、例によって華麗な蝶がその上で遊んでいたにちがいない。

その女に向かって、窓の内側から顔を出して叫んでいるのは姉の秋子であった。

「馬鹿、奥さんは病気で寝てるから会えないの、何度言ったら解るの……」

私はもう一つの窓から顔を出して、泥に汚れた女児の、尿に濡れた股の間をじっと見ていた。

女はそれでも泣き続けて、

「オクサン、オクサン……」

と呼んでいる様だった。そこへ、裏の畑で働いていた朝鮮の人夫がゆっくりやって来て、朝鮮語で女に語りかけた。するとその母親は急に声を高めてわめき出し、子供を差し上げるようにした。

「オクサン、オクサン……」

人夫は鼻ひげをもぐもぐ動かしながら、手に持っていた長い水びしゃくで女の尻を二、三度なぐった。女は子供を抱いたまま地面に坐りこんで泣き続けた。

「アイゴウ、オクサン、アイゴウ、オクサン……」

太陽が中天から西にすべり、窓も庭も影になり、男はしきりに朝鮮語で怒り続け、姉の秋子は窓から同じことを言っている。

「馬鹿、奥さんは病気、だから会えないの、馬鹿……」

家の中の、母の病室はひっそりと静かだった。白衣の看護婦がそっと出て来て、私の頭に手を置いて「ショウちゃん、どうしたの、何を見てるの」と言った。

私の記憶はこのあたりまでである。子供を抱いていた女の眼のあの表現し難い程暗い世界は何であったのか。


裏山の坂を登って行くと、牧場があって、牛糞色をした水が落ちて来る谷川に土橋がかかっていた。それから暫く原石を重ねた石段があって、そのあたりから急に山は静寂をたたえていた。石段を登りつめると赤土の坂となり、道は上に曲りくねって行く。南側だけがどこまでも斜面であって、又一つ山が現われ、その向こうに釜山湾の海面が空まで面積をひろげている。その坂の路肩に海の方に枝を張って〈首つり松〉が立っていた。

その首つり松までは、子供の足でも私の家から二十分とかからなかった。私達日本人の子供達は、その松のことを首つり松と呼んでいた。

母に会えずに、子供を抱いて泣いていた女は、この松にさがって死んだ。白いゴム靴と、幼児を赤土の上に置いて。

母と、あの女のつながりは誰も知らない。あの女は母に会えぬまま死に、母も又、あの女に会えぬまま眼を閉じている。今、私に、はっきり想像出来ることは、子供を母にあずけて、安心して死ねなかった一人の女の絶望だけである。

幼児は、山中の農家に拾われたそうであるから、今日ではすでに、あの時の女に似たオンマー〈母親〉になっているかも知れぬ。

こうして、記憶の彼方に消えかけている事実を、もう一度たぐり寄せてみると、何にも知らない私の母の運命が、おぼろげだが、たしかな季節の様に感じられて来る。

堤弘子。あの夢もこの夢もみんなちりぢり……の娘の名前である。堤弘子を大阪から釜山府まで連れて来たのは、私の母の弟、堤信夫である。堤弘子の父は、母の兄で、堤家の長男だったが、どうしたわけか、当時北九州の行橋市で、浄土宗の寺の住職をしていた。この叔父は実名を清高といい、若い頃から無類の遊び好きで、わざわざ福岡は博多の中州まで出て行っては、活動写真にうつつをぬかし、夜は柳町あたりにもぐりこんでいたらしい。戦中、五十代で早逝しているが、生涯わがままを通して思い残すこともなかったであろう。彼がなぜ、本籍地、岐阜県を出て行橋の寺に住んだのか、全く不明なのだ。

やはり盛夏の明るい朝だった。父を失って大阪に住んでいた堤弘子が、堤信夫と共に釜山港に着いたのは。

二人を出迎えた私は、新しい型の関釜連絡船に見とれていた。第一桟橋と第二桟橋に、まるで姉妹の様に接岸している鉄の巨船。これは戦中戦後を通じて昭和史を背負っていたと言われる鉄道省の新鋭高速船、金剛丸と興安丸の二せきであった。イタリヤ客船、ビクトリヤがモデルであると言われていた。

堤信夫と堤弘子は、第一桟橋の金剛丸のデッキに現われた。叔父は純白の背広に赤い蝶ネクタイ。パナマ帽。小柄でほっそりした体格だが、きびきびした身のこなし。時々黒い鼻ひげをこすっている。それに大きくて茶色の眼の色。その横に立っているのが二十四歳の堤弘子だった。耳をかくした茶色の髪が活動写真の女優のようにちぢれている。デイトリッヒのような裾の長いドレス。かかとの細いハイヒール。紅い唇。やはり大きくて茶色の眼。

第二桟橋の興安丸は、デッキから軍隊を続々と吐き降ろしていた。埠頭に組み立てられた銃器の整列は、釜山駅前のメインストリートまで続いていて、海上には、まだ兵隊を満載したままの輸送船が、船体を海面から深く沈めて、絶影島の外海にまで重なるように錨を降ろしていた。メインストリートの銃器の列と平行に、朝鮮半島の港湾から姿を消すことのないチゲの列が並び、そのチゲの上に腰をすえて客の荷を待つ老人達は、皆頭に汗どめの布を巻きつけ、古木のように陽にこげた手足をさらして長きせるの煙をくゆらせていた。

あのやせて強靭なチゲの老人達は、自分自身の背に客の荷を積み上げて歩いたのではあるまい。もっと巨大な運命の荷であったにちがいない。

母の死後、すっかり整理されたオンドルの部屋には、父親の愛用のデスクと座布団が置かれた。机上には、俳句の雑誌や、句集や、外国語のバイブル、オランダ製の水色の古いランプ、朝鮮古来の陶器類が雑居している。部屋の隅には魚釣りの糸巻きリールや、釣竿の束が立っている。

机の前方に、たて長いガラス窓があって、高遠見山の山頂が見える。レースのカーテンだけは、母の病室の時のままであり、壁ぎわに古風なピアノが一台置いてある。かなり大きなホフマンである。母の存命中は黒いカバーがしてあって、誰も手を触れなかった。

カバーははずされている。英語の金文字がにぶく光っている。そのピアノの上に、教会の告別式で見た母の写真が飾ってある。ガラスの花びんにボンボンダリヤが色をまぜてさしてある。

堤信夫は、弘子を連れて、草梁の山に着くと、まず独りで、この写真の前に正座した。この時の叔父の姿を、私は成人しても忘れずに心にしまっていた。常に、信夫叔父さんは自分にとって最も密接な人物であると信じていた。彼はまるで生きている人と話す様に、まっすぐ母の写真を見上げ、はっきりした声でかなり長い間話しこんでいた。

「姉さん、本当にお久しぶりでした。ただ一人の弟でありながら、遠く離れていて申し訳もありません。姉さんが亡くなられてもう二年にもなります。朝鮮へ渡った姉さんがどんな生活をしてはるのか、何時も考えない日はなかったのですが、こんな美しい山の上の部屋で療養しはって静かに亡くなられたと知り、悲しいながらも安心致しました……」

と、関西なまりのこんな話し方だった。

当時、堤信夫は、宝塚市で宝塚歌劇学校の教師や、宝塚劇場の支配人等を歴任していた。彼が残している写真に、時のスター、天津乙女、小夜福子と撮った一枚がある。これが私に残された最も新しい写真である。

戦後になって、社長小林一三亡き後、彼は宝塚歌劇学校寮寮長として隠居職におさまっていたのだが、数年前に、大阪府池田市の自宅で病没した。

〈女の中の男一匹〉と、某週刊誌が、寮長室のスナップをのせていたのは、彼が死亡する二年程前である。髪はまっ白だったが、鼻ひげと蝶ネクタイは昔のままであった。

私は、その雑誌を見て直ぐに、福岡市から宝塚歌劇学校寮を訪ねて行った。時に、六十年安保動乱のまっただ中であった。

彼は、写真と全く同じ表情をしていた。まず私の肩を抱き、「ショウちゃんか?」と言って、急に眼鏡の下の眼を指でこすった。廊下を歩きまわっているショートパンツの若い寮生を呼びとめては、

「おい、姉の息子や、わしの甥やで」

と言った。娘達は、すかさずにぎやかに応酬した。

「いらっしゃい、先生よりもいかしてるワ」

寮の前の、玉じゃりの河原を越えて、大劇場まで連れて行かれ、楽屋の中まで引き回された。そこでも叔父は、舞台衣裳でかけまわるスターや、大道具の裏方、照明係までつかまえて同じことを言った。

「おい、姉の息子や、わしの甥やで」

宝塚市に近い池田市は、坂の多い黒い瓦屋根の町であった。ゆるやかな坂を登りつめたと

ころに堤信夫の平凡な自宅が立っていた。

家に帰り着いたとたんに、叔父は活気が無くなった。口数が減り、疲れが顔に現われた。彼も家の外で生きたタイプの人物であったのかも知れぬ。

叔母は叔父よりも背が高く、口数が少ない家庭的な女性であり、木綿の割烹着をはずすことがなかった。娘の貞子は、私と同じ年齢で、やはり茶色の大きな眼をして、体が小さかった。明らかに堤系の体質であった。

私と叔父は二階の座敷に蒲団を並べて寝た。古い床柱が光っていた。白い壁に、歴代宝塚のスターの顔写真や、彼自身をまじえた舞台写真が掛けてある。中には、額縁の塗りもはげて、写真も変色した古い物がある。大正時代の宝塚発足当時の、何とも知れぬダンサー達の風俗である。このように彼の部屋には、大正、昭和初期のエログロナンセンス、軍国主義にはかなくも抵抗した、サセパリの時代、戦時中の日舞全盛時代、戦後のアメリカンミュージカル時代、と、三代に渡る彼自身の人生に深くかかわった、宝塚歌劇の歴史がとどめてあった。この一見華美な職場における彼の夢は何であったのか。堤信夫は、疲れと空しさを噛みしめているかのようであった。彼の生活思想には、私自身と同じように、何処にも六十年安保動乱は入りこんでいなかった。最後まで宝塚に対する愛着と、疲れを抱きしめて死んだに相違ない。私の眼の奥には、あの釜山港の、金剛丸のデッキに立ったパナマ帽の彼の姿がありありと残っている。日本人の大陸進攻の拠点である釜山港。夢の連絡船と歌にまでうたわれた、七九〇〇トンの豪華船、金剛丸。

堤信夫は、私のことを、「姉の息子やで」と何度も言った。だが私の母であった彼の姉は、いったいどんな女性であったのか。

翌日の午前中、叔父の娘、貞子が京都駅まで私を送って来た。駅のホームで、彼女はハンドバッグから小さく折りたたんだ千円札を出して私のポケットに押しこんだ。

「何にもでけへん、こらえてな、ショウちゃん」

あの娘は、なぜあんなにひたむきな眼で私を見つめたのか。特急列車が動き出した時、貞子は窓の外から右手を差し出した。その手を握った一瞬、私の体に、電流のように母の血が流れた。そう感じたのである。

あの夢もこの夢もみんなちりぢり……の娘と、釜山中学の兄、洋一郎が仲良くなった。むしろ弘子の方が年下の洋一郎を、洋ちゃん、洋ちゃんとかわいがった。思えば、弘子も堤家の娘だったのだが、なぜか体の大きなグラマーであった。

私はただ周囲を見つめていた。私が生まれた時のまま、空間の絵は広々として美しく、戦場へと続いている大地は、はるかに遠くて手もとどかない。酒や砂糖、米が配給制となり、物価は統制され、戦時色一色に生活は塗りかえられていたが、まだ明日に餓死が迫ることもなく、小学校ではただ無口なだけで、虚弱児童として運動や遠足からはずされ、図画と作文の天才ともてはやされ、受賞ばかりが続き、賞状や賞品を学校の机の中に忘れて家に持って帰ることもなかった。言葉のない、時間と空間が、私を見知らぬ世界へ連れ去って行くようで、私自身の足は、より高く山を探し、眼は海ばかり見つめていた。

堤弘子は、私を神経質に避けていた。私の方が偏屈で神経質だったから。

「ものも言わんし、笑いもせんと、子供のくせに変な子やわ」

と、洋一郎に話していた。

冬が来ても、軍靴の地響きは消えることがなく、軍人の宿泊は続いていった。日本軍は徐州へ進み、華北をさまよい、まさしくそれは、さまよいであり、ただよいであったにちがいない。町の映画館に、火野葦平原作の、〈土と兵隊〉がかかっていた。私達も小学校から引率されてこの映画を観賞した。この頃すでに、活動写真館は、新しく映画館と呼ばれていた。兵隊達が銃をかつぎ、雨の日も風の日も、泥ねいの中を歩いて進む映画であった。

朝鮮半島の赤牛も、黙々とよく歩く奴だった。歩くために生まれて来たかのように。一望千里の田園を。そして、よだれをたれながら、ゆっくりと進む牛のために、ポプラ並木は何処までも続いていた。

堤弘子の母親のことは解らない。彼女は全く母について語らなかったし、誰も知らないふりをしている様であった。彼女は、炊事場で働いている時は、帯を締めない、だらしない着物姿で、姉さんかぶりのタオルで大きな眼の涙をふきながら、

あの夢もこの夢もみんなちりぢり
泣いて昨日が来るじゃなし

とうたっていたのだ。なまぐさぼうずの父親に似たのか無類の映画好きで、突然、例のデイトリッヒスタイルで外出すると、夜まで帰って来なかった。洋一郎は中学生のくせに、父の二重まわしと鳥うち帽で変身し、彼女と一緒に外出することもあった。

「弘子ねえさんね、大阪でカフェーの女給しとったらしいわ、だから洋一兄ちゃんを誘惑ばかりするのよ」

と、姉の秋子は、私に耳うちするのだった。

山を降りた後の行方

釜山湾内の、草梁駅裏の、大規模に拡張された軍用埠頭には、足の踏み場もなく、赤錆びたキャタピラの戦車が整列していた。どうしたわけか、この鉄の集積は、大陸への移動が止まっていた。キャタピラは、雑草がそよぐ赤土にのめりこんで、どう見てもスクラップの山の様に見えた。戦車兵がいなくなったのか、燃料が欠乏したのか。そんなことは誰にも解らなかった。

私達小学生は、鉄道の線路ぞいに、集合することが頻繁であった。北進する列車に積みこまれた、歩兵部隊の見送りの為に。これは昭和十二年からの、私達子供の日課の一つだったが、逆に、北から南下してくる列車から、釜山港の鉄道連絡船に積み移される、戦死者の遺骨の出迎えも多くなっていた。白い骨箱は、戦傷兵達の胸に抱かれていたり、内地から釜山まで迎えにやって来た喪服の家族に抱かれていたり、軍服が汚れた帰還部隊の兵士達の首に、一名につき一個ずつさがっていたりであったが、その骨箱の数が増えて行く程、私の胸はぎくっと痛んだ。

彼等の列は、プラットフォームから埠頭へのメインストリートを通過して桟橋に進み、巨大な船のデッキに掛けられているブリッジを登って中に消えた。海峡を渡って日本へ帰ったのだ。

振りかえってみると、ノモンハン事件の関東軍壊滅の時節でもある。

私達の生活は、こうして太平洋戦争の目前にあり、しかもその中で私は、バラの花園に包まれた、五月九日の誕生日を迎え、主食はすでに欠乏していたが餓死が迫るでもなく、明るい南朝鮮の太陽の下、何一つ変わることのない山々で郭公は約束通り鳴き続けていたし、静かな夜と、明るい朝は、自分自身の心音に寄りそって明け暮れていた。

麦めしに、めざしの昼弁当を食っている時、島田組主任が、お茶をすすり、楊枝を噛みながら、

「みんなそのまま聞け!」

と言った。この組の生徒には誰もいないと思うが、この内鮮一体、一億総進撃の非常時下に、キリスト教の教会に行っている生徒がおる。キリスト教は、英米の宗教であって、おそれおおくも皇祖皇宗の天皇をいただく大日本帝国の大和魂を腐らせるものである。銃後の務めについている我々国民が、ヤソにかぶれている様では、命を投げ出して戦っている第一線の兵士に申し訳のたたぬことである。いいか、解ったか、解ったものは箸を置いて手をあげよ。そう言って島田は私の顔をじろっと見た。

生徒達は、箸を置いて手をあげた。皆、解った様な、解らない様な顔つきである。おおむねキリスト教が何であるかも知らない。私は全くたじろいでいた。すでに、大庁町の日本メソジストキリスト教会は、日曜日もシャッターを閉じていたし、自分自身の現実とは関係が断たれていたのだが。

しかし、私は、アジア大陸の東端に位置する朝鮮半島の南で生を受け、成長しながらも、西洋の文化をなつかしく思う生活を持たされていた。例えば、本棚にどっしりと並んでいる世界美術全集の中、大半はギリシャ、ヨーロッパの宗教的美術作品の写真ばかりであって、やはり、メソジスト教会における聖書の教育によって、それらの美術写真から受ける驚きも感動も深められたことは、少年時代の逃げ様のない事実だったのだから。

にもかかわらず、当時の私の勉強机の上には、錦絵の画集が二さつ置かれていた。父親が何処からか買って来てくれた〈国史画帖大和桜〉である。極彩色の版画集で、まず一巻は、神武天皇東征の図から、千載に残る赤穂義士伝まで、何度眺めても飽きぬ面白い日本歴史の劇画の数々が、びっしりとつまっているものであった。二さつ目は、七生報国を誓う大楠公に始まり、平家の滅亡までの絵物語りであった。

重くかつ深い、空間的幻想の、性的誘惑に満ちたヨーロッパの美術全集に比べて、これは、時を忘れさせる今日流行の劇画集豪華版とも言える。

そして結局、私の肉体そのものの周囲には、山と空と田園と、海面だけしか見ることが出来なかった。生きて働いているものは、言葉を交さない人々と、牛や羊や、鳥や昆虫達であった。

私は想像していた。今も続いている戦争が、自分自身の運命であることを。きっと死ぬだろう、何時かは。しかしどうしても敵の実体は見えなかった。

すっかり麦が増えた弁当のめしを、口の中で嚙みながら、私もいそいで手をあげた。アルミの弁当箱のふたに満ちているお茶がゆれて、窓からさしこむ正午過ぎの日光を、天井へ照りかえしていた。校庭の葉桜はすでに初夏を迎えて輝いているし、青い空の雲は眼に痛い程白かったが、小さな心の中できっちりと何かが閉じた。こうして、少年の私にも、誰にも告げ様もない、重く厚い戦争時代が、何処までも続く一筋の道の様に見えて来るのであった。すでに、自分の生きて行く時間と、自分自身の肉体との関係が、耐え難く苦痛に思われる孤立へ踏みこんでいた。この時、私の荷重《かじゅう》は、祖国でもあった。

その年の事件はそれだけではなかった。

夏休みが待たれる七月の朝。一時間目の修身の時間であった。私は教科書を忘れて来たことに気付き、内心蒼ざめていた。ところが、島田先生は教壇に立つとまず言った。

「今日は教科書は出さなくても良い。現在の我が日本軍の戦局について勉強する、であるからして、ノートを用意せよ」

講義や訓話の途中に、であるからして、とややこしいつなぎを入れるのも、彼の自己陶酔型の性格の現われだったかも知れないが、当時の教育者や軍人達は類型的に、真剣な口調でややこしい表現ばかりしていたから、彼だけが異常だったわけでもない。

「本年の春、我が陸海軍が、雄躍南方へ転進して占領した〈海南島〉はこの地図の何処であるか？　鈴木、ここへ来て指せ」

私は、一瞬びっくりして立ち上がり、いそいで教壇まで出て行ったが、馬鹿でかいアジア地図を見上げているだけで、何が何だか全く解らない。

想いかえすと、私には、子供の時から或る能力に欠けていた。それは図式化思考と算術であったと言える。この眼には、山の上の窓から見えているものだけが言葉もなく焼き付いていて、その彼方に消えている距離を計測することはなお空々しかった。この二本の足の異常な程の山歩きや、釜山府街の海岸線のさすらいも、眼に見えないもの、手のとどかないものを体で求めようとする願望に外ならなかった。天井からさがっている大地図の中の、たった一つの小さな島の位置を、どうして指すことが出来ようか。

渡された竹ざおを右手に持ったまま、呆然と立っているしかなかった。赤い弓型の島が日本で、その日本を包みこむ、ふろしきの様に大きな国が、現在の敵国である支那大陸だ、その程度のことしか解らない。取りあげられた竹ざおが、私のイガグリ頭を打ち、眼が見えなくなり、忽ちふくれ上がって行くこぶが、手で触らなくても解る。

「馬鹿もん、やくせんやっちゃ、席に帰ってよし」

と島田先生は言った。彼は憤激すると、やくせんやっちゃ、とよく言った。が、生徒には意味が通じなかった。鹿児島弁で、役に立たぬ奴め、と言っているのだ。

私は今もって、〈海南島〉と呼ばれている島の位置を知らない。

盛夏、帝国陸軍の通過は、又あわただしくなった。日本人住宅の軍人宿泊も、昭和十二年の夏程ではないが、続行されていた。ソ満国境で、世界最強をうそぶいていた関東軍が、ソ連軍戦車軍団に蹂躙されて、師団軍の全滅が続いていること等、誰一人知る者もいない。当時、若しナチスドイツがヨーロッパで世界大戦の発火点になっていなければ、かつての満州・朝鮮・日本の歴史がどう変貌していたかを想像することは容易である。運命という奴は、奇妙な蛇で、じぐざぐに進んだり、Uターンもするらしい。

米が配給統制となり、軍人の宿泊があると、米とビールがその人数によって特配された。兵士達は、一人頭一本のビールと、裏の畑で穫れる野菜や果実を悦んだ。

西洋の古城に似た、家の壁面には、蔦の葉が二階の窓の下あたりまで這い登っていた。緑色の葉の裏には、蜂が巣を造り、永住をきめこんでいた。その他いろいろな昆虫がいて、窓の外から私の小さな勉強机を訪れたりした。

どんなに市街が猛暑の日でも、草梁町の山地には、水の様に涼しい風が流れている。井戸の水も氷の様につめたい。井戸の中には、色々な果実が竹かごに詰めてぶらさげてある。今の様に、電気冷蔵庫等何処にもない。

釜山湾西部海岸の、松島海水浴場は、東部海岸線の、水営や、海雲台と異なって、変化に富んだ海浜であり、私自身にとって、これ程誘惑に満ちた海は又と無かった。

松島の海で遊ぶ間、私の眼は時折、西に傾斜する太陽の角度を測っていた。太陽が海面から四十五度のあたりにさしかかる頃、この二本の足は釜山の市街に向いて走り出すのだ。市中まで約四キロ、市中のメインストリートを草梁駅前まで約四キロ、草梁駅から、釜山中学の背北にそびえる山腹まで約三キロ……直線にして一一キロの道のりを一気に走って帰った。

その日も、落日の瞬間が眼にまぶしい頃、海の匂いがしみこんだままの疲れた体で帰宅すると、従姉妹の堤弘子が、炊事場で何とも知れぬ感傷的な肉声をはりあげていた。

「あの夢もこの夢もみんなちりぢり……」

彼女は林ご箱の上に、子供でもいる様な、大きな骨盤をどっかとおろして、グリンピースの莢《さや》をむいていた。

私はそれを横目で見て、かわききった内臓につめたい井戸水をたっぷり満たし、まっかにやけた背中と顔を洗って二階へかけ上がった。ベランダで風にあたるために。南側のコルク敷きの廊下を通る時、障子が開放された広間の中を見た。そこに私は、一つの定着した情景を見た。これは、今でも私の両眼にかかっていて楽しい。

姉の秋子がワンピースの裾をまくしあげて、まっ白い股のあたりから両足を開いて投げ出していた。背中を古いたんすにもたせかけ、両手は千人針を縫っている。その横に上半身陽やけした兵隊が一人寝ころんでいた。その兵隊の右手が、はっきりと姉の両足の間にはいりこんでいた。

私は見て見ぬふりをして通り過ぎた。姉の両足の白さと、千人針の紅糸の点々が、私の胸のカメラにフレッシュに焼きついた。兵隊はさして驚く様子もなく、じっとその手を入れたままだったし、姉もやや上気した顔を千人針の上に伏せて針だけ動かしていた。油をたっぷり吸った銃器と背のうが、整然と壁ぎわに並んでいて、町にでも降りて行ったのか、他に兵士は誰もいなかった。窓には、きらきらと、金色にさざめいて暮れようとする海があり、輸送船団はやや昨日より配置が移動していた。

私は、青年と言うよりは、壮年と言うべき一人の兵隊に対しても、姉に対しても、平静で客観的であった。田園の牛や、野犬や、蝶やとんぼの性に対して深くなじんだ理性を持っていたから。人間がえがき出す風景も、それ以外のなにものでもなかった。

秋子は、釜山高等女学校二年生。

姉の秋子の早熟は、肉体の外見で著しかった。小学校五、六年の頃から肌がしっとりと濡れて女らしく、黒い髪がふさふさと豊かだった。

兄の洋一郎も、姉の秋子も、鈴木家の体質なのか、骨格ががっちりしていて、背たけも標準以上だったが、私は小学校三年になっても、一年生か、と人からきかれた。母の堤家の体質である。その上、入学前から昆虫の様にやせていた。これは母の手も無く放任されて育った子供の心理的早熟と、自閉症によるものらしい。父親はと言えば百年一日、散弾銃と釣竿と、俳句に夢中で、子供達に口をきくこともなかった。

私は、ベランダに出て海を眺めた後、秋子と兵士を見ぬふりをして、階段を走り降り、もう一度炊事場に行った。

堤弘子は、その頃すっかりふけこんでいた。あの金剛丸で、宝塚少女歌劇の堤信夫叔父さんに連れられて、釜山港に上陸した時のすばらしい色香はどこに消えたのか。化粧やけして衰えた肌、疲れた眼の色。フケだらけの髪。まだ二十五、六にしかならぬのに、子供のある女の様な骨盤で、尻をはしょって林ご箱にまたがり、裏のはたけで取れたグリンピースの莢をむいているのだ。私はふと、この居候の従姉妹を哀しく思った。すると、彼女のふしだらな後姿に向かって思いがけないあこぎな雑言が飛び出した。二階の姉に対しては感情一つ動かさなかった私は、この年上の娘に対してやりきれぬ情念を持って叫んだ。

「馬鹿、何時まで豆の皮ばかりむいとるんか、僕のぬいだシャツを早く洗わんか」

弘子はふりむいて私をにらんだ。眼が逆立っている。ほつれた髪が唇のあたりまでさがっている。私の頭に豆のはいった大きな桶がそのまま飛んで来た。その場で私は気を失った。

そこへ、山鳩射ちに登っていた洋一郎が帰って来て、血だらけの私を背負い、草梁駅前の鉄道病院まで走った。

初めての入院だった。私はかたく口を閉じて、桶でたたかれたとは誰にも言わなかった。釜山では最も設備の良い綜合病院だったので楽しかった。五針縫ったそうだ。

入院の日、気がついたのは夜おそくだった。傍に洋一郎の顔があった。隅で堤弘子が、着物のそでで顔をおおっていた。

「ここは何処かねえ」

と私は頭を動かそうとして、ぐるぐる巻きの包帯に気がついた。ずきずき痛む。

「ショウちゃん、かんにんやで、うち大人げなかったわ」

と、あの夢もこの夢もみんなちりぢり……の娘が言った。夏休みも終わりに近づいていたのだ。

朝鮮半島、南部の大地は、四季の香りが清冽である。夏のさ中に、遠い秋が早くも鼻をかすめて来る。

山麓の、日本人移民一族にとって、最も深刻な事件が待ち受けていた。これは誰よりも、戸主〈父〉にとって、全く思いがけぬアクシデントであったに相違ない。キリスト教的自然主義者である、道庁官吏の人生にとって、二度とない血肉をそぎおとす伏兵だったと言えよう。

朝から夕方まで、草梁の山では、つくつくほうしが鳴きしきっていたのだが。

そうして、ずっしりと色づいたたんぼの稲の波の上を、赤とんぼの大群が飛び交っていた。その彼方の海上の輸送船団は増えたり減ったり。ザク、ザク、ザク、ザク、と軍靴の音は常に港からひびいている。軍人の家庭宿泊は、とだえたり、又続いたり。

私達小学生は、相変わらず踏切や、釜山駅近くの倉庫の裏あたりや、草梁駅近くの鉄道官舎の裏等に集合しては、通過する軍用列車に、日の丸の旗を振っていた。

あの兵士達の一人一人にとって、私達子供が日の丸の旗を振り続けることは、いったいどの様な演劇であったのか。こんなにきわだつ私自身の戦争参加も、他に無かったのではあるまいか。おそらく、銃を取って闘争することよりも、もっと根深い日常性であったのだ。

列車は、私達の目前を、一瞬にして過ぎ去る。ひたすらに過ぎる。そのたまゆら、兵士達は、列車のデッキにあふれ、窓からは上半身を乗り出し、引きずられる様に連結された天井無しの荷物の上にも馬乗りにまたがって、力の限りに帽子や、手を振ってこたえる。

全ては轟然と静寂を破って通過し、列車は忽ち私の眼からズームレンズの様に遠く後尾をしぼりこんで小さくなる。その後尾にはなお兵士がうち振る日章旗が一点、紅く残り、汽笛一声、吹き上げる煙は、半島東南の山脈の裾に消えてしまう。

戦場へおもむいた兵士達の、身悶えする別離の一瞬、それに力一ぱいこたえんとした私達子供。

そうだ、まことにそれは一瞬であったが、私は現実に今日も日の丸の旗を見ると、煙を噴き出して過ぎる列車の轟音が耳をつん裂き、立ちすくむことがある。

時をえらばず学校から連れ出されるこの慣例を、私達は〈兵隊見送り〉と呼んでいた。昭和十二年に始まって、同じことをくりかえしている。

父親は相変わらず鼻ひげを手入れして、道庁に通勤していた。朝早く山を下り、日暮れに坂の下から帰って来る。日曜日になると、山鳥を射ちに行くか、釣竿をかついで海や河へ出て行く。彼の部屋の机には、金文字のバイブルが、どっかりとほこりを背負っている。古い羊皮紙もからからにひからびている。キリスト教の文化が、日本から一掃されたこの時代になって、若い頃学んで信仰した西洋の思想は、肉体の中深く沈みこんで、にもかかわらず死を迎えようとしている。日本のインテリゲンチャはどうなってしまったのか。不思議な歴史だとつくづくおかしい。

父は、戦争の渦中、軍隊に召集を受けていない。彼は道庁建築設計課中、最高齢技官であったから。

しかし、兄洋一郎にとって、この亀裂の時代は、父親の様に悠長なものではなかったのである。その裂傷から血が噴き出していたのだ。

事件とは、洋一郎の家出のことである。家出と言うよりは、逃走と言うべきかも知れぬ。ミリタリズムの絶頂期にあった釜山府立中学校の四学年。夏の終わり。彼の日記には、死についての詩が見えていた。例えば……

僕は　やがて銃を握って
おおくの戦友と共に
死んでゆくだろう
でなければ　牧場の
赤松の枝で首を吊るだろう
白いゴム靴を二つそろえて
死んでいた朝鮮女と同じ木で

兄の家出は二度も続いた。

兵隊見送りを終えて帰る夕方。草梁駅前の電停から、釜山駅方面へ向かって電車に乗る洋一郎と〈KAYOKO〉の二人の姿を私は見た。

彼はその日から帰宅しなかった。釜山府大庁町、メソジストキリスト教会の裏通りにある、KAYOKOの喫茶店の二階に隠れていたのだ。私はその店を知っていた。たぶん兄ちゃんはそこにいるだろう、と思っていた。家族の者は誰も知らなかった。私は、兄洋一郎の行動については、常日頃の通り、誰に対しても、秘密を守って口にしなかった。それ程、私は、ただ一人の兄が好きであったし、頼もしく思っていた。

私が、かつて洋一郎に連れられて、その店に行ったのは、夏休みの強い陽盛りだった。これは私にとって、初めてキリスト教の教会堂にはいった時と同じ様な、はげしく胸のときめく秘密の一つだった。レコードでジャズをきいたのだ。兄とKAYOKOが抱き合ってダンスをしていた。店の名をミスタンゲットと言った。入口のガラスには原色のペンキ画で、西洋の女の顔が画いてあり、その上にカタカナで、ミスタンゲットと書いてあった。その家の屋根の上に、桜の大木が身をのり出していて、前の路はやや薄暗く、露地裏の静けさもあった。

日曜日の教会で、洋一郎がこの年上の女性と知り合ったことは前記した通りで、大阪から来た居候の堤弘子が、洋ちゃん、洋ちゃん、とかわいがったにもかかわらず、遠ざかってしまったのは、彼が、彼女の好きな日本の流行歌をあまり好まなかったからだろう。その点、KAYOKOは、すばらしく讃美歌や、英語のジャズソングがうまかった。本来、スポーツの万能選手にしては、異端な程ロマンチックな洋一郎が、忽ちこのモダンなインテリ女性の手中に落ちたのも良く解る。

夏休みも終わり、午後のこと、釜山中学の教官が、草梁の山まで登って来た。平日であるにもかかわらず、父親が自分の部屋にいて、長いこと教官と話しこんでいた。私は、鼻ひげの父親もこんなに沈痛な顔つきになるのだな、と内心思っていた。とにかく、行方が誰にも解らないのである。

私は知っていた。常に。洋一郎が私に何も語らずとも。

この時の逃走は一週間だった。兄は自分からこっそり帰宅した。日頃の溌剌としたにきび面が、暗く精気を失い、笑顔一つ見せなかった。ミスタンゲットでKAYOKOと踊っていた時の、楽しい笑いは、一片だに見えなかった。なぜか私の心もつぶれる程に痛んだ。しかし、山も空も、そして遠い海も、色移るたんぼの稲も、ポプラ並木も、初秋の澄みきった大気に包まれて、光り輝いていた。

二度目の時は、もう晩秋だった。私は山を駆け降りて、電車にも乗らずミスタンゲットへ行ってみたが、店は閉まっていて誰もいなかった。二階の窓に見えているカーテンの色が、なぜかふと恋しかった。そのまま洋一郎は一ヶ月近く帰宅しなかった。その上、父の洋服ダンスの中の猟銃と実弾入りの弾帯が無くなっていた。事件は次第にものものしくなって、釜山中学の教官だけでなく、配属将校や、釜山憲兵分隊の下士官までが情報を聴きつけて、馬で坂を登って来た。まさに公開捜査である。だが誰にも解らなかった。

父親は思案に暮れて、当時〈天津〉にいた叔父〈弟〉に相談を持ちかける。時節はノモンハン全滅の暗いかげに満ち、食料の統制のみならず、やれ防諜、やれ防空、やれ節約といらだたしくなって来ている。

一報を受けた天津の叔父は、例によって黒い支那服に、黒いサングラスをかけた姿で、朝鮮半島の南端まで軍用機に便乗してやって来た。同じ様に支那服を着た、人種不明の青年同志を連れて。この叔父が、父の弟で、満州国協和会の顧問をしていた、上海東亜同文書院出身の、鈴木謙吉である。この時にはすでに、天津に身を移し、北支新民会会長となっていた。

満州国協和会、北支新民会、についての記録ならば、何も私の手中にありはしないが、精密なアジア思想史をひもとけば、その実体は浮き上がるかも知れない。作家〈壇一雄〉が戦後発表した大衆小説〈夕陽と拳銃〉の舞台であるが、あの作品では、ダテと言う若い理想に燃えた英雄が主役となっている。叔父謙吉は、草梁の山の二階で酒をのみながら、私達子供にも、当時のダテなる人物について語ったことがあった。〈ダテと言う日本人馬賊がいて、わしが日頃から大陸で大切に育てようとしている五族協和の精神をくつがえす様なあばれかたをする。やたらに拳銃をふりまわして、電線の雀まで射殺してみせたりする。これではアジアの民族が手をつなぐことは出来ない〉と、彼の語りかたには現実的な不安があった。

だが、現在想像出来ることは、その様な、精神主義的東洋哲学と言える、戦争参加も、自然の感覚を失った一羽の鳥の様に気流とは逆向きに飛びながら、最後の落下まで身をさいなむ、アルコール中毒者の大陸放浪史なのだ。明治の血脈が、昭和までどの様にかなしく流れて来たか、そして、昭和初期産の私達、そしてその子供達の肉体の血管の中でどの様に新しく変化するのか。

朝鮮半島の山奥に立っている寺院は、今時の様にやたらとパンフレットで売りに出される名所古跡ではなかった。その所在さえ人々に知られていなかった。まして訪れる旅行者もなく、狸道には熊笹が繁り、かと思えば赤松の大木の根が自然に階段になった坂があり、岩場あり、一望千里の土まん頭の墓場ありで、発見者もいないし、都市の日本人との交流は全く無かった。

私は正月の凧揚げが盛んな時に、高空で切れた凧を追いかけて、北の窓にそびえている、高遠見山の山頂に初めて立った。ただ風だけが鳴っている墓山だった。その後、神秘な静寂が忘れられず、何度もただ一人で同地点に登った。その高遠見の北方に、もう一つ、空にせり上る様に高い山が見えていて、たしか亀峰山とか呼ばれていた。いったいその山峰の彼方に何が在るのか、おそらく踏みこめば満州まで続いているかの様な幻想が私の〈ぬくて〉*にも負けない敏しょうな二本の足を立ちどまらせて、それ以上進むことが出来なかったのだった。

私は、かつて兄洋一郎が、一度ならず、その山峰の中から散弾銃をかついで、墓山の中へ降りて来たのに出会ったことがあった。彼の手には野兎や、ひどい時はかささぎの束ねたのがぶらさがっていた。

晩秋、快晴。逃走して帰らぬ兄を探そうと決心し、墓山から北方へ、生まれて初めて足を踏み入れた。私の胸には、あまりにも哀しみが満ちていた。兄のゆくえを追うことの結果や、意味や、そのゆくえそのものが、自分達日本人兄弟にとって、どの様に深い意味を持ち続けるものであるか等とは、無論考えおよぶ少年ではなかった。

私にとって、兄のゆくえ？　は、この時も直感であった。

赤松の深山にはいると、いきなり赤牛の死骸に出会ったのを覚えている。遠くで雉が鳴いた。名も知れぬ小鳥が矢の様に飛び交う。山猫の眼玉がうす暗い雑草の中で、ガラスの様に光る。野兎が逃げ出す。自分が駆け登るコースが道であるかどうかも解らない。ただ、きっと兄はこのあたりから銃をかついで降りて来たに違いないと思えて来るのであった。これは山を走る時の私の感覚が、狸道に似た人道の発見に鋭敏であったからに違いない。

途中いきなり眼下に視界が開けて、自分が登って来た道のりの遠さを知り、背筋が寒くなる孤立感を覚えた。高遠見の墓山は、はるか彼方へ去り、釜山湾は航空写真の様に、美しく海岸線のラインを露出していた。

秋空の上に、吹けば消えそうな絹雲が浮いている。高遠見の山頂の南側斜面に、釜山港に向いて高射砲が起立している。小さな兵舎があり、兵隊が蟻の様に動いている。釜山湾の長い防波堤の外に、駆逐艦と、巡洋艦が煙を吐いている。湾内は輸送船団であった。

すでに、私のすねは血だらけだった。突然道らしきものが出現し、その正面に幅広い石段が立っていて、うす暗い松の枝々をまっすぐに左右に分割している。ま上の眼に痛い程明るい空の透明。それを駆け登ると、陽あたりの良い、かわいた赤土の広場があり、眼覚める様に華麗な古寺が、その正面に立ちはだかった。その両側は、円陣の長い廊下が続く部落である。その民家も、木肌も黒く枯れた木造だが、かなり品位のある瓦屋根であった。寺院の建築物や、堂内の仏像は、不思議な極彩色で、神秘な楽園の様に感じられた。子供達や、老人が広げたゴザの上の農作物をいじくっていた。

洋一郎は、正面の横幅が広い階段の途中に坐りこんで、ゆがいたトウモロコシをかじっていた。私を見た彼は、なぜか非常に驚いて立ち上がり、銃を握って叫んだ。

「何しに来た」と。

「兄ちゃん、僕一人で来た、一人で来た」

私は、なぜか声をあげて泣いた。私達兄弟は、途方にくれたまま、二人で山を降りた。兄の顔には大人の様にひげが伸びていた。

兄の家出の原因等、今でも私は知ろうとは思わない。彼の当時の剣道の竹刀のつばには、

ＫＡＹＯＫＯ命と書いてあるし、ラグビーのボールには、ＫＡＹＯＫＯより、洋ちゃんへと書いてあった。両方とも青いインクである。

洋一郎は、直ちに釜山中学を退学となり、叔父に連れられて、秋深い故郷・釜山府草梁の山を離れた。まっすぐに支那大陸へ。


戦後、洋一郎は、九州福岡市に引揚げて来て、死ぬ！　死ぬ！　と叫びながら眼を開けたまま死んだ。大陸や半島から引揚げて来た鈴木家の者達の誰よりもさきに。肺結核で。大陸でさえも、兄は、白系ロシヤの娼婦を連れて、地図にもない町々を逃げまわっていたと言う。私達のこの記憶は、いったい何だろう。この逃走の行方は。

海一つへだてた、半島の空から、今日も五月の気流が、あの山々の赤松の香りを運んで来る。この九州北岸の部屋の窓にまで。


数日前だった。喫茶店でぼんやりと『毎日グラフ』をひらいて見ていたら、私の胸の中に突然ぽかっと空が見えた。それは、ひらかれた写真の中の、スリランカの秘仏の頭上に光る青い空であった。

私は、スリランカのことは何も知らなかった。しかし、その仏像の横顔を照らしている光線は、たしかにあの慶尚南道釜山府の背北に連なる山岳にかくれている、秘仏の上に落ちているものと、全く同じものであった。この生命の無い物体の静寂。それになじむ大気とその光。私と仏教とは何の関係もない。私の体中の涙が、潮の様に満ちて地面と空気に解けて行く瞬間。何の関係さえもなく。急に遠ざかる周囲の人声。血管の中を水の様に走り出す、山の松籟。ようやくに独りの私。そして声にもならぬ寂寥。その上の透明。

＊ぬくて＝朝鮮オオカミ。山奥にせいそくし、肉食。時に、人家の赤子をさらうこともある。

街と昆虫　Ⅰ

釜山府の太陽は、朝鮮海峡の水平線から昇り、北西の山頂に沈む。冬の夕陽は亀峰山の頂に。夏の夕陽は高遠見山の頂に。

釜山府草梁町北部。それは現在の〈釜山市草梁四区〉に属する。その北端の山腹に、私が出生したうす紅色の四角い孤城は、あたかも地から湧いたコンクリートの箱の様に、声もなく立っていた。

冬には、昼も夜も、季節風がうなり続ける背北の山々におびやかされながら。夏には、眼下にひろがる水田のむせる様な香りに包まれて。そして夜になると、そのたんぼの中で繁殖した蛙たちの、降りしきる大雨の様な、又ある時は、まとまりのない劇場の拍手の様なわめき声のただ中に。
この冬と夏の、全く異なる両方の世界の音が、ゆきずりに入れ変わる幕間の様な静寂〈フラット〉の季節。それが半島南端の春であり、秋であった。

この私の〈ふるさと〉は、これからも地球上のどこにも到着することがないだろう。それは、何時も流れゆく葦舟である。

あの頃、大日本帝国の権力によって、都心から追われて山中に部落をこしらえた原住民にとって、私の船が、侵略者の城であったことは言うまでもない。この二つの民族と、政治の関係の中で、私はひょっこり生まれた昆虫でしかなかった。

その昆虫の肉体にも、心と呼ばれる思想への尾鰭が出現し、まるで厳冬の、降雪前の空の様に、悲しさの突きあげる不安な雲層に満ちて来る。

常に、故もなく信頼しきっていた、兄洋一郎が北支へ去り、何時果てるともない戦争の、不可解でうっとうしい、眼に見えない状況が周囲よりひしひしと押し寄せる。

五年生の冬休みであった。日頃から不勉強な私は、冬休みの宿題帳に必死の思いでかじりついていた。火鉢の炭火でてのひらを暖めながら。一階の中央で、畳敷きの広間であった。

南側にコルク張りの縁があって、縁側の外と内側に二重のガラス戸が並んでいて、そのガラスの表面に、新聞を読んでいる父の横顔や、たんすや、私自身の姿がうつり、その映像にまじって、はるかに遠くまで連続する闇の中の灯火が、空の星との見分けもつかず光り輝いていた。珍しく山々の風音が途絶え、その様な冬の夜にはきまって山野で燃えしきっている赤松の煙の匂いが、大地の表の空気全体にただよっていた。

そのかすかに鼻をつく煙の刺戟が、一人の日本人の子供である私にとって、何故か、たまらなく寂しかった。

私自身の肉体が欲しても手のとどかぬ、非情な、他界の母親の体臭の様に。

軍人の宿泊も暫く途絶えていたし、釜山港を移動通過する軍靴のもの音も、すっかり引いてしまったかの様でいったい戦争は何処で燃え上がっているのか。しかも、ラジオや新聞は戦争のニュースにあふれていた。

私は宿題に疲れて、ぼんやりと窓ガラスを見ていた。……来年は六年生になる、そして中学受験の課外補習が始まる。あの怖しい釜山中学に入学するために。私は釜山中学のことを考えると、体がふるえる程不安であった。兄が逃走した中学校であったから。

父は平然と新聞を読んでいた。何を考えているのか解らなかった。

炊事場からは水音にまじって、例の堤弘子の鼻唄がきこえていた。

〈雨の日も風の日も泣いて暮す
わたしゃ浮き世の渡り鳥……〉

高等女学校卒業前の、姉の秋子は、その頃すっかり二階の自室にこもりがちで音もたてない。私は鉛筆をほうり出して縁側に出た。窓の外はすっかり枯れつくした花園である。

その花園の暗闇の中に、一人の青年がぼんやりと立ちつくしていた。暗くて誰かわからなかったが、ごほんごほんとせきこんだ声で、私は驚いて、小さな声をあげた。

「兄ちゃん……」

昨年の秋、叔父〈謙吉〉に連れられて、北支に去った洋一郎であった。彼は何故か、いきを殺して、窓の外から内側をのぞき込んでいた。

厳冬だというのに、外套も手袋もつけていなかった。顔はまっさおでひげが少し伸びていた。父は新聞を置くと立ち上がり、ガラス戸を大きく開き、「洋一郎か、帰って来たか、早く上がりやい」と言った。

その瞬間、父は何故か洋一郎に対してやさしかった。兄は、冬休みにはいり、直ぐに帰省したかったのだが、叔父が許可をくれなかったので、黙って飛び出して来た、とのことであった。風邪をひいて高熱を出していた。少しばかりの学用品を汚れた風呂敷に包んでいた。

兄が残した大陸時代の日記らしきノートには、〈釜山〉と〈母〉の二字が最も多かった。彼にとって、朝鮮慶尚南道釜山とは何であったのか。

彼は生きていた時の母について、母を知らない弟である私に対して自慢したことがある。

「うちの母ちゃんは、英語もフランス語も全部出来たし、数学だって、学校の先生よりはずっとうまかったぞ、そこいらの日本の女とは育ちも違うし、身分が違うのだ……」と。

冬休みが終わる頃、洋一郎の姿は、すでに草梁の山の家から消えていた。天津の中学へ帰ったのである。

私は幼時、小学校の生活がどんなにすばらしい社会であるかを想像し、夢見ていた。誰かの手に引かれて、赤い煉瓦造りの校舎の窓の下を通る時、建物の中からまるで小鳥小屋のさざめきの様にきこえて来る多勢の子供達の声。オルガンの音と唱歌。廊下の板を踏み鳴らす音。明るく広い運動場の、地面にえがかれた白いライン。何時も点在している様々な運動具、等。

これは山中で育った私にとって、ただ一つの、人々に接することができる社会に違いなかった。こうして、死んだ母が全く知らない私の入学。

新しいラシャの帽子に、牛皮のランドセル。ゴム底のズックで通った、あの長い通学道。ポプラの木。牛車。山桜。

炎天。雨。雪。季節風。凍てついて、一歩一歩すべらない様に踏みしめた坂。でっかい野ら犬。ゴム靴を履いた老若男女。

時には、貧困部落の青年に、言葉が全く解らない脅迫を受け、ポケットに入れているものをむしり取られたり、頭をなぐられてコブをこしらえたことはあったが、そんなことは、まっすぐに生きている私の魂を、少しも傷つけることではなかった。

学校から帰ると、ランドセルを放り出して駆け出した、冬の日の凧揚げ。真夏のとんぼ採り。ゴム銃射ち等。私は、自分の世界の全てに素直であり得たのだ。

その私の魂が、何時の間にか、すっかりうなだれてしまっていた。

六年生になり、釜山中学の受験課外に追われ始めた。もの憂い程の、未来に対する不安の中で、私には、一つの希望があった。釜山中学の入学試験に落ちることであった。天津の洋一郎からは便りもなく、父は相も変わらず魚つりと俳句にあけくれている様だった。

やがて私の眼の視線は、何時も見上げていた北側の山の窓から、逆に南側の窓に移転して行った。そこには、日本人達が生きている市街と、その彼方の海面が空まであった。その水平線の向こうに日本がある。

海岸線の街々が、私にとって、性的誘惑に満ちたものとなって来た。まるで、大人の女性の肉体の様に、自分には手のとどかない、奇妙なパノラマ館らしく思い始めた。学校では、例の鹿児島出身の教師から、〈お前の様な不勉強な生徒は、釜山中学に入学する資格がないから、高等小学校へ二年通って、鉄道員にでもなれ、釜山中学は、朝鮮半島で最も優れた未来の大日本帝国軍人を育てる中学校である、お前の父親は、慶尚南道道庁の高級官吏であるにもかかわらず、子供の教育の認識に欠けている。しかし問題はお前自身がしっかり立ち上がりさえすればそれでよい、断じて行えば鬼神もこれを避く、である……〉

等と、陽が落ちるまで説教を受けることがあった。そんな時手足のあかぎれの痛みが増してゆくのだった。

しかし、私はそんなことを、無口で平然としている父に対して報告することが出来なかった。私と父の関係、私と教師との関係、そして何より私自身の生きている存在を、解くことは不可能だった。時には深く思いつめて死にたいと思った。

人間がびっしりと生きているらしい、街を眺めることが多くなり、気がつくと、その不思議なパノラマのただ中に、この足で走り出していた。北側の山々をあてもなく踏破した同じ二本の足によって。釜山府街、それは東西にどこまでも伸びている、海岸の街であった。

街と昆虫　II

たしかに私は、山中の生活から、眼下に展開する釜山府の街に、何ものかを求めたに違いない。それは自分自身にも意味不明な欲求であったが、不思議なパノラマの、肉体の内側が存在していると思えるのだった。

例えば、少年は、空の雲の動きや、その日の気温の変化等によって衝動的に学校への道を、四十五度に曲げたりした。無我夢中、走り続ける私の背中では、ランドセルの中の筆入れがガチャガチャと鳴った。目標はどこにもなかったし、私の街は、東西にどこまでも続いていて、決して自分自身を探しあてることも出来なかったのだが。

六年生の十二月八日。きりきりと窓ガラスが凍てついた好天の朝、ラジオが〈大東亜戦争開戦〉のニュースをくりかえし報じた。真珠湾攻撃である。それから毎日の様に、新聞紙上には、日本の連合艦隊や、戦闘機の写真が現われて、戦勝ばかりが続いている様であった。

しかし、私には何一つ変わるべきものも無かった。例えば、南側の窓には、一望のもとに釜山湾の海面と府街が展開し、空まで続く外海には、日本の対馬がかすかに見えている。

釜山府の街は、体温のある立体地図であった。

北側及び西側の二階の窓は、どちらも高くそびえる山であった。北が亀峰山、西が高遠見山、と呼ばれていた。尾根続きである。

南側の二階の窓の右寄りに、小高い岡があって、〈伏兵山〉と呼ばれていた。その藁屋根が密集した傾斜の、山頂への道に沿って、五、六本のポプラの大樹が立ち並んでいて、その身長を空まで伸ばしていた。そのポプラの高さも、私の二階の眼の位置からは、はるかに下で、街の方に近い風景であった。このポプラの並んだ眺めの中には、常にとんびがゆっくりと輪をえがいているのだ。

伏兵山の左側には、埠頭の桟橋が二本並んでいる。言うまでもなく釜山港の、第一桟橋と、第二桟橋である。
その港を抱く様に、東西から長い防波堤が突き出している。西側の防波堤は、釜山湾内の絶影島から出ていて、突端に白い塔の灯台が立っている。東側の灯台を赤灯台と呼んでいた。その前をすれすれに、関釜連絡船は出入りしていた。その彼方は、朝鮮海峡、つまり玄界灘である。

私は、前述した様に、《人間がびっしりと生きているらしい、街を眺めることが多くなり、気がつくと、その不思議なパノラマのただ中に、この足で走り出していた。北側の山々をあてもなく踏破した同じ二本の足によって……》

全く、それは走り出すと言うべきなのだ。私の山腹の家から、海岸線の街のメインストリートまで、いったい何メートルの距離であったかは知らないが、私の足が街へ向いている時は、常に長い坂道の傾斜を走り降りるしかなかったのである。

小学校六年の少年の足は、草梁町北端の山腹から走り出して、メインストリートの草梁駅前まで一刻も留まらずにかけ続け、そのまま一直線に都市中央部の釜山港まで至ることもしばしばであった。

思えば、私はよく走った。いったい何処まで走り続けるつもりなのか。

草梁駅前は、私の山の家から伸びた坂道の終点であり、東と西とに分離するポイントでもあった。少年は、或る時はその駅前から、釜山港とは逆に、東部の町々へ走り続けることもあった。東も又一筋の海岸線であり、傷だらけのアスファルト路を、路面電車は、ぎしぎし音をたててきしみながら、私を追い越し、又、電停で私が追い越すこともあった。


二階の東側の窓の外は、四角いベランダになっていた。そのベランダから見おろすと、海からはいった草梁川の川上に、釜山中学校の広い運動場がひろがり、そこだけ何時も明るく陽光を反射していた。ベランダから中学校まで、一望のだんだんばたけである。釜山中学の校庭の直下に、草梁港と、草梁町南部が展開している。

釜山駅からくり出されている無数の鉄道線路は、草梁駅の南側の埋立地に集まっている。ここには、検車区あり、機関区あり、貨物列車の操車場もある。線路はあやとりの様に入り乱れて、一日中汽笛がひびき、がたんごとん音が絶えない。

例えば、遠望では模型の様なこの機関区の周辺だけでも、少年の足が疾走し、少年の魂が遊泳して飽きることのない広さを持っていた。

草梁駅は小さいが、駅前に広場があった。釜山駅から、東に走っている路面電車は、日立のマークのオープンデッキで、草梁川の河口を渡って、釜山府の東部に入り、草梁駅の広場で停車する。駅前には、鉄道病院、消防署、書店、ガラス工場等があった。鉄道は、ここから朝鮮半島の背骨へまわりこむ南部線と、半島の中心部を北上する京釜線〈釜山―京城〉とに分れて行く。

草梁町の東隣が水晶町であり、この水晶町には、私が通学した、釜山公立第三尋常小学校があった。一千二百名の生徒がいた。全て、草梁と水晶の日本人家庭の子供達である。

釜山府内の小学校は、第一から第八まであって、それぞれに約一千名の生徒がいたのだから、日本人の小学校年齢層だけでも一万近い数になる。

水晶町には、鉄道官舎や、いわば文化住宅や、山手には美しい公園をかねた水源池もあった。更に東が佐川町であり、この佐川町の更に東隣には、釜山府内での最後の鉄道駅、釜山鎮があった。又この駅は、釜山府の東側入口であり、大きな貨物駅でもあった。年中、牛馬、果実、野菜等の集散で、原始的な騒々しさがあった。

釜山鎮町の内部と言えば、赤土の藁屋根がめっきり多く、赤土のむき出しになった道が迷走して、風の日には藁くずがまきあがっていた。しかし、オープンデッキの路面電車は、その中をガタピシと音たてて東へ走って行く。凡一町《ボンイッチョウ》へ。

凡一町。春夏秋冬、ほこりっぽい終点の町である。やけに広くて騒然とした露天市場があった。ここまで来ると、市場にも日本人の姿は見あたらない。野菜、果実、牛の頭、にんにくの束、ほしだら、朝鮮漬とマッカリの屋台。鉄板で焼きあげるもので、ニラをきざみこんだ、おこのみ焼屋風の屋台。飴屋、等。

夏になれば、この周辺に展開する農産地から収穫される西瓜とかぼちゃの山。なまなましい香りを放って夏の終わりを告げるのが、鉄釜で湯がいたとうもろこしであった。

この様な、原始的で豊かな物量と、強烈な人声は、日本人町の、草梁市場では知ることの出来ないものであった。

ここからさきは、釜山府の外であり、温泉と広大な田園で有名な東莱郡となる。たんぼの中をポプラ並木がどこまでも続き、すばらしい堂山木〈ダンサンナム〉も立っている。ダンサンナムとは、土地を護る、古い大樹のことである。藁ぶきの部落が点在し、牛車がゆっくりと動き、冬であれば田の切り株に、朝鮮半島の自由な野鳥群、つまり、かささぎが舞い降りて土をつつく。小うるさい雀の集団は、日本の農地と少しも変わらない。

東莱郡のみならず、朝鮮半島の平野はどこも変わらない。中国大陸から、半島を貫いて、釜山まで走り、海へすべり込む山脈が何時の時代も変わることがない様に。全ては今日も変わらないだろう。私が生まれてまだ半世紀にもとどかぬ星霜で、あの大地が姿を変えること等あり得ようか。

北上する京釜線に尻を向けて、釜山に突き出ている赤崎半島に南下すると、大きな紡績工場や、古城跡や、ずっと南端〈外海側〉の海岸には、思いもかけず牛の検疫場が出現したりする。紡績工場には貨物列車の引込み線がはいっていた。

私が中也の詩を読んで、何時も思い浮かべてしまうのは、このあたりの風景である。

屠殺所に
死んでゆく牛はモーと啼いた
六月の野の土赫く
地平に雲が浮いていた

この詩の様に、慶尚南道郡部の山野の土は、陽が照ると赤く反射し、雨が降ると朱墨の様に流れて田畑に満ちた。

赤崎半島の西側が釜山湾であり、東側が水営湾である。私の記憶でも水営湾の方が波風が荒かった。釜山湾が何時もナギであったのは、湾内に大きな絶影島を抱いていたからだろう。出港する船は全てこの島影に消える。

この島は釜山港の、第一第二桟橋の目前にあって、大正時代は渡船であったが、昭和にはいって〈はね橋〉がかかり、路面電車が走る様になった。この小さな海峡を、巨船が通る時間になると、はね橋は両岸から二つに割れて立ち上がり、電車のレールをつけたまま空に向いていた。私は、寝そべっていた橋が、両足を高く上げて船を通す様が珍しくて時々眺めに行った。船窓やデッキから、人々が顔を上に向けて橋を見ていた。

この島の内部では、釜山府のメインストリート街と同時に、日本人町が出来上がっていたらしい。牧の島町である。なぜ絶影島の新しい町が、牧の島町と呼ばれたのか、それは知らない。石油会社の大きなタンクや、道の水産試験所や、釜山一と言われる大精米工場もあって、屋根の上まで糠の粉塵をかぶっていた。

ここにも釜山第四公立尋常小学校があった。府内の日本人小学校は第八まであったが、第一から順に創立されている。第四と言えばかなり早い。釜山港湾の一部として、早くから経済的拠点となったのだろう。

しかし町は、釜山港湾側の側面だけであった。およそ釜山府の四分の一をしめる程の大きな島だが、陸の中央部と外海側も、ほとんどが、だんだん畑と民家と海岸で、すばらしくのどかな牧歌調だった。

くり返して言えば、赤崎半島の西側が釜山湾であり、東側が水営湾である。現在、韓国観光で有名な、海水浴場とプレイランドの海雲台も、ポプラ並木の長い道が美しい東莱温泉も、この水営湾の沿線である。

海雲台の釜山側手前に、水営と言う美しい農村と海岸があった。小店一つも無い寂しい海岸であったが、海水と砂浜が清潔なところで、日本人の学校では、生徒達を、夏の水泳訓練や貝ほりにここへ連れて行った。

この海岸線をめぐる鉄道は、日本海側へ沿ってゆく南部線である。地図で言えばあたかも朝鮮半島の尾骶骨にあたる大都市、蔚山〈ウルサン〉に通じている。

蔚山はまだ慶尚南道の内側であり、道内の東端である。慶尚北道との道境も近く、鉄道はここから越境して、一路、あの史蹟の都、慶州に着く。

釜山府内にもどって、我が町、草梁町と釜山駅前（港）との間には、路面電車の電停が三つ程あったが、自分自身が日頃利用した電停しか覚えていない。

草梁から徒歩で約二十分、電車で五分、栄町〈サカエマチ〉と言う電停があって、この北側山寄りに旧道があり、ここが支那〈中国〉人街だった。ばさばさ乾いた土ぼこりの道路に、朝鮮部落とも日本人町とも異なるペンキ塗りの戸や、赤煉瓦の壁が並び、独特のパン屋や、饅頭屋、神農黄帝の絵を張った薬草店等があった。その中心に五階だての支那領事館が威風あたりをはらっていたのだが、屋上の旗は、無論国民政府の旗であり、それも何時しか見えなくなって、戦争中は日本の病院になっていた。

その外、奥ゆきの深い露地に、支那料理屋兼、安淫売屋等もかくれていた。

この旧道は次第に坂となり、電車道路と同じ方向で、伏兵山南側の竜頭山神社まで続いている。竜頭山神社の周辺高台は、つつじの花が美しい公園で、釜山駅前電停よりまっ直ぐ石段が続いている。

この公園下の駅前電停東側、長手町が、釜山府の中心をしめる商店街で、長手通りと呼ばれ、小粋なウインドーが並び、買物客を優雅に集めていた。

長手通りから、草梁とは逆に西へ進んで釜山駅前より大庁町、西町、富平町、土城町へと幹線の電車は走っている。富平町には、日朝共同の富平町市場があった。これは東洋一のスケールを持つ市場であった。

土城町を、子供の私は〈泥鰌町〉と思いこんでいた。富平町と土城町の境に、釜山湾にそそぐ宝水川が流れていた。上流はまっ直ぐに北に向いていて、高遠見山の裾の大新町、水源貯水池までさかのぼる。
土城町の南は海〈釜山湾西寄り〉に面している。このあたりに、つつじの花が咲く公園があって、大正公園と呼ばれていた。宝水川の河口である。

路面電車は、大正公園から北上し、これより西へは走らない。公園の海岸寄りを西へ歩くと、〈緑町〉である。絵本の竜宮の様な大きな楼門があった。言うまでもなく遊里である。見上げるばかりの楼門の屋根は、日本内地でも見られない荘重華麗なもの。屋根瓦は緑色の陶器である。女郎は全て日本内地の女達であり、静かな石だたみの坂の町だった。

この緑町の南側の遊廓は、全て裏側が海に面した岸壁の上であり、ここで一夜女を抱いた男達は、枕の下に寄せる釜山湾の浪音をきいたことだろう。
関釜連絡船の汽笛も、釜山駅を出て行く列車の汽笛も、手に取る様にきこえていた地点である。女郎達は、海一つ向こうのふるさとの夢を見ていただろう。あの昭和史の中の釜山で、何人の女達が、ここに住み、どんな男達と寝たのやら。今は誰からも聞くことが出来ない。

この緑町の海岸通りを、更に西へ、じくざくに湾曲して半里程歩くと、私が夏の日を遊び暮らした、あの〈松島海水浴場〉に着く。バスは府内から一台しか走っていない。一日に二往復。小型でがたがたゆれるし、何時も満員だったから、我々小学生は足で歩いた。脱衣場や、食堂、茶店、ボート屋等があり、海岸線が変化に富んでいて、ここへ来ると小さな肉体に遊びの魂が膨脹し、ひたむきに夏を惜しんだ。釜山府の西の端である。

逆もどりして、釜山駅（港）から電停の釜山駅前までは徒歩で五分。この大通りの片側には、てんと張りの土産物屋が並び、片側には〈チゲ〉を背負った男達が、悠然と座りこんで長いきせるできざみ煙草をふかしていた。その煙草の紫煙は、釜山駅頭と港かいわいの、不思議と暖い空気の香りでもあった。

前記の通り、駅前電停正面に長い石段が見えている。その頭上が、竜頭山神社である。広大な境内はつつじの花や桜の並木が美しく、釜山港を眼下に見おろす公園となっている。駅前より西側に、釜山公会堂、釜山日報社、銀行、書店、旅館。やや遠く離れて、三中井デパートが見えていた。電車通りから折れこんだ歩道に、映画館が二つ三つあった。

釜山駅前から西向きの路面電車は、竜頭山公園西側の裾に寄って、だらだら坂の石だたみを登る軌道が一本あった。これは宝水町あたりで大正公園から北上して来る電車路と接合する。この間の落ち着いた石だたみの町を大庁町〈ダイチョウマチ〉と言った。ここに私が通った日本キリスト教メソジスト釜山教会が立っていた。その外、釜山公立尋常第七小学校、郵便局、寺院、憲兵分隊、武道具店、大きな商家、等が日本内地のいわば文明都市風な、つめたく澄ました構えを見せていた。

土城町には、釜山公立尋常第六小学校があった。この小学校の近くには、釜山府立高等女学校もあった。姉の秋子が通った女学校である。ここの女学生は気ぐらいが高く、制服のセーラーが、夏は白、冬は紺に変わって小粋な近代的ふんいきを持っていた。私達少年は釜山高女の女学生のことを、釜山中学の中学生の口まねをして、メッチェンと呼んだ。

土城町から大正公園を見送って、北上すると宝水町であり、大庁町からの軌道が一本に合流し、電車通りに面して、慶尚南道道庁があった。父親が永年務めていた役所である。電停を、道庁前、と言った。

日本内地の県庁と変わらず、明治政府のうっとうしい威厳をそのままそなえた建築であった。

ここから後、路面電車は一直線に北上する。大新町通りと呼ばれる道幅の広い幹線である。途中に、釜山第二公立尋常小学校。釜山第五公立〈高等小学校〉。釜山第一商業学校。黒い瓦の平凡な日本人の商店等があった。釜山最北の終点が大新町である。ここの水源貯水地周辺は、桜の名所であった。春の突風は電車の窓にも白い花びらを吹きこんだ。日中戦争の初め頃までは、職業野球が盛んで、日本人たちがオープン戦にうつつをぬかしていた。

二度と帰らないふるさとの街を、誰のために、何のためにここに記すのか。全ての意味は一九七三年の闇に消えて、独り目覚めている。逆さまに私は、日本へ帰ることも出来ない。大新町から北は、手のとどかない山又山である。これは、もちろん、草梁のわが家の背北から続いている稜線である。少年の足が、戦争の闇を前にして、ただ夢中で走り抜けた釜山府の町々も、思えば、深い沈黙の山脈の裾にすっぽりと抱かれていたのだ。

船窓の声

あの日、私の帰り道の歩調は、鎖をはずされた犬の様に軽やかであった。

〈僕は体が弱いし、小さいから、釜山中学の入学試験は受けないことにしました〉

と、私は生まれて初めて、自我意識による一つの決意を表明したのだった。例によって〈ヤクセンヤッチャ〉と頭に竹の棒が落ちるのを覚悟していたが、結果はまことにあっけないものであった。

〈そうか、いいだろう、高等小学校に入学して、体を鍛えなおし、それからもう一度試験を受けよ〉

と、組主任はあっさり意志を認めてくれた。

むしろ、無口なカベチョロの様にとらえどころない精薄児に対する責任から脱出して、ほっとしたかも知れない。

春はまだ遠く、耳や鼻の頭がちぎれる様に痛む朝夕の通学であったが、過去も未来もない自由の天地が少年のものであった。

〈僕は釜山中学に入学しないのだ〉


しかし、キリストの御名において、無頓着主義者である父親と、色気づいた釜山高等女学校卒業前の姉の秋子が、思いがけなく強硬に私を釜山中学に入学させようとした。

いったい、釜山府在住の日本人家庭にとって、〈釜山中学〉とは何であったのか。

こうして私は毎日の受験補習からは解放されたが、家族を全くいつわっていた。毎日が、貧困家庭の子供たち数人と同じ様に、目標をとりはずしてのびやかであった。きびしい顔つきの受験補習生が、必死に教室で勉強している午後、私たちは校庭の温室で花造りを学んだりした。


そんな時、〈雨の日も／風の日も泣いて暮す／あたしゃ浮世の渡り鳥〉と歌っていた堤弘子が大阪へ帰ってしまうこととなった。

彼女は、釜山府の草梁の山から、兄の洋一郎の姿が見えなくなってこのかた、すっかり顔の化粧もしなくなり、口数が減ってふけこんだ様であった。〈活動写真も戦争ばっかりで、さっぱりおもろないワ〉等と一人ごとを言ってためいきをついていたものだった。その上、例の流行歌さえも朝夕の炊事場で歌わなくなっていた。

或る日の午後、彼女はつくろいものの手を休めて、フケだらけの頭の髪にお六櫛をつっこんでかきながらぽつんと私に言ったのだ。

〈ショウちゃん、うち大阪へ往ぬワ、こんなことしとったら死にとうなるワ、ほんま〉

私はぎくりとした。凧の竹骨をけずっていた手が、急に乱れてふるえた。この草梁の家から、又一人どこかへ行ってしまうのだ！

あの、草梁の山の、くすんだ紅色のコンクリートの家の、厳冬の日々程、深い静寂もなかった。時折、カタカタ、カタカタ、と鳴る周囲の窓ガラス。ぜんそく病みの様な柱時計の錆びついた音響。

日中、特に晴天の日に、山間の谷間の村落からきこえて来る、洗濯物をたたいているキヌタのリズム。又は、こわれかけた屋根を修理する釘うちの音等。

音のひびきは、それぞれに、私自身の呼吸音と同じくらいかすかで、しかもはっきりと、静まりかえった山の空気の中で呼び合っていた。

そして、家の中は無論のこと、街に降りても、あの幼時の頃の、あふれるばかりの食糧は見ることもできず、人々の服装もすっかり色あせて、全てが戦争によって擦りきれていた。街で見かける軍人の姿までが、かつての日中戦争開戦当時の精気はどこへやら、うさん臭く疲労を背負っているかの様に、私には感じられた。とにかく、周囲の全てが憂うつな沈黙の中に落ちこんでいた。

その中で、釜山中学の校庭の、軍事教練のラッパの音律だけが、人々の心を叱咤するかの様に鳴り渡る。それは太陽が西に傾斜して山に沈む前の、毎日の日課であった。私は時折、学校の帰り道から、立ちどまってそれを見た。中学生がになっている銃剣のさきが、日光を反射してまぶしく光り輝いた。

私はそんな時、入学しないことを決意しているにもかかわらず、突然自分自身も、整然と行進しているその中学生達の一員となって、銃をにない足を踏みしめている幻覚に誘いこまれることがあった。

しかし、それはもはや自分と関係のない中学校の校庭であることを自覚すると、草梁の山をめざして飛ぶ様に走り出した。

正月。冬休み。私にとっては小学校生活最後の冬休みであった。堤弘子は、寒風が吹き荒む釜山港から内地へ去ってしまった。

あれは夜航の第二便であったから、興安丸か。第一便は金剛丸であったと思う。この二せきは常に兄弟の様に寄りそっていた。他に、朝出港の景福、晶慶、徳寿丸、等があった。まだまだ外にも、私の知らない巨船が就航していた。

私も又、これらの美しい船を、埠頭から見上げては、はてもなく夢を託していた。自分は中学には行かないが、この船の船員になれるかも知れない、と妄想したりした。

堤弘子は、オーバーの上から毛糸のショールをかけて、すっかり老けた感じではあったが、かつてのデイトリッヒスタイルで船中に消えた。私も姉の秋子も、夜更けの寒風に、足踏みを続けていた。

興安丸は巨大な煙突から星空にもくもくと煙を吐き出していた。ドラがひびき渡り、タグボートのホイッスルが吹き上げる。

三等船室の丸窓から、〈あの夢もこの夢もみんな散りじり〉の娘が、びっくりする様なかなきり声で私たちに叫ぶ。

〈ショウちゃん、今年は中学にはいるんやで、しっかり頑張りや〉

私の心は忽ち凍てついて、悲しみが胸いっぱいに満ちる。中学なんか行くもんか。

〈それにな、天津の洋ちゃんが帰ったら、くれぐれもよろしいになァ、秋子ちゃんお世話になりました〉

秋子が涙声で頼りなくそれにこたえた。

〈弘子姉さんもお元気で……〉

船窓は、私たちの頭上から、ゆっくりと海上へ離れて行き、電灯の光を海面に引きずって、忽ち遠ざかり、後は船尾のみとなり、スクリューのまっ白い帯を暗闇の中に残して見えなくなった。

今、思えば、小学校の六年間、堤弘子は私に朝夕のごはんを炊いて食べさせてくれたのだ。人生の離別とは何だろう。

雨の日も風の日も
泣いて暮らす
あたしゃ浮世の渡り鳥

彼女の歌は、まさしく現在の私の姿である。

彼女の生死さえも解らないまま。

こおろぎが鳴きしきっている。あの釜山府の草梁の山の家できいていた声と、全く同じひびきである。それにしても何と言う、小さな虫の声の豊かさであろう。自然の実証であろう。私はと言えば、すでに昭和も半世紀。少年時代の或る日の出発と、全く同じ出発を、今日、ここにくりかえしている。

しかしながら、一つだけ私にもたどり着くことが出来た思想がある。例えば〈野辺でも独りで死ねる〉心である。


昨日、或る満州引揚げの中年女性から電話をもらった。彼女の顔も、名前も知らない。

〈貴方はいったい何時まで過去にこだわって、肉体的望郷とやらを書いているのですか、もっと前向きに進んだらどうですか、私なんか男にばけて満州から引揚げて来て、とっくに会社を三つも経営していますよ〉

〈それで、貴女は私に何か、会社の一つでも持てとおっしゃいますか〉

〈その通りですよ、それが日本男子でしょうが〉

とんでもない。そこまで言わずに私は電話を切った。

日本男子！　これも又懐かしい言葉である。私の少年時代の合言葉の様なものである。たわいもなく、あの女の声の余韻が、この体のどこいらかをくすぐるのだ。もしも母が在世していたら、この様に叱責してくれたであろうか。

だが、とんでもないことである。あの釜山中学の分列行進の銃剣の輝きと、彼等が力一ぱい踏みしめた釜山府の、朝鮮半島の大地が、いったいどの様につながっていたか。私はその寂寥を少年時代になめつくしたのだ。兄洋一郎の孤独な逃走や、日本人である私の生活の周囲の、もろもろの滅亡を見つめながら。

洋一郎が、北支の天津へ去った後も、二階の階段の上の彼の部屋は、そのままにしてあった。西側と北側にガラス窓があって、西側の窓からは直ぐにベランダが通じていた。北側の窓の外には大きなアカシヤの木があって、夏は蟬共のやかましい鳴き場所であった。

床は厚くてやわらかいコルク張りで、冬は足の裏が暖かであった。そのこじんまりとせまい部屋には、こわれた蓄音器や、私の知らない競戯具や、剣道具や、馬具がところせましと置きっぱなしになっていた。机の上には、中学校の古い教科書や古いノートが積み重ねてあり、なまめかしい外国映画の女優の写真が立っていた。ひきだしの中には、私が食べたこともない、古いロシヤのチョコレートの包み紙や、小さなピストルの弾丸や、散弾銃の薬莢等がはいっていた。

釜山中学へ進むことを断念した私は、学校から帰るとよくこの部屋で、兄洋一郎の生活をなつかしんだ。九年も歳上の兄の部屋は、灰色の戦争渦中に生長した私の知らない、まことに不思議な夢にあふれていて、独り遊びに飽きることがなかった。

北側の窓のアカシヤの背には、ホルスタインの牛が遊ぶF牧場があり、西側にはるか、高遠見山がそびえていた。ここからは、私の部屋の窓の様に、ひろびろとした釜山湾の海面を見ることはできなかった。私の部屋はと言えば、兄の部屋の様にさまざまな道具も匂いもなく、寒々として広いだけで、少しばかりの学用品と、自作の凧だけが、私自身の存在の証であった。凧の糸枠には、くちなしの実で染めた黄色の糸が山の様に巻いてあった。

その頃の洋一郎は、厳冬の北支でどんな生活を送っていたことやら。おそらくは釜山恋しや一筋のあけくれだったに相違ない。

釜山府には、支那〈中国〉及びアメリカからの空襲は一度もなかった。ただ夜になるときまって空襲警報ではなく、警戒警報のサイレンが鳴り響いた。冬の夜のラジオでは徳川夢声が〈宮本武蔵〉を朗読していて、私は自分の体よりも大きな火鉢にじっとしがみついたまま聴いていることがしばしばであったが、突然、街から響き渡る間歇的なサイレンと共に、N

HK釜山放送局は、いやに冷静な警報にきりかえた。

〈鎮海湾軍司令部発表！　空襲警戒警報発令……〉

すると、南側の窓ガラスにちりばめられている海岸線の街の灯が一せいに消え、私たちもあわてて電灯の黒いカバーを引き下げる。畳の上に丸い小さな照明がぽつんと落ちていて、北の山々の風音が急に寒々と感じられて、私は又火鉢のへりにしがみつき、夢声の朗読を聴き続けるのであった。タケゾウが寺の大木の枝にくくりつけられて、野獣の様にわめきちらしている有様や、それを助け様とするオツウの心根等に、ただ無我夢中の私であった。敵機の空襲はいったい何処まで来ているのか、又、空襲とはどんなに怖しいことなのか、知るよしもない、釜山府草梁の山の家であった。

〈鎮海湾軍司令部発表！　空襲警戒警報解除……〉

ラジオが又、ゆっくりと冷静に警報解除を告げる。私はすぐに立ち上がって電灯のカバーを引き上げる。こんなことは、日常の習慣でしかなかった。戦争とはいったい何時まで続くのか、本当にこの戦争は永遠に終結のないものなのか。それはどう考えても解けることのない暗い謎であった。

そんな警戒警報の夜が明けた朝。井戸水で顔を洗っていると、裏庭で木材のこわれる音がし、鶏がけたたましく騒ぎだした。凍てついたタオルで顔をこすりながら飛び出してみると、見上げるばかりのホルスタインの雄牛が、鼻から煙の様に水蒸気を吹き出しながら大根のはっぱを喰っていた。Ｆ牧場の牛が逃げ出して来たのであった。私は、家の庭で巨牛が遊んでいるのを生まれて初めて見たので、大声をはりあげて近辺を走りまわった。その牛は、日頃牧場で見ているものよりは、ひとまわり大きかった。父親もたんぜん姿で出て来て、種牛であるから傍に寄ると危険だと私に注意した。間もなく、頭にねじりはちまきをした牧夫が来て巨大な生物を竹でたたいて運び去った。姉の秋子は、私がまいた大根ばたけがめちゃめちゃになったと言ってふくれていた。

まっ白い霜におおわれた赤土の表面に、大根の葉は根強くこびりついて並んでいた。

その夜、牧場主が朝の一件を詫びに来た。種牛の詫びの後、一人息子の戦死の話を、感情的に何時までも続けていた。私が〈墓山の夙〉で書いた餓鬼大将も戦死したと言うのである。老牧場主は、ふところ手をして、不精ひげをつばきで濡らして何かをうったえていた。〈うちの息子は指揮官よりも先に突撃して戦死したのです〉と、そんな話であった。あの夙作りの達人に、お前も牛のえさを食え！　と命令した息子のことであった。

南側の田園はと言えば、切り株の枯れた大地であり、焼き捨てられた老人の小屋は無論跡形もなく、常に自由なカササギが時折遊んでいるだけの厳冬であった。

赤牛の肋骨

前記の通り、戦時下の釜山メソジストキリスト教会の玄関は、シャッターを閉じたまま、私の記憶まで拒否しているかの様であった。この足のバネは、教会の建築物の前に来ると自然に停止し、この両眼は、石の階段から尖塔の十字架までの距離を、つぶさに上下した。

その建築物の中に侵入したい衝動と、自分自身の現実とは、宗教的意味とは全く関係もなく、個的運命の舞台の上でばらばらに分裂して雲の様に飛び散る。

〈いったいこの建物は何だろう？〉

ただ、小学校六年も終わりに近づいて行く例えようもない不安だけが私のものであって、つまり、私はすでにあの時代に〈肉体的望郷〉の迷路に踏みこんでいたに違いない。

私は、戦後もこの日本の都市生活の中で、いったい何度、讃美歌のきこえて来る教会の傍に立ち留まったことか。幼時における讃美歌に抱擁された生活が、昨日のことの様にこの肉体をとらえてしまうのである。

しかし、私は一度とて、その教会の玄関をくぐったことはない。私の教会のシャッターは、今でも固く閉ざされている。

〈主よ飲むべき我がさかづき、えらびとりて授け給え〉と、あの父親も鼻唄で愛唱していたが……。

私に神や仏が要るわけもないが、この肉体が消そうとしても消えることのない、釜山メソジストキリスト教会の、ステンドグラスの飴色の光線の中の母の写真。その遺影をとり囲んでいた朝鮮半島の草花の香り。それに、私の頬に口づけした少女の、うつろな程素直なおしゃべりとガラスの物体の様に澄んだ眼球。

或いは、クリスマスの夜に、ダルマストーブの傍で食べたクリスマスケーキや、この世のものと思えない程性的に感じた女学生たちの聖歌。

その讃美歌の歌詞の様に、降りそそぐばかりに輝いていた釜山府の空の星座。

そうだ、私は常に立ち留まってしまうのだ。

〈きよしこの夜、星はひかり……〉

とんでもない！　とんでもない。こうして、絶対に教会の玄関をくぐったことはない。戦後、三十余年の間。

〈釜山中学には入学しない〉

十二歳の私の決意は、拒絶であって、思想ではなかった。しかし、私はあのメソジスト教会の固いシャッターの前に立って、何かをけんめいに考え始めていた。教会の玄関に向かって左わきに、大きな樅の木が繁っていた。その根元に掲示板が立っていて、バイブルの文字が消えかけていた。〈例え死の影の谷を歩むとも……〉いったい僕の未来は何処へ進んでいるのか。

しかし、私の足にはバネがあった。それは昆虫のバネであった。そのバネが折れるか折れないかは、一匹の昆虫が知る筈もないし、この足は、教会のシャッターの前のみならず、決して同じ場所にとどまることはなかった。しかもコップの中の蟻の様に。

まだたんぼの霜柱も固く凍てついていて、手足のひび、あかぎれが、ひりひりと痛む毎日だったが、時はまっすぐに春へ向かっていた。三寒四温中、四温の朝霧のふところに立つと、まだ遠い季節の匂いが、私の鼻から、肺や血管にまで浸透して行った。

春よ来ないでくれ。私の小学校の六年間が、確実に終わりを告げるのだ。冬よ去るな！

〈私は釜山中学に入学しない〉

私はこの不安を越えることが出来るだろうか。洋一郎兄ちゃんは、今頃は北支であろうか、満州であろうか。体をこわしているのではないだろうか。

私にとって、兄洋一郎の放埒な生活は、まさしく一身同体なのであった。もうそれは、この文章を読んでいる人達が感じている様な、そんな〈センチメンタル〉な、少年の悲しみではなかった。

その頃の主食には麦だけでなく甘藷や大豆が混合されていた。すでにかつての、牛肉・海魚・野菜・果実等が一度に満載されていた食卓は消え去った夢でしかない。主食は無論、味噌、醬油にいたるまで配給制となっていた。

私は、戦争とは、食糧が無くなるものと判断するしかなかった。戦争が終われば、あの幼年時代〈小学校入学前〉のあふれるばかりの食糧が又現われてくるに違いない。しかしながら、私が学校で伝達される戦争認識によれば、どうやら戦争と言うものは永遠に続くもので食糧のみならず私の様な無力な生命までも要求しているらしいと言うことであった。

しかし、釜山府草梁の山麓の十二歳の少年も、朝の新聞を手に取ると、まず大日本帝国海軍の太平洋の戦果ばかりを数える様になっていた。戦争終止願望であった。

ところで、草梁の山の食卓は、食糧難時代であるにもかかわらず、豊かであった。私はそう思う。無論、肉も無し、砂糖も無し、白米も無し。だが、雑穀入りのおかゆや、何よりも、大瓶に満ちていた、小鰯入りのキムチ〈朝鮮漬〉は、私の体力を常におぎなってくれていた。

一年に何度か、私の家の台所でキムチを漬けて行く白髪の老人のことを、私は〈アボジ〉と呼んでいた。父ちゃん、と言う意味である。

アボジは、母の在世時代から、この山中に孤立している日本人住宅を訪れてくれては、生活のこまかい面倒を見てくれた老人の様である。あの頃すでに七十歳であったから、在世してはいないことは確かだが、私の眼にははっきりとやきついている。あの凧揚げが盛んなたんぼのあぜ道を、下の方から、極めてゆっくりと近づいて来る、やさしさにあふれた老人の姿が。

だが、何と不思議な、言葉さえ通じない、人と人との交流であったことか。あまりにもひっそりとした記憶なので、又、ひっそりとした老人なので、私は忘れていた様である。にもかかわらず、あのアボジの手のひら、ニコチン臭い白い髭、〈カマブソ〉いってんばりの笑顔は、離散した私自身の血族よりも、リアルに私の胸によみがえって来る。白色と言うよりは、やや黄土色の麻の服。大きな足のゴム靴等が。

〈カマブソ〉とは、有難う、の意味である。あの屈託のない笑顔の静けさは何であったのか。彼の日常生活は、健康な一族をかかえている農家の長老であった。

母が死んだ、あの薄雲りの秋の昼。南側の花壇の中で、まるで少女の様に、両手で顔をおさえて泣いていた老人のことである。

日曜日に、父親が洛東江から釣って来る川魚の干物が、一年中廊下の窓にぶらさがっていて、これも成長期にはいった少年の、栄養源であった。鮒や鯉の束の中に、まっ黒い大なまずもまざっていた。父ちゃん！
今にして思えば、故郷の九州を離れた明治のキリスト教神学者は、遁者であったかも知れない。慶尚南道道庁官吏の職は、この野心に欠けた士族の長男に、最もふさわしい、安全圏であったに違いない。しかし、
〈主よ、飲むべき我がさかづき、えらびとりて授け給え……〉と時折声をあげて歌う彼の声は、なかなかどうして、子供の私が照れる程のテノールであった。彼は、どちらかと言えば、孤独の野暮と言ったスタイルの男だったが、そのくせ身につけている物は、英国製であったりして、私には想像もつかない、豊かな過去の生活と、重い教養を身につけているらしかっ

た。

彼は、土曜になると、釣竿を整備し、ウキをナイフでけずり、うるしを塗り、釣竿も枯れた竹を切断して細かく糸を巻く等、夜おそくまで作業をしていた。この時間が道庁内で、川魚釣りの名人と言われていた男の、最も充実しきった時間であったと思われる。

裏庭のゴミ焼き場の傍に、黒い灰がもり上げてあるところがあった。そこが彼の、川魚の餌の養殖場であった。鍬で深くほれば、まっ赤なミミズが、まるでもつれた糸の様に現われた。洛東江の尺鮒は、こいつを口をあけて待っているのだ。

このミミズを、眼下の街に住む日本人の官吏がもらいに来たり、あのアボジも時々新聞紙を破ってそれに包んで帰る様であった。


父親が死んで、もう四年近くなる。私は昨今しきりに、この明治の官吏のことを想起している。すっかり情念も消えてしまって、戦争下の釜山府の、子供と対話を持たなかった、一見つめたい野暮な釣り師のことを。そして、彼が死ぬ間際に、私に妥協しなかったもの、私が彼に妥協しなかったもの、それだけは明確である。それは何か？　右翼とか左翼とか、そんな社会的意味を持つものではなく、あれはもっと現実的な、宿命的な、断切に違いなかった。

ああ、私は十二歳。何と十二歳である。昭和十七年の早春。そして、いまだ厳冬の大地。ニッケ玉一つ探し出すことは不可能だったが、私は、まだ飢えてはいなかった。白米のごはん等はもともと私の生長に関係のないものであって、米に雑穀を混合した熱い粥と、あのとんがらしをまっ赤にきざみ込んだキムチと、川魚の味噌汁等は、この肉体を生活せしめるのに決して不充分なものではなかった。

その頃、あの朝鮮半島南端の山野で動いているものの一つに、路面電車と牛車があった。自動車はと言えば、軍隊の星のマークをつけたダットサンが土色に塗りかえられて走っているだけで、かつての様に、ピカピカに磨かれた紺色のタクシー等見かけることは出来なかった。牛車だけは何処に行っても、営々としてたゆまずに動いていた。それを引いているのは、言うまでもなく牛であった。あの朝鮮半島の大地の土中から産まれ出た様な、赤牛である。彼等は、主食となっていた大豆や麦を人間に奪われて、藁ばかり食わされて、まるで骨と皮だけの様に痩せていた。しかし、よだれをくいながら、路傍のやわらかい雑草をむさぼり、小川の水を飲んで、あの大きな車輪を引き続けていた。車輪には、油の代りに、まっ黒いコールタールが塗り込んであった。

この牛たちの肋骨があまりにも浮き出していたので、私は学校の帰り道に、一本一本数えたことがある。私が手のひらで牛の横腹にさわるので、それを引いている老夫がやかましく私を怒鳴ることがあった。しかし言葉が解らなかった。牛のしっぽにつららがこびりついていることもあった。

牛は、一歩一歩、大地に足を踏みしめて歩いていた。私は、人間達のことは何も解らなかったが、日一日と痩せてしまった赤牛のことを深く心配していた。

私は十二歳であった。まさに、小学校の六年間が終わろうとしていた。一年生に入学した時に買ってもらったランドセルは、ぼろぼろにすりきれていた。私は自分の手で、そのランドセルを何度も修理していた。切れたバンドに、キリで穴を通して木綿糸で縫い合わせていた。小学校の六年間が終わると言うことは、そのランドセルを捨てることでもあった。しかしその後に、いったい私自身は何を手に入れることが出来るのか？

それは全く解らなかった。怖しい程、少年には何も見えなかった。そしてこの肉体そのものも、少しずつ、飢えに向かって行った。

飢えとは何か？　私は今、現実的にこの肉体そのものが飢えた、昭和二十二、三年から朝鮮戦争が火を吹いた昭和二十五、六年頃までの私自身の生活について考えている。

大東京は焼土だった。無論、この福岡市も焼土だった。私自身が飢えたと言うことは、全く都市そのものの飢えを意味していた。

あの東京都杉並区の焼け残った鉄道の沿線に下宿はしたものの、自分自身が合格した中央大学法学部予科への交通機関さえ知らず、ただ制帽だけをりんご箱の上に置いて、何よりもまず働いて晩めし一回食うことを考えるしかなかった。とにかく、政府が発行している外食券だけで生きていることは、栄養失調で病死につながる。おそらくどれだけの民衆が路傍に倒れて死んで行ったことか。屋根の下に寝ることが出来ない人間が都市の地面にあふれ、ばたばた死んでいた時代である。日中戦争から第二次大戦の終幕までに、日本人が何百万人死んだとか、全世界の死者が何千万人であったとか、統計的な発表で死者の数が決められることは大間違いと言うべきである。

戦後の、私が孤立した焼土から、経済大国とやらの現在に至るまで、この肉体が何時どの様に飢えたか。本来、肉体そのものの飢餓は、教養の貧困とか、愛情の枯渇等とは関係のないものである。そんなゆとりさえ持つことは出来ない。

戦争中から焼土を生き抜いた人々は、ほとんどが飢餓を知っている筈である。

そして今、私は自分の肉体の飢餓と、飢餓の意味を自覚さえしていなかった三十年間に連鎖していた栄養失調とが、どんなに怖しく私自身を虚妄へと連行して行ったかを知り始めている。

そうだ。あの総督府下の釜山における、食糧難時代にもどって、私の父親のあの堂々たる釣り師生活について考えよう。それは一見、野人的でプリミティブな遁者の生活の様ではある。しかし、その背景には、本籍地福岡県における六百年に及ぶ士族の家系があり、厳然として国家の権威を笠に着ていたと言わなければならない。それは又、父親一個人の運命でもあった。従って彼は戦争が終わっても、福岡市の祖父が残した地所にもどり、そのまま堂々たる恩給生活者となっている。

私が日本内地で、この福岡の家系内生活から切断された時、体一つで立った場所こそは、人間一人一人の生命を左右する糧道が、乱れに乱れてほどけることのない糸の束の様に、閉鎖されている〈都市〉の大飢餓渦中であった。

この戦中戦後の社会に〈闇〉があったのである。〈闇〉とは経済公式用語であるらしかった。現在日本の国家的経済基盤の根底をなしているものである。大都市の底力である。つまり、人間の餓死如きは忽ち闇に葬る虚妄の正義である。

石又石を積み重ねて
人間よ彼は何処へ行ったか……

とチリの詩人はアンデスの城跡に立って書き残したが。つまり、この華麗な都市さえも、そのエネルギーの出発点に、方角を誤った人間の飢餓の眼がぎらぎらしている悲哀を、この詩人は見つめていたのであろう。

思えば、一日にたった一個のコッペパンと、牛乳一本。〈闇〉があって、金さえあれば食えることを私は知るよしもなかった。私は激烈な肉体の飢餓に見舞われて、栄養失調で労働者としても失格しがちとなり、堂々と父親が生きている本宅の周囲を犬の様にうろつくこともあった。

貧血・胃弱・気管支炎・急性リューマチ、等に苦しんだ。これが、飢餓によって、海の向こうの故郷の夢さえ見なくなっていた、二十代の青春であった。

赤いリンゴに唇よせて
だまって見ている青い空

全く無意味な流行歌は、ラジオから一声流れただけで、劇場で一人の歌手がうたっただけで敗戦国のすみからすみまで流行した。飢餓とは何か。あの焼土の民衆が、コッペパンをかじって手にした幻影は何であったのか。その中に私もいた。

では何故にお前は歴史的家系を離脱したのかと問われても、事情等と言うものは全て三文小説の物語りでしかない。物語りと言えばこの時代の生活記を、私はかつて〈ばけものの息子〉と題する短編に書いているが。

思えば戦後三十年。この玄界灘の南の島国で、私ごときが敗戦国の生活の証言台に立たなくとも、何千万と言う民衆が全てを知っている筈であるし、〈何故私は家系から離れたのでしょうか?〉と読者に対して逆に尋ねたい程である。

日本の歌謡に、〈おいけに帆かけてしゅらしゅしゅしゅしゅ……〉と言うのがあるが、そのしゅらが修羅のことであるかどうかも知らないが、私が生きた戦後日本の修羅なんぞを、肉体的望郷の中に投入する様なそれこそ修羅に帆たてた作業に追われて余生に沈没する程の娑婆気もさらさら無しである。

寒い。こうして原稿を書いていると、足のさきから深夜の寒気がはい上がって来る。この九州北岸でも珍しい寒気団が数日動かない。

南方・東方海上に低気圧の壁が厚く立ちはだかり、モンゴルから朝鮮半島にかけて、高気圧が停滞し続けている。その中間でこの島国は、大陸と同じ寒気団に見舞われているのだ。このままではきっと大雪になるかも知れない。

慶尚南道、それも南部の冬は、雪が少ない。私の記憶でも、山々が、この九州の背振山の様にまっ白になったことは二、三度しかない。私自身が生活した十余年の間にである。山がまっ白になった時は、平地の田んぼも一せいに白くなった。雪が全く降らないのではなく、粉雪が舞ったり、吹雪くことはあっても、しんしんと根雪になることがまれであった。その点この九州北岸は、一冬に何度か雪が降りつもる。快晴の空もまれで、曇天が多くいかにも冬の日々が灰色に感じられる。

あの慶尚南道の南岸は、冬の日々に晴れ渡った空が明るく澄みきっている。しかし気温は深夜の間に零下へどんどん落ちるらしく、道路は全て霜に閉ざされて、それが氷の厚板となって、牛車や人が通るとかりかりと音をたてる。

学校の帰途に、釜山中学の上の道から草梁の山坂へさしかかると、短かい冬の陽ざしは、この氷の地面をいやに寂びしく、きらきらとすべって、やがて消えて行くのであった。

その道の両側に密集した藁屋根と、赤土の壁の中からは、赤松の薪が燃える青い煙が立ちのぼり、その煙には、味噌や野菜の煮える匂いもたっぷりふくまれていた。その匂いは、下の道の瓦屋根の日本人住宅では出会うことのない、いかにも貧しく、しかも言い難く自由な、少年の肉体を引きつけて離さない、言わば地面の体温の様なものであった。

私は、その坂道の途中から、はや山峰にさしかかる太陽を追いかける様に、衝動的に走り出すのであった。そんな時、氷結した地面に足をすべらせたり、飛び出している石につまづいたりして、前向きに転ぶことがあった。私は両手で地面をたたきつけることとなり、その時のこの指の痛さと言えば、呼吸が止まって、泣くにも泣けぬ程であった。

だから、私のひざ頭とてのひらは、常にすり傷だらけであった。ひざ頭から血が出ているのをほったらかして遊んでいると、沓下を取る時に飛び上る程痛い目に合うことがあった。


こうして、小学校六年の終わりへと、確実に近づいて行ったのだ。こな雪が、釜山草梁の背北の山々から、釜山湾の海面の上に、まるで白い紗幕がなびく様に飛び散っていても、空の何処かに太陽がまぶしく遊んでいることが多かった。裏庭のミミズの養殖場の横に、小さな梅の木が立っていて、私の眼にも固い蕾は明らかにふくらんでいった。

新羅凧

三月が近づくと、私は不安のあまり狂い始めた。前記した様に、全く無為に日が落ちるまで街の中に降りて走りまわったりした。

父親は入学式からこのかた、一度も小学校に顔を出していなかったし、その後も教師とは顔を合わせる気づかいもなかったが、しかし独自に学校に対して、中学入学をことわった私の心底には、家に帰ると重苦しいしこりが痛み始めてくる。

二月の空には、実によく凧が揚がる。私は最早、土地の青少年におとらぬ程、凧作りと凧揚げはベテランになっていた。日本人の、小学校の生徒たちの中で、日常に凧作りをしたり凧揚げをするものは何故か誰もいなかった。少なくとも、私の組には一人もいなかった。

又、学校でも、工作の時間に凧を作らせることは一度もなかった。その通り、私はいわば孤立して凧と遊んでいた。しかし、全く言葉も交わさない土地の連中の凧揚げの中に、何時もすんなりまざり合っていた。そして、彼等の凧と、凧揚げに或る尊敬に似た信頼感を持っていた。これも私の運命であって、あの草梁の山麓の田園が、今日の現実に繋がる思想となっているらしい。

一月より二月一ぱいが山腹より市街へと傾斜した、だんだんばたけの凧のシーズンであった。

考えてみると、あの陰うつな朝鮮総督府下の、民族の凧揚げこそは、純粋に人間の遊びそのものであった。彼等に対する大日本帝国の圧政が、どれほどのものであったかは、前記した様に私には語る資格がない。

例えば、首つり松のこと。厳冬の夜の吹雪が明けた朝の、路傍の子供の凍死体。春夏秋冬野ばなしに放浪していた手の指のひらかない癩患者の群れ。私は世界の歴史は何も知らなくて、何も語る資格が無いにもかかわらず、それらの窮民地獄の悪い記憶は確実に私の中でうっ血し、肉眼だけが過去より未来へ走り抜けている。何故だろう。私は何も知らないにもかかわらず。

ことさらに近代日本の植民地政策が、人間性にあらざる戦争目的にしぼられて、半島人達の運命がそこにあったことをここで何百頁費やしたところで書き終わるものではない。大アジア平和の思想なら私だってとっくに抱いている。

それにしても、すでに在りもしない《ふるさと》の山野は、どうしてこんなに素晴しいのであろう。

あの美しい姿をした数々の関釜連絡船にしても、この鉄の巨船が、かつて大日本帝国から大陸の玄関へ何を運びこみ、又あの港から日本へ何を運び去ったかは自明の理であるけれども。


私は、山や、市街を走り疲れると、西陽が落ちかける田んぼに出て、自作の〈朝鮮凧〉を揚げた。昼間の凧合戦の繁華な空模様ではなく、誰かが居残って無心に揚げている凧が、一つ二つ、まるであのモンゴル高気圧の申し子の様に浮いている。

どんな時間よりも、夕陽に揚げる凧程きれいなものはない。ことの外あの凧は、白いすき紙の上に正円の原色の紋が一点張ってあり、中央にこれまた正円のホールが開いていて、美術的にも、工学的にも最高の調和を持っている。それは世界に比類のない、原型である。だから無論のこと機能性を最高に発揮できるのだ。

少し解説的に書いてみよう。この爪は、かつて武器であった。つまり一千年以上前、新羅時代に〈金将軍〉が、国内のクーデターを鎮圧した時、この爪を使用したと言う伝説もある。あの朝鮮半島は七〇パーセントが山岳地帯であるから、当然上昇気流に乗せる最高のバランスを必要とした信号兵器であったことは言うまでもなく、しかも、中央の円型のホールが何を意味するかは実戦において実証されたに違いない。骨組みは簡潔な人体象形である。

朝鮮凧の五本の骨組みは、人体の骨格に全く等しい。空中を歩く人間の体である。この凧の製作は、どんな新種が出現しても、その凧の作製の原動力となることが出来る。また、全ての航空機がそうである様に、この凧は、水に浮く船体の機能性を持っている。特に機能性の一つを取るならば、空中でどんなに逆退しても、自分のバランスを取りもどす〈反転復起力〉は類がない。

たった一つの中央のホールが、複雑な機能の原点であることは、理論的に長舌を必要とするのではぶくけれども、私が何時も不思議に思っているのは、このホールを、ただ一つ〈朝鮮凧〉だけがうがってあることである。しかも、原作者が不明である。例えば、新羅の内乱で凧を使用した〈金将軍〉は名将として歴史に残っているが、凧の設計者も製作者も、完全に名前が残っていないのである。

しかも、この凧の設計者は、レオナルド・ダビンチの様な大学者ではなかったと思われて来る。

私がこの凧について語り、また戦後三十年を過ぎた現在、この手で製作して揚げているのは、私自身の〈肉体的望郷〉と、その記述の為であって、このプリミティブで優秀な凧の懐古的な宣伝の為でもなく、無論、古い兵器の研究をしているのでもない。

例えば、昭和五十一年九月の初めに、福岡市の博多湾上空に揚げた、〈垂直上昇四三〇〇メートル〉の記録も、この記録が日本記録であろうと、世界記録であろうと、私自身としては何の驚きもありはしない。おそらく、わずかに三〇グラムの一枚の凧が、単独でしかも垂直に四〇〇〇メートル以上も上昇してしまうこと等、一般に想像も出来ないことなのであろう。一つには、九州北岸の、誰も知らない気象異変に、世界で唯一の気流に対して敏感、かつ正確な穴あき凧が対応したまでのことなのである。四〇〇〇メートルはおろか、六〇〇〇メートルだって可能なのである。

私はもうよそうと思う。この大国の妄想に似た兵器産業の宇宙科学時代に、アジアの古き名器について語るのを。最後に一つだけ触れておこう。この〝穴あき気流凧〟とでも呼ぶべき一千年前の新羅凧が、日本が第二次世界大戦で使用した零式《ゼロ》戦闘機のボディー設計及びその性能に最も類似していることに。

この世界に比類無き性能を持ったアジアの戦闘機は、太平洋戦争中盤からアメリカの大型機関砲の弾丸一発で花火の様に燃え散ったのだ。


〈どうしてこんなに呼吸が苦しいのか？　僕の呼吸はもうすぐ止まってしまうのかも知れない〉


私は口を少し開き、声を出して人を呼ぼうとするけれども、それが声にもならない。眼球が頭骸の中から外部に押し出されてしまいそうな高熱が、口中も鼻もカラカラにしてしまう。空気を思いきって吸いこもうとしても、胸の入口が閉ざされていて通らない。吐き出そうとしても駄目である。ああ、死ぬのだな、と思い、首をふとんから突き出して誰かのたすけを求めた。周囲が白い煙の中の様にかすんで、誰かが枕もとで立ったり坐ったり、私の手を取って脈を見たりしているのだけが解っている。

十二歳の私が、高熱にうなされて手を差しのべて夢うつつに求めているのは、どうやら、二、三歳の頃、母の病室に派遣されていた白衣の看護婦の様であった。

私にはもの心ついた頃の高熱の記憶があった。その幼児病がジフテリアであったことを誰かに教えられたこともあった。私はその時のことをよく記憶していないにもかかわらず、この肉体には確実に高熱の体験が残っていて、一瞬にしてその体験は時間のへだたりを逆さまに短縮し、この手が、その時につききりであった白衣の看護婦を求めているのだった。思えば、この少年は母を求めることがなかった。

それからまた気が遠くなって闇の中に落ちて行く。気がつくと、早朝であったり、夜中であったり、ま昼であったりする。時々、腕に注射針が突きたてられたり、牛乳を口から流しこまれたり、頭の上で氷袋がガラガラ音をたてたりする。

私はまるで地球の平面に張りつけられた虫の様にべったりと這いつくばって、自分自身の〈呼吸〉だけを、一所懸命に続けようとした。

三日も眠ったのか、十日は過ぎたのか、私には全く時間の流れが解らなかった。

気管支炎を併発していた。その間に、昭和十七年の二月も終わり、釜山府草梁の山腹は草木の芽が吹き出していた。釜山中学の入学試験は、私の知らない間に過ぎ去っていた。

戦争は〈大東亜戦争〉と呼び方が変わり、ラジオは軍艦マーチと戦勝ニュースばかりを流していた。めざましく勝っているらしかった。

四十度の高熱が、三十八度位まで下がると、私の肉体はとたんに平静な神経と心を取り戻した。眼の視力が回復して、周囲の物が新しい世界の様に見えて来る。ことの外、窓の外の自然は、何故か深い感動をもって存在がよみがえる。

私は、ふらつく足を踏みしめて、午前中の明るい陽ざしが差しこんでいる南側のコルクの床に立ち、ガラス窓に顔を押しつけて外を見た。全ての地表はうっすらと萌黄色になり、たんぼでは一せいに牛の田すきが始まっていた。黒々とした土の線列がみごとに動き出していた。ガラス窓を少し開くと、思いがけなくつめたい風が私の顔に正面から吹きつけた。

忘れるものか、例え五十年たとうと、百年たとうとも。この私の〈少年の日々〉を。

春は名のみの
風の寒さや

妙に声をふるわせて何処かでうたっているのは姉の秋子であった。井戸のポンプを突く音もする。私に残されているのは、卒業式だけであった。釜山第三公立尋常小学校の六年間はこうして過ぎ去ってしまった。

巨大な死体　I

えんや・はんや・えんや・はんや・えんや・はんや・えんや・はんや……と、男たちの掛け声は、実に正確なリズムで、説明し難い哀感に満ちて、草梁の山坂をどこまでも進んで行く。

私は或る時には、食事中の箸をほうり出して、北側の玄関から飛び出すこともあった。例によって、風邪をひいているま昼の静寂の中で、起き上がる元気もなくじっと聴いていることもあった。どちらかと言えば、この掛け声が近づくと家から飛び出した。

その男たちの合唱は、この耳にとって、得難い音楽であり、彼等の褐色にこげた筋肉の運動は、町の中の、どんな珍しい芝居でも見ることが出来ない、劇的ドキュメントであったから。

彼等はおおむね六人から八人の編成であった。一本の丸太を軸として、その軸に小丸太を横に並べて男たちが二人ずつ肩を入れて二列縦隊となっている。

一本の丸太軸には、ロープで何かがしばりつけられているのだ。それが何であるかは、傍に寄って見なければ解らない。しかも、この運送劇は、常日頃見ることが出来るものではなかった。せいぜい一年に一度ぐらいのものであった。

男たちは、夏でも冬でも半裸であった。彼等の汗にまみれた肩の肉は、横軸の小丸太をがっちりと受けとめて、強力な意志そのものであったし、何よりも彼等の一糸の狂いをも許されぬ足の歩調は、私の眼を釘づけにしてしまった。

汗は、肩から胸へ、そして胸から足へ、最後に地面へふり落とされた。走り寄った私の顔へかかることもあった。

私は、あまりにも狂いのない不思議な歩調に魂をうばわれるのみであった。

彼等のそれぞれの足は、人間の生活に演出されるまやかしの足ではなかった。あの釜山港の大通りにあふれている、陸軍の軍靴の行進でも全くなかった。

彼等が丸太でささえているのは、病気で死んだ赤牛の死体であった。ごくまれに、花崗岩の仏像であることもあった。

私は、男たちの足のバネが、美事にそろって地面を踏みしめているのを見つめると同時に、地面と人間の足との関係が、ただごとならぬものであることを感じていた。また同時に、眼玉をむき出して、やや口を開いてもの言いたげな、牛の顔が、容赦なく私の顔に接近する。悪感をさそう死肉の匂いがおそいかかる。しかし、私は一歩も動かなかった。

牛の死体は、少年にとって、あまりにも巨大であった。それは、生きて動いている日常の役牛の大きさとも全く違ったものであった。

いわば、ドタリとたおれた生命の、怖しく空虚な結末を意味する〈死体〉の巨大さであった。男たちは、自己の肉体にそなわった全力をふりしぼって、巨大な死体を運んで行った。一筋の道を、山へ。掛け声だけが何時までも続いて遠ざかる。

えん……はん……えん……はん……えん……はん…………。


人間の死の葬列は、私にとって前記の運送劇程珍しくも、迫力に満ちたものでもなかった。葬列はかなり頻繁で、各種各様であって、例えば、まばゆいばかりに装飾をほどこした〈ひつぎ輿〉を、数十人の集団で運んで行くことがあった。

木彫りに原色を塗った龍頭が人々の頭の上に突き出ていて、これもまた、山へと向いていた。人々の哭声は、まるで空を流れる野鳥の声の様で、この行列が、私が見ている窓の外を過ぎてしまうまで、えんえんと、数十分もかかることがあった。ひつぎ輿の後に続いているものと言えば、色とりどりのノボリ旗有り、チゲに積んだ鍋皿雑器の小隊が有り、楽器を持ったグループがあり、竹の棒を少年に引かせた盲人有り、青年の背に負われた老人も有り、最後には、素っ裸の幼児が走り、その青い尻を、小犬が追いかける、といった行列であった。

私は、幼時から、この人間の死の行列に対して、一点の疑問も持っていなかった。自分自身が日本人で、この行列には参加できないものであるにもかかわらず。同じ地面に生きている人間の見馴れた葬列に過ぎなかった。

右に亀峰山。左に高遠見山。この二つの山峰のくぼみが果てしない土まん頭の墓山であることを何時か記したと思う。

それは遠望すると、頼りない程単調な、土まん頭の連なりに見える。草梁の家の二階の窓からも、重なる山峰の間に、明るく光って見える。

私は小学校に入学する頃から、墓山に至る下からの道を全て知っていた。その道に連座する諸々の風景や、四季の自然や、人間、動物、昆虫に至るまで知りつくし、そうして自分自身の生活の中に大きく拡がるこの世界を、誰人にも語らなかった。

私にとって、決してかくしておくべき秘密の世界ではなかったのだが。なぜか、山について語り合える誰人とも接することがなかった。

とにかくも、諸々の死が山に帰るらしかった。

山と関わる葬儀が、伝統的なもので、古い形式を踏んでいるものであることは言うまでもなかった。

しかし、私が今日、記憶の世界をふりかえって、私の眼球の奥の脳を洗いつくす程に焦点をしぼって行くとすれば、もっと小さくて、誰にも気づかれなかった人間の姿でなければならない。私の脳にはきっと何かがかくれている筈だから。

例えば……

一人の男が、唯独りで、白い布に包んだ人形の様なものを、帯で背中にくくりつけて、竹の杖をつきながら、ゆっくりと登って行くこともあった。小さな人形の頭の様なものが、白布でぐるぐる巻かれているので、やや弾力的にゆれていた。前にも後にも誰一人同行者はいなかった。男の顔は、百年陽にさらされた紙の様で、彼の内面がそのまま表出し、声をかけて言葉でも交せる柔らかさは微塵も持っていなかった。唯独り。

白布に包まれている物の大きさはまちまちであった。小さな風呂敷包み程の物を、男たちと同じ様に陽にやけた女が抱いていることもあった。これも唯独り。必ず白布にきっちりと包まれていた。前記の大葬列の様に、のぼりを立てることもない、従者を連れて行くこともない。哭声に囲まれることもなくである。

彼等の白布の中は、〈子供の死体〉であった。さわらなくても、少年の眼に狂いはなかった。葬式無しである。


私のホームグランド、草梁の山は、彼等の墓地だったのである。一望千里。四季の草花に包まれた地平線であった。

雨の夜、二つの山峰のシルエットの間に、人家の灯とは全く違った青白い光がチラチラと見えている。春雨の様に、しとしとと降っている夜等は何時も光っていた。大地が燐光を発していたのである。少年にとって、その光は怖しいものでも、不思議なものでもなかった。〈あの光は何かねえ〉と兄洋一郎に質問した時まで私は全く知らなかった。人骨には燐があって、雨が降ると燃えるものであることを。

洋一郎はあっさり答えた。〈あれは燐光〉と。小学校にはいる前の話である。

思えば、あの山中には、貴族の墓地は見かけなかった。彼等の大石塔は、北側にそびえる亀峰山の方へ一部分かたまっていた様である。ただるいるいたる青草の土葬地帯であった。

白布に包まれた物は、この山に帰ったのである。病死した子も、餓死した子も、ここへ運ばれた。

何が伝統か？　生者の行事が、また信仰が人間の生死といったいどの様に関わるのか。

生きている者は死者を山に帰し、やがて生者も死者となって山の土となる。ただそれだけのことではないか。ただそれのくりかえしのみで、山の諸々の自然もまた繁生して行くのではないか。


私は、釜山高等小学校一学年に入学した。

その日から、墓山を東西のコースで越えた。片道六キロ。往復十二キロ。朝は東から西へ。夕方は西から東へ。

幼時より知りつくしているつもりの山を、いざ完全に越えてみると、真実けわしいものであった。なぜ山越えを始めたかと言うと、町に降りて電車に乗り海岸線を廻るよりは、通学時間を短縮できたからである。

南朝鮮の日本人の中で、大日本帝国の敗戦と、朝鮮総督府の壊滅が、手をのばせばとどくところへ接近していることを、私に告げる者は誰一人としていなかった。

巨大な死体　II

釜山高等小学校は、私の入学と同時に、釜山高等国民学校と呼称が変わった。制服は中学校と同じで、黒の詰襟に長ずぼんであった。

なぜか少年の小さな体全体に情熱がざわめいた。如何なる自由の未来をも夢想し難いにもかかわらず。ナフタリン臭い兄のお古を着た瞬間にである。

通学の為の山越えによって、私がそれまで測量できなかった墓山の位置や、それに連なる南の高遠見山、及び北の亀峰山の全体を、釜山市街をふくめて絵図面に画ける程となり、入学初頭の美術の時間にそれを画いて最高点を取った。小学校時代の六年間を通して図画の選手であった様に、忽ち私はこの学校でも美術の選手となった。

北の亀峰山には、家出した兄洋一郎を探しに登ったあの時の中腹の古寺までを最後とし、遂にその山頂を越えて裏側を知ることがなかった。

墓山の位置は、亀峰山と高遠見山の中間に落ちこんだ最もなだらかなスロープであって、おおむね一年を通して、日輪はこのふところへ沈んで行った。

釜山市街の中心に位置する高遠見山は、釜山湾全体を眺望するのに最好の山であって、まだ若い松の木が、やわらかい赤土の地面から私の背丈をどんどん追い越して伸びていた。この松林を南下すると、釜山港を眼下に見おろす伏兵山に至り、港の船舶は無論のこと、晴れた日には対馬の山がうっすらと見えた。

釜山府を東西に横切るには、墓山のスロープを越えるのが最短距離であることにまちがいなかった。この山越えの道は、この国の民族の手が古くから歴史的に加えられていたと思われる。所有権の無い自然のふところに、実にプリミティブで楽しい遊園地もかくされていた。私は、この民族性が、朝鮮半島の歴史に流れている清遊思想の根となることを、今はただ祈るのみである。

例えば、清水が落ちている谷があると、その下に簡単に池が造られて、水の中に原石があんばいよく配置してあった。誰が植えたか山桜の古木も立っていた。桜の木を日本列島だけの華やかなシンボリズムとして教えこまれた私には、今、あの南朝鮮の山中にひっそりと咲いていた桜の花の白い手ざわりが、ひときわなつかしい。

私が山越えを始めた時、この山桜はまだ蕾であったが、大地が春めくと、忽ち満開となり、それもやがて散り始めて池の水がまっ白になった。

私の新しい通学は、この山と親密に遊ぶことであった。そして、この一年間が、私が生まれた南朝鮮の最後の一年であることを、知るよしもなかった。

チェースト！

墓山の頂上からころげる様に走り降りた私の頭の上で、何者かが異様な叫び声を発した。私のゲートルはすっかりゆるんでだらしなく落ちかけていた。汗をびっしょりかいていたので、帽子をあみだにかぶり、上衣のボタンを少しはずしていた。雑のうは肩から掛けずに小脇にかかえていた。

あまりにも烈しい気合であったので、私は驚いて立ちどまってしまった。二階を見上げると、古いらんかんに手をかけて色の浅黒い眼光のするどい男が私を見おろしていた。一学年四組の担任の教諭であった。

私はあわてて姿勢を正し、挙手の敬礼をした。

〈馬鹿もん、お前のそのかっこうは何か〉

この男はよほど短気者であるらしく、口からついて出る言葉よりも、発声〈ボイス〉の方が荒々しくて、両手はらんかんをへし折らんばかりに握りしめているらしかった。

〈ゲートルをしめなおせ！　帽子を正しく！　ボタンをはめよ！〉

彼の機関銃の様な声の下で、私はひたすら節度正しく服装を調えた。

その場所は、電車通りから山手に折れた日本人住宅街であり、高等国民学校の男女生徒のみならず、同じ電車通りに並んでいる釜山第一商業学校の生徒も歩いていて、怒鳴られている私の方をうすら笑いを浮かべて見て通るのであった。

私はただ一心に服従の精神をこめてもう一度敬礼をして歩き出した。その時、二階の窓に奇妙な風景を見た。男の横に日本の女が立っていた。しどけない寝間着姿で、女盛りの胸をはだけて、大きなあくびをしたのである。それから島田の髪の中に何かとがったものを突っこんでごしごしかきながら、〈まっ、かわゆいぼうや〉と言った。

私は彼等の視線を意識しながら、電車通りへ曲り、古風で幅広い校門へはいって行った。

島田を結った日本の女を見るのは初めてであった。

チェースト！　と言うのは鹿児島弁であるらしく、その意味は解らなかった。面白いことに、小学校時代と同じく、新しい学校の担任も鹿児島人であった。それに剣道が五段であることも共通点であった。ただし、小学校の教師よりはるかに若くて三十前の青年であった。全くその日はチェースト！　の日であった。

夜中に小雨が降ったらしく校庭がしめっていた。この学校は釜山第三小学校よりもずっと古い歴史を持っていて、校舎は木造であったが風格のある建築物であった。中央玄関の前の国旗掲揚塔が青空にそびえていて、白い雲のあたりに日の丸がゆれていた。私は朝礼の後からその日の丸の下に立たされたままであった。

校庭のかたすみの八重桜の林から、桃色の花びらが吹き散って地面にひろがっていた。

私は午前中ぼんやりと立っていた。

昼休みになって、生徒全員が校庭で遊び始めてから私は教室に呼ばれた。チェーストが一人で、剣道の竹刀をさかさまに持って立っていた。

丸ぼうずの顔の中に、小さな眼玉がぎらぎらと光っていた。

〈今は国家存亡の一億総力戦である。この学校は歴史ある日本人の高等国民学校であり、お前もまた祖国の明日をになう兵力である。朝一番の登校時に、ふしだらなかっこうで歩くとは何たる恥知らずか。しかも、ここは朝鮮半島である。日本人は現地人の模範となるべきで

ある。チェースト！〉

さかさまに持った竹刀が頭に降った。横面二回。私は一瞬耳までしびれてつんぼになった。じんじんと頭の中に強振が残っていて、立っているのがせい一ぱいであった。とんでもない学校へはいってしまった、と思った。

〈よし、昼めしを食ってよし〉と彼は言った。私は、雑のうの中から、朝七時に自分でつめた梅ぼしと塩昆布の麦めし弁当を取り出して食べた。小学校後半から、毎日梅ぼしと塩昆布の弁当を食っているのである。大好きな焼めんたいもめったに食べられなくなっていた。

チェーストは、教壇の横の教師の机について、窓を開けて外を見ている様であった。そこへ例の女が白い前かけ姿で現われて、ハンカチに包んだ弁当を差し出した。彼は手を差し出してこれを受け取ると、時間におくれたことを鹿児島弁で激しく叱りつけた。島田の女は口答えもせずにくすくす笑って去った。変な若妻であった。

彼も弁当を食べはじめた。そして私にやや静かな声で話しかけた。

〈スズーキ、お前は山を越えて通学しちょるのか〉と。

この日は四月も末の某日であった。高等小学校一年間における担任教師の記憶は、どうしたわけかこれだけである。後日赤紙で朝鮮元山の陸軍部隊へ入隊したと聞いたのだが。生き残ったか、戦死したかは遂に解らないままである。

一学年四組に、ただ一人朝鮮の生徒が入学していた。金福星と、胸の名札には書いてあった。日本人の学校に通学出来るのは、名門の子息であると聞いていた。

私は朝の山越えの時に、墓山の上で金と出会うことが多くなった。彼は南側の高遠見山の松林の中からひょっこり現われ遠くから私に声をかけた。

〈スズキ、オハヨウ〉と。彼の家は、伏兵山の麓の町であった。電車通りから三百米程内陸の現地人だけの町である。伏兵山から、高遠見山にはいって、墓山から大新町へ降りるコースを歩いていたらしい。肩幅ががっちりと広くて、背は私より十センチ程高かった。

私と金は急速に仲良くなって、学校の中でも何となく一緒に居ることが多かった。

私は一学年四組の日本人の生徒を思い出そうとしているのだが、誰一人として想起できない。その中でこの金のことだけを記憶している。

あの日は、私の誕生日であったから、五月九日である。

私たちは軍事教練を終わって廊下で小銃を磨いていた。この学校には男子生徒の頭数だけ小銃がそなえてあった。毎日午後の最後の時間が教練であった。

〈おい、チビ！〉と、騒々しくしゃべっている生徒たちの中の一人がとんきょうな声を出した。その声が私を呼んでいることに最初は気がつかなかった。するとその生徒はますます高声をはりあげて〈おい、チビ！〉をくりかえした。私はやっと気がついて銃を棚に掛け終るとその生徒の顔を見た。その生徒の顔さえも、どうしても思い出せないのである。〈おい、チビ！　油ギレを半分くれんか〉と、その生徒は言ったのだ。その時だった。金がこぶしをかためてその少年をなぐりたおしたのは。彼は大人の様に落着いた声で言った。〈人間を呼ぶ時は名前を呼べ〉と。

金の眼は怖しい光をたたえていた。その日から、ただ親しいだけでなく、彼に対する卒直な尊敬の念を私は持ったのであった。

その日も何ごともなかった様に、私と金は赤土の迷路の坂を登った。一日が終わるのである。私たちが家に帰り着く頃、西にいそぐ頭上の太陽も、墓山の地平線にさしかかっているのだ。

藁屋根の人家の、軒下をくぐる程にせまい坂道をじぐざぐに抜け出ると、広々とした山の斜面の麦畑であった。五月。やわらかい土はまっ赤で、麦は新緑であった。ひばりの声。

このあたりまで登ると、私の足には一日の疲れがどっと出て、墓山の山頂がすぐそこであるにもかかわらず、ずいぶん遠く感じられた。

私たちは墓山の上に着いて、古人たちが祭事のためにしつらえた花崗岩の台地の上に腰をおろした。

高等国民学校におけるこの日一日の記憶は、日本人である私と、一人の朝鮮の少年との関係による、唯一の対話として浮き上がっている。

私が無口なので、金もあまりしゃべらなかったが、今にして思えば、私たちの下の花崗岩の台地と、るいるいと連なる無名墓地は朝鮮半島そのものであり、南向き眼前に展開するものは、伏兵山の日本軍高射砲要塞地帯と、釜山湾の関釜連絡船埠頭と、小波をたてて白く光る湾外海上に何時も停泊している日本海軍巡洋艦、及び駆逐艦、その他軍用輸送船舶であった。その上空を、とんびはゆっくりとすべっていた。

私はただ無心に、この場所に坐って西陽に光る海を眺めるのが好きであった。しかし、その日、金は落花生をばりばり食いながら私にはっきりとこう言った。

〈スズキ、お前は日本人。そして俺は朝鮮人だぞ〉と。私は驚いて金の顔を見た。正直悲しみが胸に満ちた。

私には応答できる思想がなかった。しかし真実は抱きしめていた。だからこう言ったのだ。

〈人間は皆同じぞ〉と。

朝鮮の少年は顔を横に振った。そしてまた静かに答えた。まるで大人の様に。

〈いいや違う。日本人は日本人、朝鮮人は朝鮮人だ〉

その通り。私が眺めていた釜山湾と、金少年が眺めていた釜山湾の風景が同じであるわけがない。それ以上二人は何も語らなかった。ああ、想いがここに来てあふれ出る涙は何だろう。この胸の中で叫び声をあげて走りまわっている少年がいる。〈日本人でも朝鮮人でもないのだ〉と。

私はもう何も語りたくない。一日も早くこの少年記を終わりにしたい。

土まん頭の青草の上の、桔梗のつぼみが少しずつ開き始めると、もう山は初夏であった。あざやかな紫の群生は、もの音一つ響かない無名墓地の、あまりにもあでやかな絵模様であった。時折静寂を破って鳴き交すのは、郭公であった。この鳥の声は、遠くなったり近くなったりした。

日曜日の昼。私は古い空気銃をひっぱり出して雀を射ちに登った。墓山から北へ、やや西寄りにはいり込んで、あの巨牛の墓場に出合った。墓場と言うよりは、〈死体安置場〉と言うべきか。赤土をプールの様に深く掘って、その底に彼等の巨大な死体は投げこまれていた。

私はそこへ接近した時、ものすごい死臭と共にワンワンと空気をかきまわしている何者かの羽音にまず怖れおののいた。私はてっきり、蜂かアブの大群だと思ったのだ。しかしそれは移動して私を襲っては来なかった。松の古木の間をよじ登って少しずつ接近し、突然赤土のプールを発見した。

音をたてているのは、銀蠅の大軍であった。半分は腐爛した巨大な死体の上に群れていたのである。彼等の体は全て銀色に光っていた。

それは修羅場であった。赤牛たちの死肉には、蠅のみならず、まっ黒い蟻共もはい廻っていた。動いているものは全て活発であり、死体のみが、ただひたすらに腐れていた。

その穴の底には、どうしたわけか、一尺もある〈つくし〉が、死体に寄りそうかの様に、群生していた。それらはまさしく自由にのびのびと、修羅の中に立ち並んでいた。

私はじっと見ていた。巨大な三頭の牛の死体を。学校のことも、戦争のことも、家庭のことも忘れはてて。少年は、ただじっと見ているだけであった。


同年七月。叔父謙吉が、北支の租界、天津より、兄洋一郎を連れて帰釜。洋一郎は肺結核の為に顔色も悪く、釜山中学時代の生気は何処にも無かった。

謙吉は、私たち家族を集めて、日本軍の全面的敗北を予言した。満州国人の忠実な部下が二人同席していた。叔父と彼等は、すみやかに北支新民会を解散する予定だと言っていたが、一週間程休養して、釜山駅から北支へ去った。その時、草梁の家の中には、支那及び満州における〈総力抗日〉の反日ポスターが散乱していた。

洋一郎は、兵役をのがれて、京城日報釜山支局の社会部記者となった。関釜連絡船勤務となり、その後終戦まで乗船していた。

秋。洋一郎は船中で会った〈豊田正子〉から、著書〈綴方教室〉を贈られて持参した。すっかり蛙の声も鳴き絶えて、こおろぎが鳴きしきる草梁の山の夜更け。私は綴方の持つ文章のリアリズムにしばりつけられていた。


昭和十八年三月、私は高等国民学校より釜山中学へ無試験で入学。父親が道庁で中学の新校舎を設計していたからである。しかし、同年五月には、連絡船〈金剛丸〉で単身日本へ渡り、本籍地福岡市の西南学院へ転校した。福岡市中庄町六十五番地には、まだ祖母が生きていた。

昭和二十年八月十五日、大日本帝国の敗北。釜山府草梁の一家も福岡市へ。兄洋一郎は食糧難のまっただ中で忽ちに血を吐いて死亡。翌二十一年夏、祖母死亡。それから戦後三十年余経過。

父親は毛沢東と同年輩で、死期もまた同じく八十三歳であった。

昭和五十三年七月十日。全ての読者に合掌。

後記　洛東江

昭和五十二年四月二十六日、午前三時、玄界灘、対馬沖〈朝鮮海峡〉のローリングであった。私は足を踏みしめて室外に出て、ＴＯＩＬＥＴでしょんべんをした。デッキに出てみた。星がかすかに見えていた。

船室に帰ると、Ｙさんがふと〈揺れますねえ〉とつぶやいた。

二度目に目覚めた時、船室の窓が明るかった。エンジンも止まっていた。私の想像通り、船は釜山湾外の絶影島と赤崎半島の中央に、ぴたりとイカリをおろしていた。

顔を洗って、Ｙさんと最上甲板に登った。その瞬間、あのあたたかい晩春の朝霧が、私の頬を包んだ。確実に釜山であった。目前に迫っている大地も市街もまっ白い水蒸気の奥に消えている。そしてそこに在る。

この春から初夏の、時には冬の暖かい日の釜山湾の濃霧は、九州北岸の、波高くつめたい海では見ることができない、ミルク色の湯気の様なもので、前方十メートルに陸があっても全く見えないことがある。

四月二十六日、午前八時の、関釜フェリーは、その中に静止していた。私がことの外、船旅が好きなのは、この様な船の無言の姿を愛しているからに違いない。

〈すごい霧ですね〉とYさん。私は暫くこの霧の中に身をまかせて、三十年も時が流れていることを考えていた。

急に白く厚いカーテンのその上に、くっきりと月の様な太陽が顔を見せた。その時又、〈あっ、釜山の太陽だ〉と感じ、私の血液は忽ち変色したかの様だった。

船がイカリを巻き始めたので、へさきに立って前方を見つめている若い航海士と同じ様に、私もじっと眼をこらした。しかし、釜山市〈釜山府〉はなかなかその姿を現わしそうになかった。太陽がますます、暖かく高くなり、霧のベールは少しずつ晴れるかの様だったが。日本人の航海士が、身を乗り出して探しているのは韓国のタグボートであり、私が探しているのは陸影であった。

関釜フェリーは、用心深く、ゆっくりと霧の中を進んだ。海面は、それを知っているかの様に小波さえたてない。

　左右を通過する汽船の姿が次第にはっきり見えて来て、急に前方からＰＩＬＯＴと明記されたタグボートが、わき目もふらずに接近して来た。航海士が右手を振った。するとボートの上に立っている人影が、軽やかに挙手の礼をかえした。旗を見るまでもなく、明らかに、〈韓国〉のパイロットであった。

　ボートは左舷から後をまわり、右舷に出て、フェリーを誘導した。二つの灯台の、その奥へ。忽ち陸影が見えはじめた。釜山市の海岸線と、街と、あの昔日のままの山並みであった。その瞬間、Ｙさんが、私に向けてカメラのシャッターを切った。


　私は上船前の下関の埠頭から始まって、度重なる書類の書きこみ、ビザの検査、税関の調査、等を経過しながら、同行者のＹさんに対して何も語らなかった様に思う。彼は一つの外国に入国する前の厚い壁の中で、正直にためいきをついていた。それに加えて正味十時間も要する玄界灘の船旅である。その様な彼の苦労に対して私は申し訳ない気持ちも抱いていた。ともあれ彼は、つたない〈肉体的望郷〉の読者であり、私のこの度の、奇妙な里帰りの取材記者であった。今ここで、いたずらに言葉を浮き上げて、Ｙさんの個的思考の過程をかき乱したくない気持ちも強かった。私たちが別々に、しかも一蓮托生、アジアのふところに抱きこまれつつあることも明白であったから。幻影ではなく。

かつて、クツワを並べて、金剛、興安、徳寿、昌慶、等々の、日本の鉄道関釜連絡船が、巨体を横づけにしていた、全く同じ桟橋の一端に、フェリーは身をすり寄せた。私はこの時はじめて、造船技術の品格を失った、戦後生まれのコンパクトな連絡船に対して、愛情を感じた。お前も小さなボディーをきしませて、よく玄界灘を走っているな、と語りかけることができた。

造船技術の品格と私が言ったのは、例えば関釜フェリーから一掃されている丸型の窓のこと等である。汽船の窓が古来から円である事実には、国家の歴史等何の関係もない。丸い空間に浮かぶ海程美しいものはない。それは、あの朝鮮半島古来の白い凧〈ヨン〉の、中央に開いている円形の窓でもある。

目前の市街は、当然かつての日本人が旅情をかきたてた、日本的風景を一掃していた。それにしても釜山とは、何とふところが深く、起伏に満ち、太陽にま向いて明るく、プリミティブに人々の生活をこばまない海の街であることか。ここはニースでもなければ、サンフランシスコでもない、神戸でもなければ、ベニスでもない、すばらしい釜山、そのものである。釜山は常に、白い暖かい霧の中でなければならない。

実はあまりにも古くからの対日玄関である、厳しく堂々たる税関を通過すると、まさしくそこは釜山〈プサン〉市街であり、かつての釜山港の前の大通りであった。すばやく周囲の地図を確認することができた。空は晴れていたが、街の大気には、まだ海水をたっぷり吸った朝霧の匂いが残っている。そして、あふれている人々は、私がよく知っている親しみのもてる民族であった。私は、子供の頃、少しばかり使用できた韓国語を全く忘れてしまっていることを思い知らされた。

Yさんの、新聞社関係の手配による韓国人の車が、私たちを待ち受けていて、中央区のフェニックス・ホテルまで連れて行った。そのホテルの位置は、釜山港から約五分程で、かつて南浜通りと呼ばれていたところであった。私は、車で迎えてくれた韓国人の二人の紳士が極めて親情的であることに対して、それを単に外交辞令で受けることができなかった。この国が全く外国であることははっきりと自覚していたが。

九階のホテルの窓から、まず街の通りと、その向こうの釜山湾を眺めた。そこは釜山の街の中であった。私の肉体はすっぽりとその中に立っている。全ての歴史を越えて。きっと私は出会えるだろう。それはかつての日本人の空虚なナショナリズムや権威とは関係なく沈黙し続けているものであり、今もその通り、言葉もない姿で、かつ自在に続いているに違いない。

日本の高級ホテルと少しも変わらない。ホテル内に座りこむ必要もなく、私とYさんは正午前の通りへ出て東に向かって歩いた。ホテルの裏側の富平町〈富平洞〉市場も、海岸通りの水産市場も、私が夢中で走りまわっていた三十年前と全く同じで、プリミティブな活況であるが、当時とは比較にもならないのは、商品や、漁獲類の山の豊富さであり、かつ河の流れの様な、流動感であった。独立した民族が生きている市場に違いなかった。

私とYさんは、〈商業〉のことについて何も語り合わなかったが、中国古代の神農黄帝に始まるアジアの商業史が、日本の現代、どんなに荒廃し、制度化して根本的にその思想を民衆からうばい去ったかを知るに、韓国の釜山の市場程ふさわしいところもなかった。例えば、夜店の露店商は、一箱の煙草でも開封して、それをコップに立てて一本一本バラで売ることができる。読み捨てられた雑誌でも、それを集めて積めば、又売りさばくことができる。マッチ一箱、針一本でも、それは実用品として集められ、売りさばかれる。

日本的文化意識から言えば、この様な商業の姿を、産業成長以前の〈戦後〉としてかたづけるのであろう。又は、経済的貧困と見るかも知れない。とんでもないことである。

変わるべきものは当然、変わるべくして変わって行く。私は歩きながらそう思い知った。しかし、私にとって、変わったものの全ては、今必然でしかなかった。そして変わる筈のないものは、私の眼にいきいきと飛びこんで来た。

私たちは、釜山港前の龍頭山公園の長い石段をゆっくりと登り、市街を一望した後、長手通りの山手の路から、草梁町〈草梁洞〉へ続く伏兵山の中腹の通りをたどって行った。私はその路が釜山中学の〈下の道〉に至ることを知っていた。何処を歩いても、私の眼にやきついているものばかりであった。支那人町の石畳。煉瓦造りの壁。日本人住宅であった石垣。郵便局の古いたてもの。しかし、都市全体の構造そのものが、新しい時代に設営されているがために、私は距離感を狂わせてしまっていた。一時間程歩いて、町のふんいきや、北側の山の位置等で、私の記憶そのものを疑いたくなってしまった。何処を歩いていても同じ様に草梁町の〈下の道〉に見えてしまうのである。漢字も一掃され、李朝ハングルに統一された文字は、何も読めなかった。しかし、きっと解る筈だ。あの草梁町を、私の足が迷う筈がない。かなり陽が高くなり、Yさんが上衣をぬいで手に持った。言葉は忘れているが誰かにたずねようかと思った。にもかかわらず、あまりにも実感にあふれた土地であった。

丘の上に這い登る迷路の入口が、微妙になつかしく私を誘う。私はYさんよりさきに立ってこの迷路を登った。それが空への抜け路であることを知っていたから。そこから海を見れば現在地が確認できると思ったから。体一つの通路にも、石段にも、電柱にも、思いもかけぬ煙草屋にも、駄菓子屋にも、私の肉体は納得した。路に迷っていること等、どうでも良い程であった。

忽然と海が展開した。釜山港湾の東部である。その位置は、草梁どころか、水晶洞も通り過ぎて、佐川洞であることを知った。

そこから、西へ、峰づたいの町を抜けて、何処までもじぐざぐに進み、まさしく草梁洞の〈上の道〉へ出た。釜山中学の北側である。この道は、目前の山腹の風景の外は、少しも変わっていなかった。あの頃の、たくさんの人々が、私と同じように年を経て生きているに違いない。

私は、なつかしいものに接するほどに、透明に澄んで行くものを自覚していた。しかし心臓はやたらとときめいていた。三十年が一瞬で帰って来る。

〈ここが上の道です〉と、私は何度もYさんに告げた。ゆっくりと、その上の道を踏みしめながら、視覚として変わらないものの全てを確認し、眼に見えない記憶をひろげ、それが際限のない忘却との出会いであることにうろたえていた。忘却していたものが、どんどん立ち上がって来るからだった。

そのままたどれば、草梁洞の山麓の、私の生家が見えて来る筈だった。そしてあの、凧揚げに明け暮れた、広いだんだん畑が。

しかし、草梁の生家は、コンクリートで増築されて、美事にその原型を変え、見知らぬビルに建ち変わっていた。それは警察署であった。裏山の日本人のF牧場も、たんぼも、片鱗さえとどめていなかった。大韓民国の軍事演習地となっている山峰と、遠い市街と、海だけがその古い記憶の位置を示唆してくれた。私は、むしろ、これで良いと思った。あの時代、一人の少年が、あのふるさとの城で生きた、ただそれだけのことである。この寂寥こそが、人間にとって真実かも知れないと思った。そして、幸か不幸か、〈上の道〉と〈下の道〉と、それに囲まれた釜山中学の建物と、校庭だけが昔ながらの姿をして私を驚かせたのであった。

その日のうちに、釜山小学校を探し出すことは遂にできなかった。


草梁洞の下の道を行き過ぎて、道に迷った水晶洞の丘寄りの町で、昔ながらの、軒のひくい、ひんやりした小店に、私たち二人は足を休めて汗をふくためにはいった。

私もYさんも、ソフトクリームとまんじゅうとを気楽に食べた。私が今はっきりこの眼にとどめているのは、まるで日本の下町の女と少しも変わらない、色気のない三十女の麦粉をこねている姿であり、何よりもその、韓国人らしくないやせた体つきと、横顔の感じであった。まんじゅうはと言えば、麦粉に穀物の粉をまぜて油で揚げたものであり、言わば粗末なドーナツの様なものだったが、しかし食べてみれば、いかにも手づくりの、コクもある味であった。

それを、女はひっそりと作り続けていた。水晶洞が、昔、日本人町であった頃、やはりこの町にも裏町があって、不思議に孤立した日本人の中年女が、まさしく同じ姿でひっそりとこんな商売をしているのを思い出すのであった。

そして、三十年後の、新しい韓国の水晶洞の下町で、日本語を知らない、極めて日本的な女が、同じ姿で生きていることにぎくりと驚いたのだったが、そこには歴史による不思議な因果が流れているように思えてならなかった。私とその女は、自然な微笑を交しただけに過ぎないが。きっと半世紀前の日本人の血が流れているに違いない。現在の韓国の、肉づきの良い、堂々とした女の姿とは全く異なって、日本の女の、疲れた憂愁を持っているのだった。それにしても不思議な微笑をたたえて、何ともの静かに私たちに接したことか。今思い出しても、あの女が、日本語を話さなかったことが不思議でしかたがない。

〈下の道〉から、私の家の方へ向かわずに、逆に海の方へ向かって小さな坂があった。この坂の上を、私たちは〈千鳥ヶ丘〉と呼んでいた。日本人住宅がまとまっていたところである。その坂の下に、朝鮮の土着の人々の小店が並んでいて、子供の私の絶好の買物地域であった。ここで私はよく凧や、ゴム銃や、大きなニッケ玉等を買った。その小店が、かつての姿そのままに、一歩も動かずに、同じ様なものを売っていた。しかし、私の目ざす凧はどこにもなかった。あのだんだん畑もなくなっていることであるし、シーズン・オフでもあるので、しかたがないとあきらめた。

千鳥ヶ丘へ坂を登り、当時も私だけしか知らなかった、伏兵山への迷路へと、Yさんを誘って行った。この迷路の起伏の楽しさは、全く昔のままであった。私の心は、いよいよ透明になり、足には少年の日の、昆虫の様なバネを取りもどした。その上の展望が、私の〈肉体的望郷〉の山の街と海の視覚的な地図を、Yさんに対して一目で示してくれる筈であった。山頂は、両手をひろげて私の希望をうけ容れてくれた。北には、草梁北区の町と、その中心に釜山中学の校庭が西陽を受けてそのまま在り、北背の頭上高く、高遠見山と亀峰山がそびえている。南の眼下には、東西に市街が伸び、釜山湾はすっかりブルーを取りもどして、大小の汽船がイカリをおろしている。その海の彼方は日本である。午後四時の西陽でパノラマは美しかった。

私も座りこんでいた。Yさんも座りこんでいた。よくかわいた赤土の上に。一人の老婆が近くの畑で、常食の野菜である青い〈チサ〉をつむいでいた。

私は、とめどなく考えていた。過ぎ去った戦争の悪夢のこと。この様に生き続けていた南朝鮮の現在の民族のこと。高遠見山の麓で一緒に暮らした私自身の家族たちのこと。もはや帰らない、母や兄や、八十三歳まで生きて、昨年、福岡の病院で死んだ父親のこと等を。そして、不思議にも、私と並んで韓国の釜山を見つめているYさんのことをも。

在韓国、二日目。四月二十七日。私は、Yさんの新聞社関係の便で慶州へ。言うまでもなく、東海中部線の要駅であり、何よりも新羅の首都であり、朝鮮半島最古の首都である。私がこの旧蹟について、歯のうく様な宣伝をして何になろう。ただ仏式建築と古墳の小山を見た時、記憶のひだが一枚めくられた。ゆっくり歩いていると、父親の黒いマントのニコチンの匂いがふとよみがえり、コツコツと、ステッキの音等がきこえて来た。案外、あのへそまがりの、旧植民地官僚の亡霊は、こんなところを散歩しているかも知れないと思った。

慶州の夜は、静かな雨であった。

四月二十八日、慶州より帰釜。快晴。私とYさんはタクシーを西北へ走らせた。亀浦郡へ。かつては〈キホ〉と言って、父親が一尺鮒を釣ったと自慢していたところである。私は福岡でも、南朝鮮の大河である洛東江について誰彼となく語ったことがある。その河流両域の、ポプラ並木のことについて。どんなに観光地を経めぐっても、洛東江の水流と、それが這っている大地の田園と、ポプラを見なければ、朝鮮半島の南〈韓国〉について語ることはできないのだと。私の洛東江の記憶はと言えば、釣竿をかついでポプラの樹の下を、あてもなく歩き続けたことだけでしかない。そしてこの大河の風景は、私自身の生命感に、どこまでもつきまとって離れないものの一つであった。

ホテルの老支配人、金氏は、朝食の対話の中で、亀浦のことを〈クポ〉と呼んだ。我々も車の運転手に〈クポ〉と説明した。運転手は洛東江のことを〈ラクトンガ〉と発音した。

亀浦から洛東江への橋を渡る金海〈キメ〉である。昔、〈キンカイ〉と呼んでいた。私の記憶では、稲や麦のたんぼだけしかない田舎道を、がたがたダットサンで走ったことだけである。それも、又、とてつもなく遠い道程であって目的さえ知らずに。ただ洛東江の橋が入り口であったことはたしかである。金海は、洛東江に港を持つ、農作物の大集散地でもある。

因みに〈洛東江〉は、源泉が太白山脈に生まれ、その途中には、慶尚北道の大都市〈大邱〉等もあり、金海から亀浦に沿って釜山市の西側にそそぎこんでいる。流域は小白山脈の裾根であり、誰が植えたか、いたるところにポプラの大樹が影を落している。その流程は何と、五百五十キロ近くもあり、流域面積は二万四千平方キロもある。

〈洛東江〉は、ポプラと河と、牛とひばりと、太陽と麦の初夏であった。Yさんが言った。〈ここは大陸ですねえ、自分の足でここに立ってみなければ、とても言葉で解るものではありませんね〉と。

私は、その通りですと答えながら、私をふくめた人間の孤独について考えていた。孤独とは苦しいものではなく、もしかすると最も晴々しいものであるかも知れないと。

Yさんは、私よりもさきに立って、やわらかい緑に輝いて揺れているポプラの下を、小白山脈の雨にうたれて濁ったのであろう、灰色にあふれた本流の岸へと歩いて行った。私はYさんが、〈とても言葉では解るものではありませんね〉と言った意味について考えながら歩いた。私自身が、孤独の狂気のあまり、書き始めて数年になる〈肉体的望郷〉のことや、日本の九州で作製して揚げている、この国の凧のことや、Yさん自身の一新聞記者としての、アジア幻想について。

対岸のポプラ並木の背に、釜山方面へ向かって裾をそぎ落としてつっ立っているのは、中国大陸まで屋根続きの、小白山脈であった。

何千年も、何万年も、釜山で生まれて育ったものは、洛東江流域の米麦を食べてきたに違いない。大日本帝国の移民の子であった、私は無論のこと。

大河は、うるさい程静寂の中で鳴いているひばりの声の下を、私たちには黙って、釜山へと流れていた。日本の総督府下では、あばら骨を見せて、まるで肺病みの様にやせていた赤牛たちが、灌漑水流の土手の菜の花の中で、まるまると肥えた赤土色の肌を、のんびりと陽にさらしていた。


在韓国、最終日、Yさんがもう一度、草梁洞附近の町をたどりましょう、と言った。

私は、どうしたわけか、中央区のフェニックスホテルから、まっすぐに一度も迷わずに、母校、釜山第三小学校へ歩くことができた。三十年前の土地感が、数日で回復したらしい。私が学んだ赤煉瓦の校舎も、校庭も講堂も、そっくり原型のままに残っていて、韓国の子供たちが、私たちの子供の頃と少しも変わらない姿で、いきいきと走りまわっていた。校庭に立つと、私が帰ることのない草梁洞の山だけが、昔のままの方角に見えた。

明日は、この釜山を離れて九州北岸の福岡へ帰りつくに違いない。それにしても三十年とは何とはるかな星霜の果てであり、何と不思議な里がえりであったことか。待ち受けている知人も血縁も、一人としていない外国へ。かと言って、あした帰る日本が、ふるさとと言うわけでもない。この唯一のふるさと、釜山と私との関係は、何も語らない、あの洛東江の流れと、それがそそぎこむ玄界灘にしか問うことができない。

しかし、私がさまよったこの数日の、変わり果てたものと、変わらないものとの、意味の交流の底で、この大地と民族への親情を、たしかに肉体へしまうことができたことは、私自身が生き続けるために最も必要なことであったと思われる。私たちの持ち時間では、草梁洞の北の山に登ることは出来なかった。


私とYさんは、帰国路も海をえらんだ。行きとは違って、昼の玄界灘である。

またしても手きびしい、大韓民国の税関であった。下関の日本の税関が比較にならぬ程、堂々たる通関システムである。権威と自信に満ちた係官たちの一挙一動に、私はある歴史の事実に思い至った。当然のことながら、自分自身が日本の国籍であることと、その日本こそは、三十年前そのままの〈敗戦国〉に違いなかった。とすれば、観光旅行者として、まるで保護者的風貌で、アメリカ人と同じ様に韓国でサツびらを切っている日本人とはいったい何か。私はただ黙ってYさんと税関内の行列の中に並びながら、力なく苦笑していた。

船は早くから、なかなか乗り込まない人間共を待ちくたびれている様であった。下関からもそうであった様に、釜山からの乗船客も、韓国人が圧倒的であった。しかも、中年以上の婦人たちが。みんな潮風がしみこんだ、全ての苦楽を踏みこえた、全く平凡な人たちであった。彼等には、古い朝鮮も、新しい国家の権威も、何一つ関係がないかの様だった。

私は、やっと恥じていた。日本の戦後を。自分自身を。


午前十時。関釜フェリーは朝鮮半島の南端、慶尚南道〈釜山〉の岸壁を、静かに離れた。私は、終始、Yさんに対して、何も語らずにデッキの手すりにしがみついていた。Yさんも又、そんな私をほったらかしにしていてくれた。船は、二つの灯台の間をすり抜けると、忽ちフルスピードでローリングしながら大海の中に出た。みるみるうちに、山々が遠ざかる。上空は強風であるらしく、乱れ雲が散っていた。私は、三十年間口に出さなかった一言を、声を出してはっきり言った。

さようなら釜山！　あふれ出して止まらぬ涙を潮風が即座にかわかしてくれた。

やがて船は対馬沖を過ぎ、全ての島影が見えなくなった。デッキのベンチに座りこんでじっと海を見つめている一新聞記者の姿をこの眼にしっかりおさめてから、私は船室にもどった。部屋は船首であったから、逆に日本の方を眺めながらもう一度声を出して言った。さようなら釜山、と。

1977年、釜山

薬院一丁目米穀販売店

森野清和氏撮影

イトシキヒビ

鈴木麗子

鈴木召平と五十二年間、共に暮らした古い家の庭には、福岡市指定の保存樹木三本の他に、名前を知らない多くの木々が繁茂していた。保存樹は二本がクロガネモチの大木で、一本はエノキであった。

召平の凧館前、路地をはさんで隣家との境にクロガネモチが一本と、私の居室のガラス戸の向こうに、ひときわ大きい、樹高十四メートル、根本周り二百四十センチのクロガネモチが樹影を見せて居た。あとの一本のエノキは奥庭にあり、私は奥庭の方には足場が悪いので余り近づいたことがなかった。

保存樹木ではないが、のちに「バー貴流」に改築された蔵の傍らに槐《エンジュ》の大木があった。

台風で倒れ、あとは大きな木のうろが残るだけとなったが、後日危ないと云って、出入りの大工さんがロープで封鎖してしまった。

クロガネモチの枝が、わが家の平屋の屋根をおおっていた。夏は涼しかったが、やたらと落ち葉が多かった。召平は梯子をかけ、屋根に上り、雪おろしならぬ落ち葉おろしをたびたびやっていた。いちめんに通路がおろした落ち葉で埋まるので、あとの掃除と片付けがたいへんだった。時には、バーのマスターが落ち葉のゴミ出しを手伝ってくれたりした。

落ち葉で思い出したが、召平は落ち枝や落ち葉を集めて、庭で燃やしていた。昔のことである。見かけると私は、あわててバケツに水を何ばいも汲んで、運んだものであった。あとで焚火をかならず点検してバケツ等回収した。焚火のまわりには、ブリキのバケツ、ポリバケツ、プラスチックの洗い桶等いくつも配置した。

長い間、クロガネモチに淡黄緑色の花が咲くのを私は知らなかった。頭上、見上げる遠くの梢に咲いていたのだろうか。地上に落花しているのを落ち葉の間に拾い上げては、どこから飛んで来たのだろうと不思議に思っていた。「黐《モチ》の花」というものがあり、俳句の夏の季語にもなっているのを知ったのは、ずーっと後のことである。

冬、朱赤色の小さな実が、地面に落ちているのはよく見かけていた。

私は昭和五十八年にクロガネモチのことを詩に書いた。召平が「記録と芸術」に掲載してくれた。

燃える夏

降りしきる木の葉が
ひかりを呼びあつめる
燃える光芒の中心に坐す
老樹の澄明な沈黙の額

なかば閉じられたまぶたから
波のように届く遥かな音信
折れ曲がった両腕が
世界の破れを確かに支える

いのちの中におりて行こう
ひかりかがやくものへ
星への路が
内側の蒼穹にひらかれる
永遠に向かう
創世の静寂のなかに

テレビで「白虎隊」の再放送があり、あの名曲「愛《イト》しき日々」を堀内孝雄が切々と歌い上げていた。

土地売却を控え、はなれの荷物の片付けに庭を何度も往復する度に、慣れ親しんだ、うっそうとした緑の空間を見遣《ヤ》っては、

「イトシキヒービノ　ハカナサワ……」

と口ずさむ私であった。

令和六年八月十日

画 鈴木召平

鈴木召平追悼文集

平原奈央子
高良　勉
高木崇雄
鈴木　薫
丹生秋彦

木村慎吾氏（右）と著者（森野清和氏撮影）

新羅爪、その essential なるもの

平原奈央子

本書『昭和史幻燈』の題は今から約二十年前、鈴木召平さんが詩集のタイトルとして心に決めていたものである。骨折で入院中だった当時、病院でしたためたらしいメモがご遺族のもとに残っていた。二〇二三年十二月七日の逝去の後、麗子夫人が詩集の出版をご遺志と受け止められ、有志で編集委員会をつくり代表的な散文も付して遺稿集とした。

編集作業を進めながら召平さんと縁があった方々や場所を訪ね歩き、横顔を追った。「しょうへいさん」。多くの人が慣れ親しんだ呼び名を、この稿でも使いたいと思う。

召平さんは昭和三年、韓国・慶尚南道の釜山で生まれた。生年にちなみ、本名は昭三。生まれ育った草梁の町は釜山港のほど近くで、召平さんは日本人街と地元の朝鮮の人々の集落の双方を駆け回って育ち、中学時代に父祖の地・福岡へ渡るまでの少年時代が後の詩業の源泉になった。理性に絡みとられる前に全身で体験した記憶からの語りは民族や国家論とは冷静な距離を保ち、その立ち位置を自身では次のように言い表している。「二つの民族と政治の関係の中で、私はひょっこり生まれた昆虫でしかなかった」(『墓山の爪——肉体的望郷』)。

昆虫の目線と触角で世をとらえるスタンスを生涯貫き、住まいがあった福岡市・今泉に不思議な磁場を作り出した。詩人、画家、大人から子供まであらゆる人々が昼夜訪れ、中にはそのまま居候する人もいた。

陶芸家の森野清和さんは、大学を卒業した一九七二年の春から翌年秋まで約一年五ヶ月、召平さんのもとに居候した。出会いは福岡市・清川にあった飲み屋「人形」だった。当時、森野さんは木版画をしていて、「人形」のママのトミさんと従業員の女性をモデルにした版画を製作したところ召平さんが気に入り、詩誌「地」の表紙絵に採用された。

居候していた間、召平さんのもとには前衛芸術集団・九州派の桜井孝身、オチ・オサム、菊畑茂久馬の各氏、フクニチ新聞の深野治氏、毎日新聞の田中幸人氏などもふらりと訪れていた。

ある時、森野さんが美術展に応募し結果を気にしていると、召平さんから忠告されたという。「森野君、そんなことを気にして、自信がないならやめた方がいい」。やがて森野さんは琉球の焼き物の世界に身を置きたいと沖縄に発った。「召平さんもいつもひとりだった。人を拒まず、選ばず、人が集まってくるけれどみんな一緒に協調するより、自分が個人として社会と一対一で向き合うという構えだった。どうであれね、今の生き方ができるようになったのは、あの頃、あそこに居たからです。裸の自分を試すことができました」

森野さんが沖縄行きを決めた一九七三年の夏、召平さんが凧を作ると言い出した。召平さんの凧作りは詩業と両輪になり、自宅内の工房を「凧館」と名付けた。

近くの設計事務所に勤めていた清水章生さんは一九八〇年代初め、凧館の二階に三年ほど居候した。召平さん行きつけの喫茶店「美美」で紹介され、凧作りの弟子になった。「見よう見まねで、材料やコラージュのデザインなども覚えた」という。次第に凧揚げに集まる人が増えて二十人ほどで「新羅凧の会」を作り、釜山の凧の会との交流も生まれた。清水さんは朝鮮凧の合戦で名をあげ、今でも市内の子どもたちに凧作りを伝えている。

清水さんの居候中に鈴木家の先祖代々の蔵がついに朽ち果て、跡地に清水さんの設計で、木造在来工法の二階屋を建てた。清水さんの故郷の佐賀県唐津市の霧差山から木材と竹材を運び込み、工事には凧館を訪れる人も加勢した。正面に大きな槐《えんじゅ》の木があったので召平さんはここを「槐舎」と名付け、当初は一階を凧の工房、二階を住まいにしていた。三年ほどして店舗として貸し出すことにし、「Bar貴流」が入った。かつて西通りにあったバー「デッカー」の名物マスター・小田賢信さんがカウンターに立った。樹々の間にポッと灯りがともり老マスターが迎え入れてくれる空間は、ビルが林立する繁華街の中で知る人ぞ知る隠れ家バーになった。

召平さんはヨーロッパも旅している。居候の清水さんに「留守を頼む」と言い残し、近所の「イタリア会館・福岡」館長のドリアーノ・スリスさんと旅立った。

　ドリアーノさんによると、福岡からパキスタン航空で飛び、カラチで一泊して乗り継いでローマに到着。ローマの空港までドリアーノさんの兄が小さな赤のフィアットで迎えに来て、車で四時間かけトスカーナの兄の家に向かい、凧を作って庭や畑で揚げた。丘陵が続くトスカーナでは垂直に上がったという。ドリアーノさんはドキュメンタリー映画を作ろうと、ソニーの8ミリビデオカメラで召平さんを撮影していた。

　イタリア滞在中も凧を作り、行く先々で揚げた。シエナの広場では周りをぐるりと中世の館に取り囲まれた中で、隙間風に乗って凧が浮遊した。「凧がずっと風に遊んでいた。一時間くらい、風に乗っていたんじゃないかな」。ドリアーノさんの記憶は鮮明だ。「彼はほとんど喋らないよね。でも視点が面白くて」。フィレンツェの郊外では、松の並木に見入っていたという。道中、東洋学者で写真家のフォスコ・マライーニ氏とも面会している。

　鉄道で国境を越えてパリに入り、エッフェル塔の広場でも凧を揚げた。全くの無風だったが、召平さんは凧を下に一旦落として滑空させることを何度か繰り返して徐々に高度を上げ、広場にいた人たちは「魔法使いみたい」と熱狂した。

　帰国後、召平さんはドリアーノさんがレポーターをつとめていたRKB毎日放送のテレビ番組に出演し、司会者の質問にこう答えて

ドリアーノ・スリス氏（左）と著者（1982年、イタリアにて）

いる。

「イタリアで凧を揚げてやろうというのは、またどうしたんですか？」

「本当にこの凧はどこでも揚がるということを確認したいわけね。絶対揚がるわけですよ。それは完全に分かっているけどね。自分で実際に行ってみて、もっといい気流でよく揚がるとね、自分もそこでもっとよく生きられるというような、いわばインターナショナルなね、知覚的な体験を確認するんです」

召平さんの凧は、少年時代に釜山で親しんだ防《パン》牌《ペ》鳶《ヨン》をモデルにしている。「防牌」とは盾、「鳶」はトンビ。朝鮮の民俗信仰で鳥は天と地を行き交う使者とされ、凧は鳥に見立てられた。陰暦一月（正月）の満月の日に凧を揚げる風習があり、凧に「送厄迎福」と書いて高く飛ばし、途中で糸を切って悪運を祓う。かつては農閑期の娯楽でもあり、相手の凧の糸を切る合戦も盛んだった。

朝鮮半島には古くから凧揚げの記録が残る。七世紀中ごろ、新羅の善徳女王の時代にクーデターが起こり、流れ星(朝鮮では不吉とされる)を見た兵士や民衆が「禍事が起こる」と動揺した。これを見て将軍・金庾信《キムユシン》は火を点けた案山子を凧にくくりつけて夜空に飛ばし、「流れ星を空に送り返した」と人々の不安を払い、反乱軍を鎮圧したとの伝説がある。十六世紀末の壬辰倭乱(文禄・慶長の役)の際には将軍・李舜臣《イスンシン》が海戦の通信用に暗号を図柄や色で表した信号凧を揚げたこともよく知られている。

こうした逸話から召平さんは自らの凧を「新羅凧」と呼び、落款代わりに「바람《パラム》」(「風」の意)の印を押した。いつだったか、なぜその印を押すのかと問うと「この凧には原点がある、そのことを明確にするため」と言っていた。そして、この盾形の朝鮮凧を一言で「essential」と表現していたのが忘れられない。長方形に穴が開いた簡潔で研ぎ澄まされた形状だけでなく、歴史的背景や空に飛翔させる行為まで含めて、「新羅凧」は召平さんにとって不可欠で本質的な存在だった。糸を繰って風を手に感じ虚空を見上げる凧揚げの肉体的感覚は召平さんの少年時代の記憶に直結する回路であり、その先に詩世界が広がっていた。

行きつけの喫茶店「美美」にて（森光充子氏提供）

召平さんの凧揚げに加わっていた人たちもまた、凧を追いながらそれぞれの真実を追っていたのかもしれない。かつて今泉（現・平尾）にあった「あまねや工藝店」の川口義典さんもまたその一人だ。近隣の空地から、遠くは阿蘇で一緒に凧揚げをしたこともあったという。召平さんに引き寄せられ凧揚げをした人の連なりとそれぞれの人生について、こう語った。「思えば、いろんな人が思い思いに凧を揚げていた。それぞれの凧をその人の空に揚げて、その人の空を泳いでいた。その糸をたぐっていくと、鈴木召平に繋がっていくんですね。人と人の結節点のような存在でした」。

　無数の関係の糸の中でも、特に濃密な交流があった喫茶店「美美」のマスター・森光宗男さんは次のように書き残している。「私は『コーヒーを正して辛抱強く待つ』ことを爪から学んだ。珈琲は生豆から焙煎、抽出、飲用までの一貫性にある。私は風の吹くままにモカ・コーヒーの旅に出た。それからは人との善き出会いがこの旅を支えてくれた。いま私は糸で結ばれた手と凧のように、手の中のモカに還る」(「モカに始まり」)。森光さんはイエメンのモカ港でも召平さんの凧を飛ばしたという。

召平さんが生まれた釜山・草梁洞を歩いた。釜山港からほど近い、現在は旧都心と呼ばれる地区だ。海にせり出すように三〇〇〜五〇〇m級の山が連なり、晴れた日には高台から対馬の島影が見える。坂道を上がった三叉路に生家と思われる建物が残っていた。昭和初期当時の住宅ではめずらしいモダンスタイルのコンクリート造りで、鈴木家が去った後は幾度も家主を代え、増改築を繰り返しながら警察署や地区の奉仕活動の事務所、映像制作のスタジオなどに使われていたようだ。召平さんが「墓山」と呼んだ付近の山々には朝鮮戦争の時代に避難民が押し寄せ、墓地の上に居住区が形成された。

召平さんは一九七〇年代に生まれ育ったこの地を再訪している。西日本新聞記者の山本巖さんの誘いで三十数年ぶりに玄界灘を渡った、最初で最後の「帰郷」だった。「私がさまよったこの数日の、変わり果てたものと、変わらないものとの、意味の交流の底で、この大地と民族への親情を、たしかに肉体へしまうことができたことは、私自身が生き続けるために最も必要なことであった」(『墓山の爪―肉体的望郷』)

ご遺族のもとに旅のアルバムが残っていた。人間くささでわき立つ釜山の街並みに溶け込みながらも、どこか所在なさげに佇む召平さんが写っている。

同行した山本さんは後の新聞連載で、召平さんの姿をこう書き残した。「歴史とは何か。人間とは何か。故郷とは何か。私の喉元には彼への質問がいくつも詰まっていたが、彼の背中が、それを拒否した。三十数年ぶりに故郷の光と風に包まれながら、彼の背中は息を呑むほどの孤独感を漂わせていた」(連載「人間の風景・ある帰郷」、西日本新聞、一九七七年六月十一日)

「さようなら釜山!」――。自伝的小説『墓山の爪―肉体的望郷』のラストにあるように、召平さんは釜山の街へ別れを告げ、その後は爪あげという行為そのものにふるさとを見出していく。

爪館は数年前に取り壊され、跡地はアスファルトで覆われ駐車場になった。いつも開いていた薄い板のドア。積み重ねられた和紙や竹ひご、黒板にチョークで書き記された爪の設計図と数式。ほとんど語らず、居たり、居なかったりした召平さん。私もまた、変わりゆく街の中でその面影を探す者のひとりである。

(ひらばる・なおこ/記者)

凧館にて、森光宗男氏（右）と著者（手島雅弘氏撮影）

海峡を越えて
――鈴木召平氏追悼文――

高良　勉

アア
カゼガヒカルヤマ
ヒカルヤマオレノフルサト
ウミノカナタ
ツクツクホウシ
ツクツクホウシ

（「ツクツクホウシ―フルサトノウタ―」
『古き海峡幻想』凧館、一九八〇年）

それは、不思議な集団であった。一九八〇年の十二月二十日、琉球・沖縄那覇市で開催された「第3回佐藤太圭子の会」の琉球舞踊リサイタルを鑑賞するために、わざわざ福岡県から来琉した一団であった。公的ではなく、私人が集まったメンバーであった。

後で紹介してもらうと、日本舞踊家の西尾次男、小山田節子と世界の古人形蒐集・研究家の木村慎吾の、芸術家のグループであった。私はその頃、佐藤の高弟で出演者の宮城久枝の許婚者だったので、公演後の打ち上げ交流会に参加した。全ては、そこから始まった。

その会で、一緒に食飲し、語り合っているうちに、西尾と木村に詩人的感性を直感した。また、二人には「永遠の少年」のはにかみと純粋さを見つけた。翌八一年、彼等が中心になり、毛利一枝や鈴木召平等も加わり、福岡市で「佐藤太圭子の会」の琉舞公演が実現した。

それらの返礼で、私たちが「新婚旅行」も兼ねて、初めて鈴木家のアトリエである「凧館」を訪ねたのは八二年の一月三日であった。あれから、四十年余の親交が続いた。私は鈴木さんと五時間余話をした。話したけど、何の話をしたのだろうか。鈴木さんと、イメージで対話していた。言葉では、あまり残っていない。宮沢賢治、境忠一、谷川雁、佐藤太圭子の話が中心だったたか。

初対面の日記には、「この出会いは、嬉しく驚くべきものだ」、「鈴木さんとの出会いから、いよいよ福岡の古層へ。ひいては、対馬海峡と琉球海峡の地層へぶつかったという感じがする」と書かれている。それを、北海道出身で津軽海峡を越えて旧満州、福岡と流浪して来た木村慎吾が見守っていた。

私たちは、木村のコレクションの溢れる「人形の館」に案内された。この国内外、古今東西のおびただしい人形たちに囲まれて、木村や鈴木の寡黙の深さが分かるような気がした。この人形の館で、私たちはとうとう夜を徹して語り合った。

鈴木は、別れるときにはにかむように詩集『古き海峡幻想』を恵贈して下さった。私はまず、表紙の大樹とたくさんの鳥たちに引かれ気に入った。後で、この大樹は槐の木で、鳥たちは連雀で、朝鮮半島から鈴木家の庭に来る渡り鳥の群れと教えられた。召平の詩は、私の読み慣れた詩の形式とは違ったものが多かった。「海峡幻想」とは何か？　ひたすらイメージを追った。

〈見えたぞ、今年も来たぞ、朝鮮の水瓜が
　来たぞ〉

朴は、島影を確認してから、水瓜をたたいて唄い出した。

〈トラジ、トラジ、トラージ………〉

（「古き海峡幻想―吉左醤油と金海水瓜―」
『古き海峡幻想』）

詩集のタイトルにもなり、巻末に英訳詩としても掲載されているこの代表的詩作品で、召平は対馬海峡を越えて交易、交流してきた民衆の古き良き時代と、それを喪失してしまった悲しみを詩っている。朝鮮とか、日本とかの国境が無かった古き時代。

鈴木の詩は、「朝顔」、「三年忌」、「金剛丸」を始めとする作品たちに見られるように、流浪と喪失の痛みと悲しみと抒情に包まれている。そしてやさしさに。しかし、召平の詩の根底には、激しい思想的な「否」と怒りが渦巻いている事を見逃してはならない。作品「八月六日」のように。

そして私は、詩「十字架街道の旅〈その1〉」冒頭に引用されたエピグラフ「―石又石を積み重ねて人間よ彼は何処へ行ったか―ネルーダ」に頭を殴られたような衝撃を受けた。召平は、「シリーズ「燎原」〈その3〉」で「ネルーダの〈飢えと珊瑚〉」とも詩うように、このチリのノーベル文学賞詩人で革命家に深い敬愛を持ち、思想的に影響を受けていた。そして私は、鈴木からくり返しネルーダの詩と思想の重要性を聞き、学んでいた。

　私は、福岡県や西日本へ出張のときは、ほとんどホテルを取らず、鈴木家を訪ね凧館に泊めてもらい、おいしいコーヒーや御馳走、お酒をいただきながら、時間を気にする事無く歓談・交流を続けてきた。私は、凧館の前の立派な槐の大樹や、二階の窓から朝方見える柿の木の大木が好きだった。

　召平から、詩集に続けて恵贈していただいたのは、『墓山の凧—肉体的望郷』(たいまつ社、一九七九年)であった。この散文集を、何と呼んでいいのか。私にとっては、全篇「散文詩」と感受された。「墓山《はかやま》の凧《たこ》」、「母の死に関するノート　I」、「母の死に関するノート　II」、「新羅凧」を始めとする十二篇の作品には朝鮮釜山府草梁町や洛東江流域、ポプラ並木や墓山等の植民地を中心にした鈴木の原郷と原体験が抒情的感性の上に表現されている。それらは鈴木の肉体に刻まれた望郷であると同時に、帰る事のできない幻郷喪失の悲しみである。

　と同時に、読む者にとって多くの思想的課題を突きつけて来る。日本と朝鮮にとって、玄界灘、朝鮮海峡とは何か？　植民地の歴史とは何か。植民地に生まれ生活した者にとって、故郷とは何か、国家とは。おそらく鈴木は、寡黙でありながらその内面において、そのような根源的問いを、くり返し問い続けたに違いない。

召平は、一般には無口な詩人と見られているようであった。しかし、私が凾館に泊めてもらい、時間を気にせず語り合っているとトツトツではあるが多くの話を聞かせて下さった。何よりも、「新羅凾上げ」について語るときは、実に楽しそうに目を細め蘊蓄を傾けた。私から、琉球の話を聞くときは、よく「アッ、そうすか」と相づちを打つのが、口癖であった。一方、福岡、西日本の文学、文化の戦後史も、度たび聞かせてもらった。特に、詩壇や文学の歴史。そして、若い頃にジャズの演奏会をプロデュースしたり、その普及、興隆に務めたという楽しい体験談。

朝鮮、琉球、日本との関係は、ポツポツとしか語らなかったが、核心点をつかまえていた。琉球の日米両政府による植民地的支配に

高良勉氏（右）と著者（1993年、高良勉氏提供）

ついても、体験的に理解していた。おそらく、召平の朝鮮での植民地体験が、琉球人の私との交流、親交を深く支えていたと思う。

福岡、西日本の詩・文学の歴史と現況については、会う度に同人誌「パルナシウス」の最新号を恵贈し伝達してくれた。召平は、持続して詩を発表していた。また、「九州文学」や「記録と芸術」に書き続けてきた、文学、文化論のエッセンスを話してくれた。これらの散文がまとまって『北埠頭』(葦書房、一九八三年、装丁・毛利一枝)の名作が生まれていた。鈴木のセンテンスの短い文体は、詩とか散文とかの境を越えている。作品、「ばけものの息子」、「さようなら―夏よ」、「赤土と風」、「濃霧」はやはり圧巻であった。

召平のアトリエ「凧館」には、友人たちがいっぱい来てくれた。装幀家の毛利一枝が、積極的に友人たちを案内し、私を紹介してくれた。特に、毎日新聞社の東靖晋や、西日本新聞社だった田代俊一郎は、忘れがたく現在まで親交が続いている。田代からは、井手俊作との貴重なお仕事「上野英信　人・仕事・時代」(櫂歌ブックレット)をいただいた。また、東からは、『境のコスモロジー　市・渚・峠』(海鳥社)が届いた。

一つだけ、残念なことは、召平と新羅凧の凧揚げを体験できなかった事である。大濠公園か博多湾海岸で、鈴木自慢の腕の凧揚げをやりたかった。新羅、朝鮮まで届くように。我が家には、召平からいただいた新羅凧が、美術工芸品として飾られていた。

ああ、その鈴木召平はもう逝去してしまっ

た。私は、福岡市の何処を訪ねて行けばいいのか。今はただ、召平のご冥福を祈るだけである。鈴木さん、安らかにお眠り下さい。

合掌。

（一部敬称略）

※付記

今度、この追悼文を書きながら、以前から気になっていた木村慎吾遺稿集『はるかなりわが幻郷』（木村笑子私家版、一九八五年）を読み返していた。木村遺稿集は、編集構成が鈴木召平、イラストが毛利一枝から成っている。

恥ずかしい話、私が最初に『はるかなりわが幻郷』を読んだとき、ほとんど感覚的につかめず、内容がよく理解できなかった。私は、木村が生まれ育った北海道の留萌を始め、知床や美幌、空知郡添牛内、旭川、函館、釧路、そして旧満州、新京等々に行った事が無く、その土地と人々の生活が感覚的につかみ取れなかったのだ。それはまた、木村の北海道から旧満州で郵政省に勤務、新京市で結婚、敗戦により一九四六（昭和二十一）年に博多へ引揚、以後同市で〈株式会社京屋〉に定年まで勤務という、海峡を越えてきた流浪の意味も。

ただ、「はるかなりわが幻郷（1）」の章の「添牛内小学校哀史」と「星のような子供たちの記憶」が強く印象に残った。それは「新米の代用教員」であった木村の、一九三七（昭和十二）年ごろ空知郡添牛内小学校での体験と、子供たちとの交流を記録したものだ。「殆ど貧しい開拓農家なので、米の御飯も満足に食べ」られなかった子供たち。それは、私の戦後の小学時代と同様であった。

木村先生は、貧しい子供たちと一緒に弁当を食べるようになった。子供たちは、「今日も大根」、「私のは南瓜」などと云い合い乍ら弁当を食べるようになった。沖縄の私たちは「毎日イモ」だった。木村先生は、弁当を持って来られない子と放課後一緒に食事をした。

現在は私も、北海道は知床、旭川、函館、静内、釧路、阿寒、二風谷、小樽、札幌と旅行してきた。そのほとんどは、アイヌ民族の友人たちが案内してくれた。したがって、木村の流浪した北海道も、ある程度皮膚感覚でも理解できる。そして、北海道（アイヌモシリ）の歴史の底辺に、貧しい開拓農家や炭鉱町、そしてアイヌ民族の厳しい生活があった事も知っている。

それにしても、この木村の遺稿集を読み返しながら、しきりに鈴木召平を想っている。鈴木は、黙々と「編集、構成」しながら、ほとんど自分の体験のように木村の海峡を越えた流浪の記録と意義を構成したのではないか。毛利一枝のイラスト「冬の宗谷地方の海岸」が、鋭くそのイメージを駆り立てる。

（たから・べん／詩人）

召平さんの空

高木崇雄

　僕が高校生だった頃、漢文を教わっていた丹生さんに凧館へ連れて行かれたのが召平さんとの最初の出会いです。以来ずっと、詩文において、凧の稽古において、いつも召平さんは僕にとって学び尽くすことのできない師であり続けました。僕がしばらく福岡を離れていた時期にはなかなか会うこともできませんでしたが、二〇〇四年に福岡市内で工藝店を始めてからは、二〇一八年までの年末には必ず召平さんの新羅凧展を行い、翌正月に凧揚げ会を催すことを通例としていました。その後、召平さんが体調を崩しがちになってからは、召平さんは凧ができたら突然持ってきてくれるし、僕は用事があれば凧館に行き、召平さんがいたら話をし、いなければ伝言を書いておく、というのが常だったので、最後に会ったのがいつだったかはもう覚えていません。

　召平さんはもういないけれど、天気の良い日に店の裏、舞鶴公園に出かけて新羅凧を風に乗せ、天に向かってするすると糸をのばせば、風の読み方、糸枠の繰りよう、風との押し引き、凧を揚げている動作すべてにわたって召平さんがいてくれる。だから、寂しさはありません。

そしてまた、僕が現在生業とする「工芸」と呼ばれる分野を考えるにあたっても、召平さんの在りかたから学んだことが核となっています。ゆえに以前「工芸とは何か」を巡る連載を新潮社「青花の会」ｗｅｂサイトに書くことになった際には、召平さんの凧を取り上げ、連載をはじめることにしました。そう人目に触れる文章でもないでしょうから、ここに再掲しておきます。

鈴木召平の新羅凧

「新羅凧」を作る、鈴木召平という人が福岡にいます。

新羅凧とは召平さん独自の呼び名で、一般的には朝鮮凧・韓国凧、韓国では「防牌鳶(Bang-Pae Yeon)」などと呼ばれます。森敦の短編小説『天上の眺め』は、紀州でのダム建設に従事する主人公が、その地に寓居する朝鮮人たちとの交流をきっかけに、幼時の京城《ソウル》での出来事を想起する佳品ですが、その中でも朝鮮凧は重要な役目を担います。森は旧正月に行われていた凧揚げの様子を次のように記しています。

〈みながシンコ餅をつき、旧正月を祝うころ、その京城では、風が街の南西にある南大門のほうから、東大門のある東へと吹き、無数の朝鮮凧が上げられて切りあいをする〉

日本の凧と比べると、朝鮮半島の凧は真ん中に大きな穴が空いているのが特徴で、この穴が空気の流れを整え、切りあいに必要な、上下左右反転といった自由な操舵を可能とします。現在、韓国では韓紙と呼ばれる張りの強い楮漉きの紙を使いますが、召平さんは同じやり方で作られる地元福岡の八女和紙を用い、竹で骨組みを作ります。

天気の良い日に凧をもって福岡城址に出かけ、風に乗せて手から放てば、あっという間に凧は浮かび上がり、中空を泳ぎだす。紡績用の糸枠を改造した道具を用いて、糸を繰り出しては巻き上げ、繰り出しては巻き上げ、と重ねるうちに、凧は目視できな

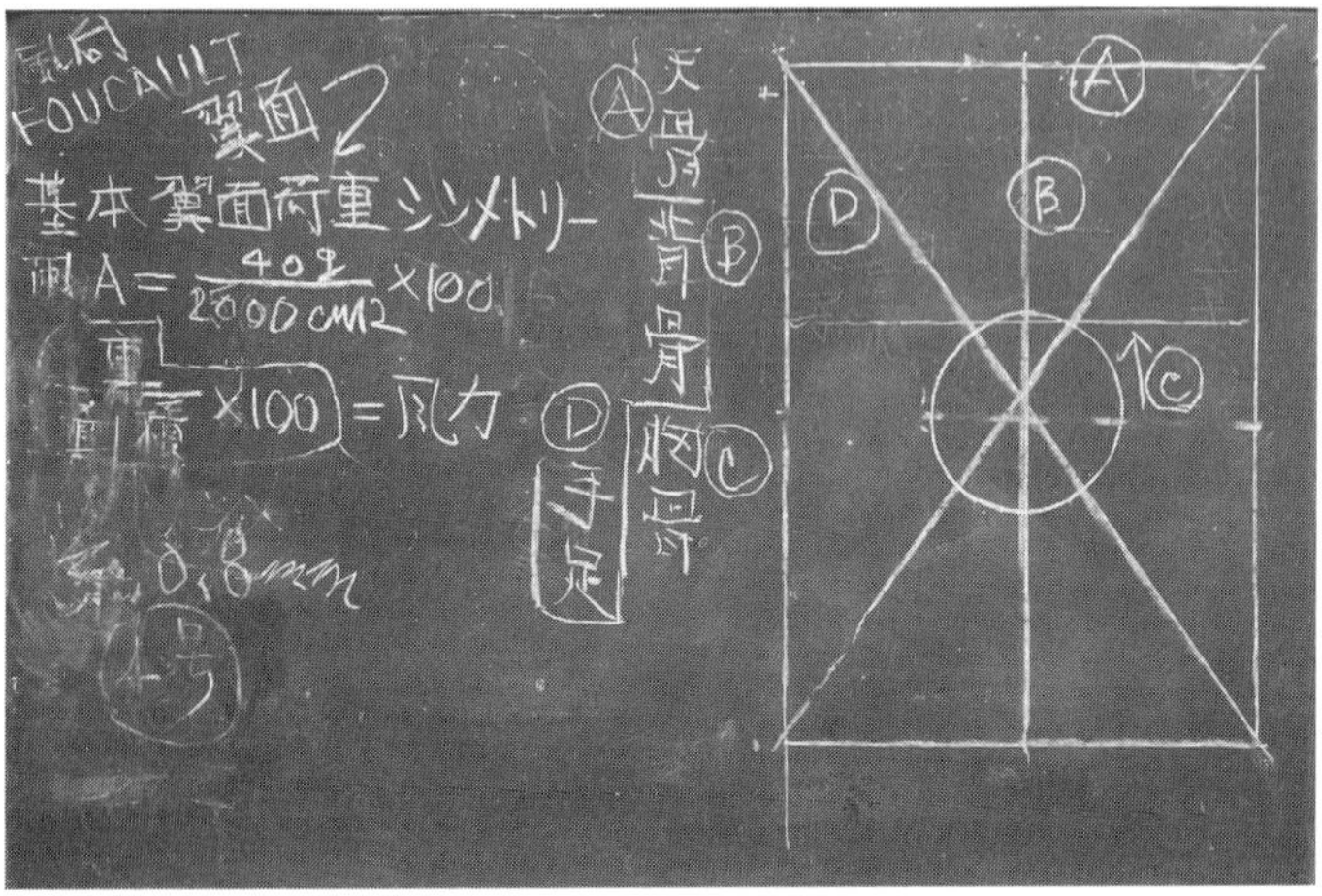

凧館で使用されていた黒板。当時の書き込みが残ったまま保管されている

いほどの高さに至り、あとは静かに糸の手ごたえを頼りに、その逍遥を楽しむのです。

韓国では凧を作る人は、日本で言うところの「伝統工芸士」に相当する、職人扱いをされると聞きますが、ただ、召平さんが作る新羅凧は、どうも伝統工芸とは言い得ない。それは、技術や材料の問題ではありません。むしろ、召平さんが新羅凧を作るに至った、その歴史のせいではないかと思うのです。

召平さんは昭和三(一九二八)年、釜山生まれ。鈴木家は黒田藩に仕えた家系で、祖父は明治期の博多において、召平さん曰く「駅弁財閥」を築きあげた「ばけもの」。その財力で玄洋社に小遣いを渡し、頭山満が孫文を匿った際には福岡での滞在先を斡旋したともいいます。父は関西学院大学を出た元牧師・建築技師でもあり、朝鮮半島で学校建築に携わっていました。また叔父は上海・東亜同文書院を出て、満州国共和会等で活動を行なっていたとのこと。召平さんは叔父が折々父の元を訪ね来ては、馬占山の処遇について話をしていたのを聞いたそうです。

そのような家に、時代に、釜山に生まれ、母を早くに亡くした召平さんは、幼時、釜山の家近く、牧場で働く朝鮮の青年に凧作りを教わったのです。朝鮮凧で遊ぶ日本人の子どもは周囲にいませんでしたが、あっという間に凧作りも凧揚げも上達し、日々遊んでいたとのこと。

十四歳で日本に戻り、青年となってからは大西巨人・宮崎宣久が出版した文芸誌『文化展望』に関わり、九電ホールで宮崎が支配人を務めていた間はその部下として働き、オチオサムといった九州派の連中と交遊しつつ詩文を記し、と、凧のことをすっかり忘れていたそうです。そんななか、ある日、母の記憶についての文章をきっかけとして思い出し、手の覚えるままに作り上げたのが「新羅凧」です。それ以降、シベリア高気圧が張り出し、朝鮮半島と福岡を覆う季節になると、凧作りを行なうのが常となりました。つまり、召平さんにとって朝鮮半島とは、〈朝鮮半島の歴史と、民族は、私の出生と生い立ちの日本的ビジョンの外部に在りながら、しかも豊かに私を抱擁していた母胎であったことを、否定できない〉存在なのです（『墓山の凧』）。

未熟児として育った自分自身をつなぐ豊かな母胎としての朝鮮半島、慶尚南道。そして同時に、召平さんは、こうも語るのです。〈私は君程に、日本人では無く、又朝鮮人でも無いのだ〉（同）と。ですから、鈴木召平＝新羅凧は、朝鮮―日本のはざまでどこまでも宙吊りにされ、その位置を定めることができない。

こういった経緯を踏まえると、新羅凧は、

召平さんの記憶に基づく再創造であるという点において、「伝統的」とされる朝鮮爪とは異なるのです。もちろん、爪である、という時点で美術になるわけもない。歴史の只中から生まれた、個人の作品という点において雑貨でもない。どこにも所属し得ない。ただ、一九二八年の生誕以来、釜山―福岡という、玄界灘を挟む二つの街で生きた一人の人間が、自分自身の在り処を幻の朝鮮半島に見つけ、その記憶をつなぎとめるために作り上げた、自分のための道具。それが新羅爪です。けれども、そういった逆説故に、新羅爪は「工芸」と呼ばれるべきだと思うのです。この寄る辺なさこそが「工芸」の持つ、好ましさ、ではないだろうか、と。

そもそも工芸とは何だったのでしょうか。それは、明治以降「美術」の成立にともなって排除された「美術のユダ」（北澤憲昭『眼の神殿』）、あるいは美術と工業のノーマンズランドとも言えるでしょう。かつて、ものづくりの世界から一つの分野が価値あるものとされ、「美術」という名で分離される時、残されたものは工芸と呼ばれた。また再び、残された工芸から工業が価値あるものとされ、分離された時、やはり残されたものが工芸と呼ばれた。そのように「工芸」はいつも、「残りもの」だったのです。

もちろん、排除され「工芸」側に立たさ

れた人々もまた、制度を作りあげようとしました。一九二〇年代の「美術工芸」然り、一九五〇年代の「伝統工芸」然り。ただ、そのいずれも、一つの基準に従って制度化され、その制度に擦り寄る制作が行われた時点で、工芸と名のついた美術に過ぎなかったのではなかったか、そう僕は思うのです。

工芸とは、残されたもの、何ものでもないもの。だからこそ、自己規定と制度をめぐるゲームに疲弊した美術を軽々と越え、「うつくしさ」に辿りつくこともできる、かも、しれない。価値あるものと縁のない、さまよえるものの姿がふと見せる好ましさ。それを工芸と呼び、これから拾い上げていこうと思います。

ぽっかりと腹に穴を開け、福岡の、玄界灘の空高く揚がる新羅凧は、天と地、日本と朝鮮半島、近代と現代のはざまをさまよい続けます。その姿はまさに、「工芸」を体現しているかのように、僕の目にはうつるのです。

（了）

この文章において僕は、寄る辺なさ、残されたもの、何ものでもないもの、狭間をさまよい続けるもの、と否定的な言葉ばかり用いていますが、僕はこれらの虚無・Void、即ち「空」という余地こそ、召平さんが保ち得ていた批評性の働く場所なのだと思うのです。

空闊莫涯兮　鳥飛杳杳

（『正法眼蔵』第十二坐禅箴）

空ひろくしてかぎりなし、鳥の飛ぶこと杳《よう》杳《よう》なり。果てという概念すらないほどの空に、遠くかすかに飛びゆく鳥。それはまるで、召平さんが揚げていた新羅凧そのままの姿です。凧が飛ぶからこそ、空もまたひろくある。凧が飛ばない空に、ひろさはない。〈空の飛去するとき　鳥も飛去するなり　鳥の飛去するに　空も飛去するなり〉とある通り。

召平さんの空は、空孔を穿たれた凧、空に重ねられた空とともにあった。召平さんの空は、詩文という凧とともにあり、凧／詩文は空の広さを測る道具たり得ていた。そしていま、召平さんの凧は去り、召平さんの空も去ったたかに見える。しかし、だからこそ、僕らは僕らの凧を新たに飛ばし、そして召平さんが測ろうとした空の広さを、深さを、測り続けなくてはならないのだ、そう僕は考えています。

（たかき・たかお／日本民藝協会常任理事
「工藝風向」代表）

漂う風（パラム）

——鈴木召平さんのこと

鈴木　薫

　忘れもしない昭和四十九年初夏のことである。当時私は高校一年生、詩人野田寿子さんが現代国語の先生であった。中学生から詩を書いていた私は野田さんとの出会いを境に広い詩の世界に入りつつあった。

　その年福岡ＹＭＣＡであった詩の朗読会にはその野田さんの誘いで聞きに行った。そこで鈴木召平さんは、ギター演奏（「レッドリバーバリー」）を背景に、パブロ・ネルーダの「マチュ・ピチュの頂き」（木島始訳をアレンジ）を朗読した。それはどの朗読よりも激しい稲妻のような衝撃を私に与えた。朗読を聞くことですべてのそれまでの概念が打ち砕かれることなどないと思っていた当時十五歳の若い私には自分の内部で起きていることを理解しかねた。翌日、野田さんに鈴木さんのことを聞き、「彼は本当に本物ですからね」という一言と共に住所を聞き、その足で今泉のあの薄暗い槐の木がある当時の「ギャラリーすずき」を訪ねた。

　鈴木さんは小柄な人で、目に鋭さと穏やかさがある寡黙な人であった。朗読を聞いてやってきた私にやや困惑の顔をしながら、自分が今ネルーダを朗読しなければならないその理由を〔内的切実さ〕というニュアンスで伝えてくれた。鈴木さんの詩を読んだこともなければ、その背景も知らない私は、鈴木さんの話を聞きに、そしてまた居心地のいい空間「ギャラリーすずき」を楽しみに学校からの帰りはしばしば立ち寄った。詩人や画家、どこかで見たことがあるような訳ありの人や色んな人が出入りしていた。私は生涯でたった二度しか鈴木さんの朗読する「マチュ・ピチュの頂き」を聞いたことがない。

連なる石また石、人間よ、かれは何処へ行ったか?
重なる気流のなか、人間よ、かれは何処へ行ったか?
途絶えぬ時の流れ、人間よ、かれは何処へ行ったか?
そしておまえはまた何処に、未完成な人間の砕かれた砕片よ?

ネルーダが滅びた文明の化石の都市に見たものは、「人間そのもの」だ。悲壮なまでの思念の中でネルーダは人間を問いつづける。人間の汗、人間の血。行き場もなく荒野を漂うネルーダの魂はそれでも「人間よ」と問う。それは鈴木召平さんが生涯をかけて問い続けた問いに重なるものだ。……召平さんは、

この私の〈ふるさと〉はこれからも地球上のどこにも到着することがないだろう。それは何時も流れていく葦舟である。あの頃、大日本帝国の権力によって、都心から追われて山中に部落をこしらえた原住民に

とって、私の舟が、侵略者の城であったこ
とは言うまでもない。この二つの民族と、
政治の関係の中で、私はひょっこり生まれ
た昆虫でしかなかった。その昆虫の肉体に
も、心と呼ばれる思想への尾鰭が出現し、
まるで厳冬の、降雪前の空の様に、悲しさ
の突きあげる不安な雲層に満ちて来る。

（『墓山の凧』／「昆虫と街」より）

と書いている。失わざるをえなかったものと、失うという痛みの狭間に立つ、そこにおいて召平さんはただ一人の召平さんであり、人間の奥底にそれでも漂う鉱脈の水のようなものを追い続けることを宿命づけられた詩人であった。

私は、高校の三年間を召平さんの「ギャラリーすずき」で過ごしたと言っても過言ではない。その頃、拠点をサンフランシスコに移していた九州派の画家桜井孝身を介して、すでにサンフランシスコビート詩人との交流ができていた「九州記録と芸術の会」では、『太平洋両岸詩集／ビル・ソロウの歌』刊行への動きがあわただしかった。サンフランシスコの詩人たちはベトナム戦争後の徹底した敗北がもたらしたいわゆる第三世界への覚醒と連帯、自分のなかへの問いとして第三世界への志向を打ち出しそれを積極的に示していた。福岡においても諏訪之瀬第四世界として住み着いた詩人たちが召平さんの周囲にいたのは自然なことだったと思う。

召平さんはコーヒーが大好きで、よく織坂幸治さんの「ぼんくら」や新天町の「フカヤ」や「美美」に通っていたのでお供したことも多い。歩き方が神経質に見えるせいか人が振り返ることもあった。それを言うと召平さんは軽く笑っていた。

ある日、せき込みながら、「ギャラリーすずき」に行ったことがあった。生来私には喘息の持病がある。そのことを知った召平さんが顔色を変えて慌てたことがあった。

「君が初めて来た時に感じた危うさはこれだったのかもしれない……」と。

荒津寛子という詩人がいた。昭和三十二年に二十八歳で亡くなった詩人である。この若い詩人の突然の死に周囲は震え、とても嘆き悲しんだという。私と同じく十四歳くらいから詩を書いていた詩人で、何かが私と重なりひっかかっていたとのこと。私が行くと召平さんはいつも荒津さんのことを少し話して、「早く死んではいけない」と小さな声で言ってくれた。それは私に向かって、というよりは、亡くなった荒津さんに向かってのように聞こえた。その声はまた召平さんの母峯子さんに向けられたものでもあったと思う。

母よこの街では
夏が去るとなぜか
こんなにも疲れます
そうして
あなたが海を渡ったまま永遠に
帰らないことだけを
深いなぐさめとしています
草梁洞も秋ですねすっかり

（詩集『古き海峡幻想』より）

その後は、「九州記録と芸術の会」や詩誌「パルナシウス」でのかかわりがますます深くなり、詩についての話も勢い増えていった。しかし語られることの多くは詩の背景であり、ことばの裏にひそむものについてであった。ついぞ批判をされたことはない。私の行動は不定であり、詩はさらに不安定で稚拙であったのに、召平さんにとってはそんなことはどうでもいいことで、つまるところ「生きていけ」という指針だけがそこにあったように思う。だから詩誌「パルナシウス」で自分の作品の合評をしてもらえる時はとても得をしたような気分になった。よく○○先生の薫陶を受け～のような世界の話を聞いたり（詩の世界にもあるらしい）するなかで、野田さん、召平さんは見事なまでに、いわゆる小手先の批評や批判をしなかった。それは今になって考えるとありがたいことである。若い日に「～であらねば」のような方向性をつけられることは（人によってはよいのかもしれないが）強制をほとんど本能的に嫌う私の性格をよく知っての上でもあっただろうと思う。またそれはそれぞれの自作への姿勢にも表れていた。

詩とは（人間）から（人間）へ手渡して残されるものであり、それ故に厳しい遺品とも言えよう。感謝されたりさせたりの御中元ではない。……読者とは、文学にとって、その作者にとって最後の〈人間の星座〉であることは確かなのである。

（詩集『古き海峡幻想』「後記」より）

その時代、福岡に「なかなかな上下関係」（師弟関係）を作る詩の集団が存在するとは思ってもいなかった。野田さんも召平さんも「人間とは」にこだわる詩人であった。そこに迫っていく人間は上も下も師も弟もない。己への厳しさのみであると。この二人から受けた人間観の影響は計り知れない。

新羅凧のことなど

よく大濠公園に凧をあげに行った。普通の凧ではないので人が集まってきたりしたが、このあたりは召平さんはあまり気にしなかった。姿が孤高に見えるため遠巻きに人が見ていたりしたが、聞かれたら気圧の話や凧の骨格やあげ方など説明したりしていた。凧をあげて、その凧のあがった先に、福岡と釜山の間に漂う少年のままの自身の姿を見ていたのかもしれない。

『はるかなりわが幻郷』

（遺稿／木村慎吾）のこと

この本では召平さんは「序章」に「編集者」として短文を寄せているだけである。

この本は、ただ単に〈木村慎吾〉の遺稿集ではありません。文は人なりと古語にありますが、戦中戦後を純粋に、自己を愛し、人を愛し、それ故に「郷愁」の重さに耐えて生きた〈北海道の男〉の静かな記録集であります。今や彼の郷愁は、時代への警鐘でもありましょう……昭和六十年八月一日

木村さんは「フカヤの人」であった。召平さんと静かにコーヒーを飲む人であった。終戦後ふるさとに居を構えず、福岡を自宅とし、いつも消えることのない北の地への熱い思いと、大陸での、ことばでは表しにくい数々のことを胸に死の床にあってもなお福岡に在り続けた人であった。題字を肉筆（召平さん）で書くくらいの熱がこもった遺稿集であるが、あまり出回っていないのも事実である。召平さんからこの本を貰った時、召平さんは自分を重ねていると感じていた。二人はあまり話を多くするのではなく、共にコーヒーを飲むという時間や空間を共有することで、それぞれに「熱い幻郷」をかかえたものとしての深

さを確認していたのだろう。美しい北海道の日々、そこへは帰らないという在り方、召平さんは遺稿集を出さずにはいられなかったのだと思う。

石牟礼道子さんとのこと

ここで石牟礼さんの文学について述べることはしない。

召平さんはあまり激しい感情が表に出ない人である。あえて出さないという面もある。それが激しく揺れて感情がほとばしったことがあった。具体的なできごとは書かないが、石牟礼さんが話すそのことば、内容、しぐさ、そこで感電したようにうずくまった召平さんの姿を見たことがある。その一度だけだが。その後召平さんは「少し気分が悪い」と言って中座して戻らなかった。石牟礼さんが話題にあがることはそれ以降なかった。それだけのことではあるが、それほどのことでもあった。

石牟礼さんの小さな一部は召平さんの小さな一部になっていた。

西尾次男さんのこと

桜坂に居を構えていた西尾次男さんは、琉球舞踊の佐藤太圭子福岡公演、インド舞踊のシャクティの公演など多くの企画を福岡の地で実行してきた人だ。西尾さんは召平さんにほれこんでいて、「召平さんの目玉を信じる」としてその眼力を頼みとしていた。西尾邸での企画も多く、ここでは珍しく召平さんもお酒が進んだりした。一つ一つに西尾さんは召平さんの感想や意見を聞きたがった。なぜかここでのお酒では召平さんの東京時代や仕事の話も聞くことができた。西尾さんの追悼文も召平さんが書いている。

召平さんと写真

召平さんの写真は正面から撮影されたものは少ない。これはかなり意図的に避けられた結果である。召平さんいわく「正面からでは自分ではない気がする」。確かに横顔や斜めから撮影された写真の方が召平さんらしい雰囲気が出ている。召平さんが撮影した人物写真も正面をはずしたものが多い。「見るのではなく見えてくるものが本質だ」という召平さんの持論は写真にも表れている。

最後に

十五歳という多感な時期から人生半ばまで、召平さんには本当にお世話になった。だが感謝を述べたりしたことがない。なぜなのだろう、と自問するのだが明確な答えはない。「ギャラリーすずき」から「𠘑館」へと変わっても誰かが出入りして誰かが去っていき、館主たる召平さんはただそこで淡々とすごしていたように私には思える。ストーブの上にやかんをのせて湯を沸かしコーヒーを淹れ、あるいはアルコールでよれよれになった人の横であっけらかんと𠘑を作っていたり、「常人」としての召平さんはあまり見なかった気がする。

福岡が県詩人会だ何だと喧騒にある時も召平さんにはそんなことはどうでもよいことで

あった。だからといって、いきり立つ人を拒むものでもない。その人を見ているだけだ。

詩誌「パルナシウス」の合評会では最後の締めが召平さんだった。最後に話が引き締まるため充実度が高かった。参加者全員の合評では不満気味だった同人も最後なるほどと納得するのが、さすがの読みの深さだと感じた。暗い道を急ぎ足で「凧館」へと向かった日々が懐かしい。ベタな言い方だが本当に、全体像としてとらえるのが難しい人であった。

召平さんの詩作品、文章には執拗に家族、親族が登場する。ある時は写真が入り、ある時は当人が生きていたら怒らないか、という内容が含まれていたりした。この執拗なこだわりが理解できなくて、どうしていつもやたらに細かく書き込むのですか、と聞いたことがある。若気の至りである。しばらくして召平さんは「それがぼく自身だから。洋一も峯子も謙吉も。父親も」と答えた。鈴木家が戦争によって分断、崩壊していく姿は召平さんの内面そのものであり、それを書かなければ、召平さんの戦中、戦後は終わらず、昭和というものが落としどころがないものになるということだったのである。「記録性」ということにこだわりを持つ詩人だった。それはとりもなおさず自身を取り戻し再生するという大がかりなものであったのである。だが日常の会話のなかでそれらがしつこく語られることはなかった。それは詩や文章となってはじめて成立するものだったのだ。召平さんが繰り返し言っていた「書くことが大事」というのは、人間をかろうじて人間たらしめるためには書かなくては、書くしかないということだった。だから自殺した某作家（自殺前に召平さんを訪ねていた）のことを尋ねたとき、「文学をヒューマニズムで救ってはならない」とぴしゃりと言われたのは鮮やかに記憶している。

召平さんが穏やかに「人らしい」雰囲気を出すのはやはり凧をあげている時に尽きたと思う。本当は凧をあげて、見えなくなったあたりで糸を切りたかったのではないか、と痛切に感じている。凧あげが終わった時の何ともやりきれない召平さんの表情は、やはり手元に帰るしかないのか、という問いの連続ではなかっただろうか。

平成十七年福岡西方沖地震は容赦なく福岡を破壊した。半壊状態の凧館を見た時、奥さんが、ほんの数分違いで召平さんは助かったと言われた。その後、凧館は全壊し、あの槐の木が目印の凧館は思い出もろとも消滅した。召平さんの戦後の「地」であったところは幻となった。

そして予想もしなかった疫病の蔓延となった。召平さんの晩年の精神の行方を私は知らない。それを推し量るという傲慢なことはできない。

だがその作品を改めて読み直し、思い出を改めて整理していくと、そこには常に空を見上げている召平さんの姿が浮かびあがる。召平さんは凧あげの名人だが、実は凧が自在に動けるようにという祈りのような思いで遥か遠い空を見上げていたのではないだろうか。

　召平さんとの出会いで書いたネルーダが言う「人間よ……」は行場をなくした古代から現代に至る人の魂の在り処を問うている。極限に立つ者が、それでも尚、人間であろうとする時にわきあがる原始的、根源的な問いだ。

　それは同じく「ふるさと」を持てず、わが身の肉体的望郷のみを頼りに生き続けた召平さんの問いと深くつながる。

「召ちゃん」の愛称で人からは慕われた、いつまでもはにかむような少年の面影を残した召平さん。召平さんは、かかわったすべての人にとって、それぞれの「私の召ちゃん」であった。今、書きながら、今さらながらその深い静かな喪失を味わっている。声も知らない母を慕い続け、「地」に立つ自分を過度には許さず、想いを馳せた玄界灘でやっと着地点は見つかったのだろうか。そこにしか場所はないように私には思える。そしてそこで召平さんは玄界灘に吹く風に任せて悠々と凧と遊んでいるのではないだろうか。生涯をかけた痛切な肉体的望郷の行き先はどうやらそのあたりだ。そこには風に軽やかに漂う糸のない新羅凧が舞っているに違いない。

追記　私のペンネームは召平さんから頂きました。込められた思いは「薫風」……若葉の強さとそして、やはり風なのです。

（すずき・かおる／詩人）

高木崇雄氏撮影

われらが長老を悼む

丹生秋彦

シベリア高気圧に
長老はふしぎな糸を垂れている
みがかれた白磁の空に
もう凧のかたちは没したが
そいつは　されこうべの雲をつらぬく
強靭な記憶の糸であるらしい
長老は冬じゅう口をきかないが
寒波のうねる洞穴には
母の匂いがするという

＊

昭和末年、詩誌「PARNASSIUS」の門を叩き、凧館《たこかん》主人・鈴木召平さんの知遇を得た。同誌には大陸を「原郷」とする詩人が多く在籍し、福岡という街を、歴史的切断の樹液がほとばしる地として反時代的に措定していた。とりわけ召平さんは肉体としての故郷＝釜山を喪失し、言葉の強靭な糸でそれを繋ぎとめ、存在基盤の亀裂を綯《な》いあわせてゆこうとした詩人だった。

私も「パルナ」の「アジア意識」なる主題《モチーフ》に共鳴し、新たな抒情の方角を探索しようとしていたが、その存在を通じてアジアと繋がる、まさしくそのような詩人、彼方への目利《き》きの案内人として召平さんがそこにいたのである。

凧館は天神に近い今泉二丁目にあった。周囲にマンションが林立するなか、槐《えんじゅ》や黒鉄黐《くろがねもち》の巨木に護られ、そこだけ時間が静止しているかのように蹲《うずくま》る明治屋敷、召平さんはそこで倹《つま》しく古物商を営んでいた。留守でも鎖《とざ》されることのない戸を開けると、玄関の三和土《たたき》に古雑誌や古道具、レトロな雑貨が並べてあり、珈琲やストーヴの匂いが漂っていた。そこで、どれだけ主《あるじ》の謦咳《けいがい》に接し、稗史《はいし》的な逸話を拝聴したことであろう。

奥には端正質朴な新羅凧が飾られた工房《アトリエ》(兼書斎)があり、例会時にはそこが会議所となった。当時の「パルナ」は多士済々、凧館にも様々な詩客が往来していたが、掲載詩の合評も召平さんの寸言でほぼオチがつくのであった。……聞けば、鈴木家は黒田藩に仕え、幕末には金庫番の役を務めていた。そのため、大陸浪人たちとの縁が深く、亡命中の孫文の隠家のひとつでもあったという。……凧館はかくて、そこにたどりつくこと自体にある種の通過儀礼を伴う場所、詩想の霊気《アウラ》に包まれた得難きトポスであり続けた。

＊

召平さんがつぶやく。ふと眼を醒まして窓に倚《よ》り、海を見ようとする。釜山港に出入りする巨大な鉄の船を、それが天体の運行のような荘厳さで「絶影島」に消えてゆく少年の日の光景を確かめようとする。

釜山時代の記憶を綴った召平さんの自伝的小説に『墓山の凧』(79)がある。そこでは、植民地下の韓半島、「朝鮮人部落」とのまさに境界線上(草梁洞北部高台)で築かれた生い立ちが克明に記されている。それは、制御されることのすくない少年の眼に鮮明に灼きついた植民都市の景観であり、所与としてのアジア、その血溜り、「生」と「死」の燔祭《はんさい》であった。こうした原体験は、その母胎が失われた後、(まさしくそれ故に)記憶によって完璧に再現される。方法論自体が思想となり、体験の乗り越えが図られる。それは「残された肉体の中から、たんねんに生命の軌道を掘り起こして行」く作業、即ち「肉体的望郷」であった。

『墓山の凧』の読後感を、私は以下のように伝えた。

「驚くべきなのは、鈴木少年の鮮明な記憶の輪郭であり、釜山に始まりアジア極東を視野に収めたその後の構造化も、彼の逞《たくま》しい昆虫としての足取りに負う所が大である点です。日本人でもない、朝鮮人でもない、というニヒリズムの空に舞いあがる凧には、鈴木さんの生涯をつらぬく真摯な望郷の風穴が口を開けており、強靭な記憶、つまり言葉こそが、鈴木さんの握っている凧糸なのだと気づかされました」

＊

『墓山の凧』が「肉体的望郷」、失われた少年期の根源的《ラディカル》な再現であったとすれば、『北埠頭』は対岸の福岡で昭和の切断を生きた自らの肉体をして語らしめた小説集である。ご本人によれば、「記録」を至上命題としつつも、エンターテイメントに開眼した作品群、ということになる。そこに、召平さんのストーリー・テラーとしての天性の資質も見えかくれする。

　三十代も半ばを迎えた召平さんは、天神界隈の「商業的文化集団」と決別、喪われた地図を再現すべく、やみくもに海と港をめざす。小さな体軀で博多港の浜人夫となるのである。かつて胎内にいて渡った玄海、関釜連絡船を揺籃《ようらん》と考える作者にとって、それは、南韓慶尚道へ連なる「世界の原型」への回帰という相貌を帯びる。……「自分自身の生命が呼吸する生活の位置が、極めてあやふやで不安に満ちていたから、昨日と明日を引きはがして、肉体自活の道をおのずから求めた」とその間の事情を語る表題作『北埠頭』(80)では、作者の新たな肉体的位置(「生」の断面図)が示される。そこには韓国籍の老班長がおり、巨大倉庫、巨大貨物船、小麦の袋を吐きだす巨大コンヴェアがあり、海があり、太陽があり、鼠のような死があった。作者は、一般に「歴史」と称されるものへの復讐のため、あえてその裏側を生きようとする。それこそが何よりの復讐であり、作者一流の「歴史」への参加なのである。それは、苦痛を求めてまで切断を生きること、その肉体的意味付けであった。そこには、逆剝《さかは》ぎの太陽が煌々と照り輝いている。……あるとき、「ローレライ」をドイツ語で歌うデッキマンが眼前にあらわれる。彼の父親は大連日通支店からの引揚者だという。「そうか解ったぞ、あの男は植民地野郎なのだ。そして彼にとって、この博多港こそは、あの幻の帝国満州の、幻の大埠頭、大連港なのだ」。そこに、暗い紐帯を、「切断」を記憶で繫留するものを嗅ぎつけた作者の、漂鳥に似たはげしい眼差しがある。

＊

一方、釜山に材をとる『赤土と風』(64)には、『墓山の凧』に先行する処女作(生涯にわたるモチーフの展開を予兆として孕んでいた作品)の有《も》つ多義的な含蓄が感得される。重複するエピソードもあるが、切口や作風《タッチ》が截然と異なり、そこに原型としての小宇宙の存在が認められるのだ。『墓山』には痛きまでの内省があるが、この作品はどこかメルヘン風で、その仮借のない物語的体裁が、かえって彼らの「生」を際立たせる。……象徴的なのは、夭折した長兄・洋一であろう。血管に「麝香《じゃこう》の匂い」を走らせる詩を書いたというこの青年は、「詩篇」や「野史篇」にもたびたび登場して、ファッショ体制下の無頼の青春を、その已《や》みがたい思念を彼岸から語りかけてくるのだが、この作品では軍事教練の教官を殴って美しい朝鮮人女中と駈落ちし、憲兵隊との銃撃戦の末に射殺されてしまう。なんという鎮魂譚であろう。……時代は、次のような園丁の言葉にもみごとにうかがえる。「おこるな、おこるな、つまらんことだ。そのうちにみんなそろって戦地に送られるのだ。鉄砲の弾の下を一度くぐれば、つまらんことはみんな忘れる。戦争がはじまれば俺も伍長だ」。

大陸の奥へと犇《ひし》めいていた「生」の盲目的な行進、そして、「一瀉千里《いっしゃせんり》の昭和の決壊」(詩『草梁洞大成座』)。焦土の瘴気のさなかで、本名「昭三」の日輪を削りとったと聞く昭和三年生まれの作者は、実はその時点で不可避的に「昭和」という時代と終生かかわりあう宿命を引き受けた、とも言いうる。皮肉にも世は「平」成となったが、作者の果敢な戦後は、「ただ一度のうたごえ」(詩『終戦譜』)、そのありえた可能性を探求すべく終生続いた。

＊

次に、詩文集『昭和史幻燈』の核心をなす「詩篇」について語っておきたい。

奥様が整理なさったファイルには、三十篇余の詩作が収められ、既に召平さんご本人によってタイトルに相応しい詩が数篇ほど選定されていた。残りの二十数編は、どこに置くか迷っておられたのだろう。……結局、召平さんの並べた詩篇はほぼそのまま冒頭に置いて「Ⅰ／昭和史幻燈(序曲)」とし、残りの二十数編を三つに分け、釜山関連の作品群(「Ⅱ／草梁洞大成座」)、戦後の野史的作品群(「Ⅲ／終戦譜」)、「爪館主人」愛蔵の幻燈的作品群(「Ⅳ／輪廻半月」)とした。その際、「Ⅲ」と「Ⅳ」には、奥様や鈴木薫さんと相談し、ファイルになかった召平さんの代表的な詩作も併せて収録した。『八月六日』、『焼け跡のバラード』、『森の中のマタドール』、『古き海峡幻想』、『モンゴール高気圧』の五篇である。

結果、この「最終詩集」は、四つの小詩集(「Ⅰ」～「Ⅳ」)から成る詞華集《アンソロジー》と化した観がある。召平さんの追いかけた主題《モチーフ》、詩業を俯瞰する一助ともなれば幸いである。

ところで、召平さんの詩作はしばしば「譚《バラ》詩《ード》」という形をとった。これは、ご当人が若い時分から愛して已まなかった詩法である。……朝鮮人女中の死と父の「聖書」……釜山に売られた邦人女性の白い手……ひとり千人針を縫う妖艶な女流画家……自らの特攻艇《フネ》を眺める復員海軍予備士官……酒びたりの特攻機整備隊長の白昼夢……象牙の櫛を形見にくれた柳町の被爆女性……粋なパンパン・ジンジャーの光る瞳、……『昭和史幻燈』の「詩篇」を彩っているのは、概ねそのような「譚《バラ》詩《ード》」の数々であり、詩的直観力、すぐれた幻視力によって象《かたど》られた傑作掌編集のようにも読める。特徴的なのは、その「幻燈」の小宇宙に、忘却されて久しい流亡の時代への親しい眼差しが、肉に刻まれた実存的な位置が感得される点であろう。

*

また、「野史篇」と銘打って『屍の科学』(97〜98)、『ハイシャンケンキチの沈黙』(95〜96)、『焼士史「宮崎宣久」の場合』(98〜99)、の三篇を採録した。

『屍の科学』は「屍館主人」として新聞に連載したもので、その歴史や種類、構造や力学から自作「新羅屍」の逸話に至るまでを縦横無尽に語ったシリーズである。召平さんは生来優れた「遊」の精神の持主であり、日々それを実践されていた。それは、ダヴィンチの人体模型に似たヒューマンな飛行装置であり、風との婚姻、アジアの美しい力学の表現でもあった。

『ハイシャンケンキチの沈黙』は、「大陸浪人」であった叔父・謙吉さんの逸話をまとめたもので、その人間くさい、「感覚的野人」であった活動家を通じ、極東の深い混迷を、その端倪《たんげい》すべからざる闇を照らしだす重量級の「アジア野史」である。上海から天津、旧満州からシベリアに至る動乱の時空に、かの孫文や溥儀《ふぎ》、川島芳子や伊達順之助、馬占山までが顔を出す。……この人物は『墓山の凧』にも登場するが、両作で筆致がかなり異なる。例えば、釜山に戻ったケンキチ一行のトランクのなかを鈴木少年と一緒にいちいち検《あら》めて見るとよい。更に、文革後の大陸から、その霊前に届けられた(因縁の)「廬山」の菊は何を意味するのか。これは読者への問いかけでもある。

また『焼土史「宮崎宣久」の場合』は、「焼土博多」の文化的オルガナイザーの生きざまを「同心円内」から描き、二十代の作者の姿をも浮彫りにする。当時の召平さんは、宮崎の私用を頼まれる秘書であり、フィルム運びの映写技師見習であり、「ジャズと映画にあけくれた宮崎の傘下であった」という。宮崎の仕事は、焼土博多の「文藝復興《ルネサンス》」「意志と希望の処女航海史」とまで謳われるが、それは同時に、時代を象徴的に生き抜いた莫逆の盟友達への鎮魂歌《レクイエム》でもあった。(……『昭和史幻燈』なるタイトルも、こうした「野史」の試みまでを念頭に置いて選ばれたのであろう)。

＊

召平さんが古稀を迎えた頃、書斎の文机《ふづくえ》に、表に「最終詩集」と銘打たれた原稿の束を幾度か見かけた。召平さんとの間で、そのことを話題にすることはなかったが、それは、苛烈な身支度かとも思え、その四文字が長らく念頭を去らなかった。同じ頃、「自分はこれでいいか、そろそろ自分を許してやろうと思う」と私に呟かれたこともある。

「パルナシウス」解散後、私は「たっきりあ」なる文芸誌を創刊、八十代を迎えた召平さんを「長老」としてお招きし、若い頃の詩劇や、「最終詩集」への試みとして、詩『輪廻半月』『幻説新羅凧』等を含む計十一篇の詩を寄稿して頂いた。詩作は、いずれも「パルナ」に発表された作品に飽くなき彫琢を施されたものであった。今回、奥様の整理されたファイルのなかに、私が活字にしたA４の詩稿が多数見つかり、思い半ばに過ぎるものがあった。

＊

福岡には逆説がない、つまり文化がない、というのが召平さんの口癖だった。そこは歴史的切断の樹液が空しくほとばしる地であり、その逆説を自ら生きることこそ、詩人・鈴木召平の生涯であり文業であった。

思うに召平さんは、その存在自体が、アジアの混沌にひとつの渠《きょ》を穿つ試みであり、存在忘却の時代への野史的な一撃であった。……「われらが長老」の刻んだ詩句の数々、置いていった逸話の数々が、しきりに脳裏をめぐる日々である。——合掌。


（にぶ・あきひこ／詩人）

鈴木召平年譜

一九二八（昭　三）年　五月九日、朝鮮半島釜山で父・喬栖《たかす》、母・ミ子《ネ》（旧姓、堤）の次男（本名、昭三）として生まれる。

一九三一（昭　六）年　釜山のメソジスト教会で洗礼を受ける。

一九三五（昭一〇）年　釜山第三尋常小学校入学。

一九四〇（昭一五）年　母・ミ子《ネ》死去。

一九四一（昭一六）年　釜山第五高等国民学校入学。

一九四二（昭一七）年　釜山中学入学。「体力弱小」のため退学。福岡市七隈の末永邸に寄宿、西南学院中学入学。

一九四三（昭一八）年　春日原の陸軍兵器廠に勤労動員。

一九四四（昭一九）年　浮羽郡に移動、日田市に分散移転した兵器廠（地下工場）で働く。

一九四五（昭二〇）年　福岡大空襲。敗戦。危うく類焼を免れた本籍薬院中庄町（現　今泉）に戻る。既に釜山の家族が引揚げてきていた。西南学院に復学。「西南文学」を創刊、小説処女作『きつねの嫁入り』を発表。

一九四六（昭二一）年　上京。中央大学法科予科入学。焦土で郵便配達、過労と飢えで倒れ、進駐軍のジープに拾われる。

一九四七(昭二二)年　東中洲の大洋映画劇場に入社。宮崎宣久氏のもとで映写技師見習(フィルム運搬係)となる。

一九四九(昭二四)年　映写技師免許(乙種)取得。

一九五一(昭二六)年　映写技師免許(甲種)取得。

一九五二(昭二七)年　九電「電気ホール」に入社。

一九五三(昭二八)年　天神のジャズホール「ウエスト・リンダ」の音楽照明を担当。

一九五四(昭二九)年　第一詩集『島』。

一九五五(昭三〇)年　「電気ホール(大ホール映写室)」に戻る。

一九五七(昭三二)年　KBC懸賞放送劇に『ダマスの城と夢』が入選。録音・放送される。

一九五八(昭三三)年　ラジオ九州勤務後、RKB毎日放送(テレビ)に勤務(～昭和三六年)。

一九五九(昭三四)年　詩集『ダイヤライト』。

一九六一(昭三六)年　詩誌「LEGO」創刊に参加。

一九六四(昭三九)年　ユニード宣伝部に勤務(～昭和四八年)。小説『赤土と風』『濃霧』(「九州文学」)。

一九六六(昭四一)年　西俣麗子と結婚。

一九六八(昭四三)年　詩作ノート『北埠頭 1960―1968』。

一九六九(昭四四)年　詩誌『地』創刊に参加。

一九七〇(昭四五)年　少年記を「九州記録と芸術の会」に連載。『日本原爆詩集』に、詩『八月六日』出稿。
詩誌『PARNASSIUS』創刊(高松文樹氏と)。

一九七一(昭四六)年　肋膜を病んで入院（〜昭和四八年）。『東京への私信（北埠頭シリーズ2)』。

一九七二(昭四七)年　詩作ノート『永遠の夏(北埠頭シリーズ3)』。

一九七三(昭四八)年　小説『ばけものの息子』(「記録と芸術15」)。詩作ノート『燎原(北埠頭シリーズ4)』。

一九七四(昭四九)年　『燎原（北埠頭シリーズ)』で福岡県詩人賞。少年時代の記憶を頼りに新羅凧を作り始める。

一九七六(昭五一)年　『太平洋両岸詩集ビル・ソロウの歌』に、詩『古き海峡幻想(英訳/逢坂収氏)』を発表。

一九七七(昭五二)年　釜山再訪(西日本新聞・山本巖記者と)。『肉体的望郷』脱稿夜話(「九州公論」)。

一九七九(昭五四)年　『墓山の凧―肉体的望郷』(たいまつ社)上梓。

一九八〇(昭五五)年　小説『北埠頭』(「記録と芸術29」)。詩集『古き海峡幻想 1945―1980』。

一九八二(昭五七)年　ドリアーノ・スリス氏の招きでイタリア(トスカーナ)に滞在、フィレン

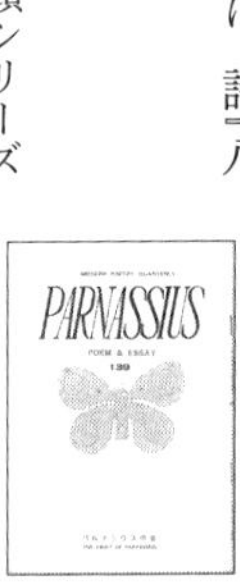

ツェ、ローマ等で新羅爪をあげる。

一九八三(昭五八)年　短篇小説集『北埠頭』(葦書房)上梓。装幀は毛利一枝。

一九八四(昭五九)年　『槐《えんじゅ》玄界(肉体的望郷第二部)』を発表。

一九八九(平 元)年　詩『輪廻半月』(「PARNASSIUS 75」)。PARNASSIUS「逍遥遊の会」で新羅爪教室。

一九九〇(平 二)年　PARNASSIUS二十周年記念シンポジウム「現代詩とアジア意識」で講演。

一九九二(平 四)年　自宅類焼。爪の展示館を焼く。

一九九五(平 七)年　PARNASSIUS二十五周年記念「詩人たちのサウンドスケープ」で詩友・大鶴竣朗の詩を朗読・卓話。『ハイシャンケンキチの沈黙』を「日々新聞(九州記録と芸術の会)」に発表(〜平成八年)。

一九九七(平 九)年　毎日新聞(福岡都市圏版)に『爪の科学』を連載(〜平成一〇年)。

一九九八(平一〇)年　『焼土史「宮崎宣久」の場合』を「PARNASSIUS」に連載(〜平成一一年)。

二〇〇二(平一四)年　朗読会「テロと喩」(PARNASSIUS＋はてなの会)で詩『八月六日』とネルーダを朗読。

二〇〇四(平一六)年　福岡市の「工藝風向」で「新羅爪展」(〜平成三〇年)。

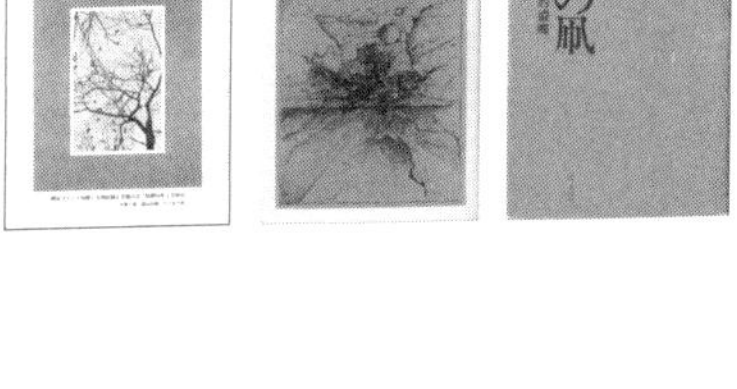

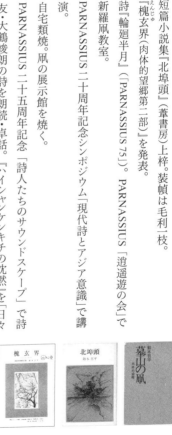

二〇〇五（平一七）年　福岡西方沖地震で「凧館」全壊。後続災害（転倒）で三箇月の入院。「凧館」前方部分を修復。

二〇〇九（平二一）年　「PARNASSIUS」156号で終刊。

二〇一〇（平二二）年　「たっきりあ」創刊に参加、放送劇『ダマスの城と夢』再録。

二〇一四（平二六）年　小詩集『輪廻半月』「たっきりあ5」。

二〇一七（平二九）年　小詩集『幻説新羅凧』「たっきりあ8」。

二〇一八（平三〇）年　今泉の自宅売却、同地に隣接するマンションに転居。

二〇二三（令　五　）年　高齢者福祉施設で死去（九五歳）。

【所属詩誌】

◇～一九五〇年代

（一）「浮彫」〈編集／織坂幸治〉

（二）「海図」〈同〉

（三）「詩科」〈編集／板橋謙吉〉

◇一九六〇年代～七〇年代

（一）「九州詩人」〈編集／高松文樹・織坂幸治〉

（二）「九州記録と芸術の会」第一次〈編集／湯川達典〉　第二次〈編集／鈴木召平〉

◇一九七〇～二〇〇九

「PARNASSIUS」〈編集／高松文樹・鈴木召平〉

◇二〇一〇～二〇一七

「たっきりあ」〈編集／丹生秋彦・木村守一〉

＊本年譜は、「PARNASSIUS」発表の『我が年表』等により、「『鈴木召平遺稿集』編集委員会」が作成した。

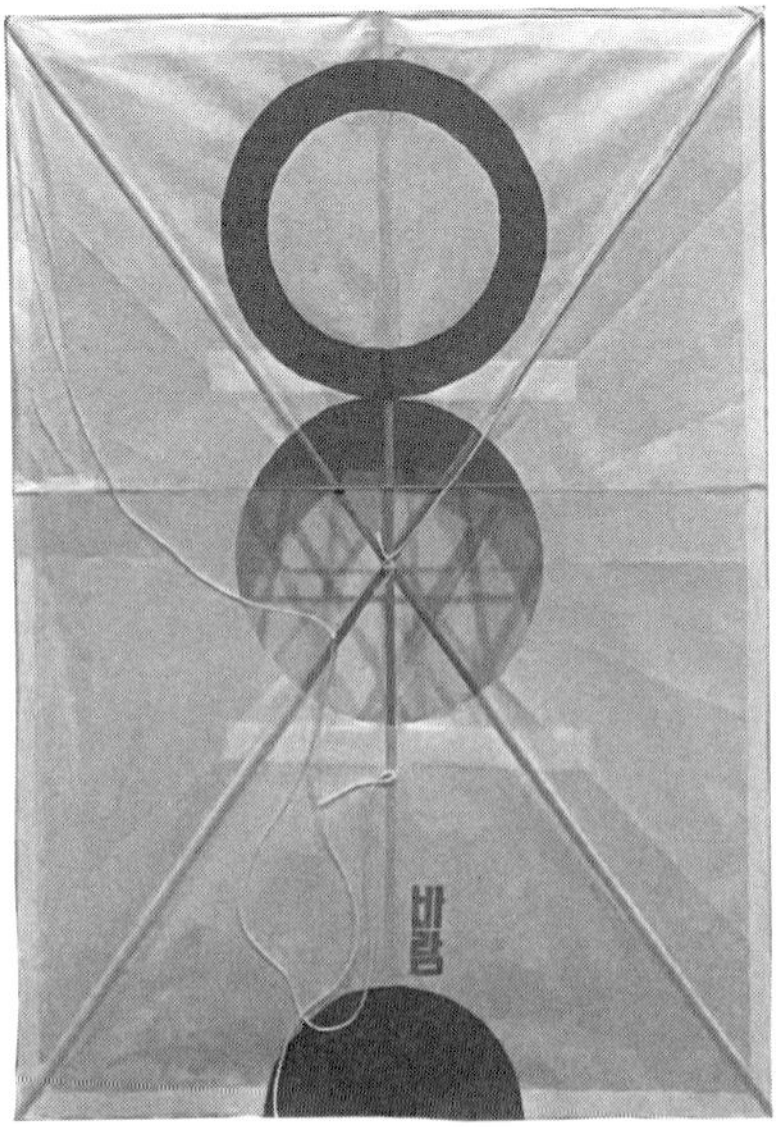

新羅凧(上、ドリアーノ・スリス氏所蔵)と凧館の印

【著者略歴】

鈴木召平（すずき・しょうへい）

1928年、朝鮮半島釜山生まれ。福岡市の旧制西南学院中学部卒業。映写技師、舞台照明、デザイナー、古物商等を経験しつつ詩人として活動。福岡県詩人賞（1974年）。「PARNASSIUS」「九州 記録と芸術の会」同人。「新羅凧」の名人、「凧館」主人としても知られた。
代表作に『墓山の凧（肉体的望郷）』（たいまつ社、1979年）、『北埠頭』（葦書房、1983年）等がある。
2023年（令和5年）、95歳で死去。

『鈴木召平遺稿集』編集委員会
（鈴木麗子・平原奈央子・鈴木薫・丹生秋彦）

昭和史幻燈《しょわしげんとう》

2024年12月7日　初版第1刷発行

著　者　鈴木召平《すずきしょうへい》

発行者　野村亮

発行所　古小烏舎
〒810-0022 福岡県福岡市中央区薬院 4-8-28-205
電話 092-707-1855　FAX 092-707-1875

印刷製本　株式会社シナノパブリッシングプレス

落丁・乱丁の本はお取り替えします

©Suzuki Shohei 2024

ISBN 978-4-910036-06-9　C0092